G.H.Wieczorek

Das Geheimnis des Grimoires

Rügen Roman
Band 3

kraut&mehr

1. Auflage

Druck und Einband: Amazon
ISBN: 978-3-947332-02-1

Es gibt keinen heiligen Krieg. Heilig ist nur der Frieden.

Rupert Schützbach

Ausschnitt aus der Lubinius / Hondius Karte 1607

PROLOG

März 1628

Die hohen Waldbäume ließen von dem fahlen Licht des zunehmenden Mondes gerade so viel Helligkeit auf den weichen, moosbedeckten Boden durch, so dass die junge Frau, die sich leise und katzengleich durch das Unterholz bewegte, den schmalen und schwach leuchtenden Pfad der Wildtiere erkennen konnte. Bald musste sie Rahlow erreicht haben.
Seit über vier Monaten, in denen sie nun schon in ihrer verborgenen Waldhütte in der Nähe der geteilten Eiche lebte, ging sie in unterschiedlichen Zeitabständen zu ihrem ehemaligen Zuhause. Einerseits wollte sie nach dem Rechten sehen und ein paar Dinge mitnehmen, die sie im Wald gut gebrauchen konnte. Andererseits schaute sie auch immer nach Hans, dem Ziegenhirten, der mit seiner Herde nicht geflohen war.
Noch war das Haus der Herrschaft nicht geplündert worden und die junge Frau hoffte, dass es auch noch lange so blieb.
Nur gut, dass sie und ihre Familie im versteckten Dickicht auf Anraten ihrer Mutter diese kleine, niedrige Hütte gebaut hatten. Noch gerade rechtzeitig hatten sie den Bau in Windeseile vorangetrieben. Die Söldner der Kaiserlichen waren bereits auf Rügen angelandet, als die Hütte fertig geworden war. Sowohl ihre Eltern und ihr Bruder als auch die Familie ihrer Schwester lebten mit ihr, ihrem Mann und den beiden Kindern darin. Mehr schlecht als recht, aber in diesen unsicheren Zeiten, in denen umherziehende, marodierende und plündernde Söldner die Dörfer überfielen und alles mitnahmen, was sie tragen konnten, rückten die Menschen näher zusammen.

Der Krieg hatte sich auf der Insel Rügen breitgemacht und die Menschen waren in ihrem Zuhause nicht mehr sicher. Es hatte sich gezeigt, dass auch die Adligen der Willkür der Söldner schutzlos ausgeliefert waren. Die Übergriffe auf Frauen, Männer und Kinder wurden täglich mehr und vor allem brutaler und selbst die Herrschaft konnte sie nicht mehr schützen.
Sie hatten es im Wald gar nicht so schlecht getroffen. Ein kleiner Bach schlängelte sich in der Nähe der Hütte entlang. Im Herbst hatten sie vorgesorgt und viele Nüsse gesammelt. Genügend getrocknete Kräuter waren auch immer vorrätig.
Thomas, ihr lieber Mann, steuerte, so gut es ging, etwas Fleisch zum Lebensunterhalt der Familie bei. Er hatte einige Fallen im dichten Wald aufgestellt, aber er durfte sich nicht erwischen lassen. Das hätte seinen sicheren Tod bedeutet.
Die Männer hatten die Hütte so gut in die natürliche Umgebung eingepasst, dass sie auf den ersten Blick nicht gleich zu erkennen war. Der Winter war einigermaßen trocken geblieben und die Frauen hatten die Wände gut abgedichtet, sodass es im Inneren nie feucht und fast ein wenig gemütlich war. Sie waren alle am Leben und mussten nicht hungern. Was wollte man mehr in diesen wilden Zeiten?
Ihre jüngere Schwester Margarete hatte vor ein paar Tagen ihr zweites Kind bekommen und die junge Frau betete dafür, dass Mutter und Kind gesund bleiben würden.
Dem Ziegenhirten in Rahlow hatte sie versprochen, ihm beim nächsten Besuch ein wenig Beinwell mitzubringen, da er sich den Fuß verstaucht hatte. So hatte sie gestern die Wurzel gegraben und eine Salbe mit frisch ausgelassenem Hirschfett gekocht. Wie immer wollte sie anschließend noch ein paar Kleinigkeiten von ihrem Hausstand einpacken, denn sie hatten vor ein paar Monaten recht übereilt den Weg zur Waldhütte angetreten. Danach würde sie sich gleich wieder auf den Rückweg zur versteckten Hütte begeben.
Der Wind pfiff durch die hohen Tannen, es rauschte unheimlich und die Bäume ächzten und stöhnten. Ein Frühjahrssturm kündigte sich an. Sie hoffte, dass sie noch trocken und sicher wieder zur Hütte im Wald gelangen würde. Ein ungutes Bauchgefühl trieb sie zur Eile.
Bis zum Gutshaus in Rahlow war es nun nicht mehr weit. Die junge Frau hatte die schlechten Gedanken auf dem Weg durch die aufstrebende Natur des Frühlings einmal mehr abgeschüttelt und schritt nun wieder guten

Mutes voran. Auf den verschlungenen Pfaden des Waldes fühlte sie sich sicher. Die Soldaten, die in diesem Teil der Insel unterwegs waren, benutzten nur die breiteren Wege. Auf der einen Seite hatten sie Angst vor Vergeltung und auf der anderen Seite wollten sie einfach schneller vorwärts kommen.

Die junge Frau war, tief in ihren Gedanken versunken, bis zum Waldrand gelangt. Von hier konnte sie ein langes Stück des Weges einsehen. Als sie niemandem gewahr wurde, huschte sie schnell über den alten Postweg, der von der Hansestadt Stralsund kam und auf dem man bis in das Königreich der Schweden reisen konnte.

Ein Wanderer, der in Rahlow vor vielen Monaten um ein Nachtlager gebeten hatte, berichtete, dass vom Norden der Insel aus Schiffe ins Königreich fuhren. Aber das war schon einige Zeit her und bestimmt gab es jetzt diese Möglichkeit nicht mehr. Der Krieg hatte das alles zunichte gemacht.

Wie würden die Menschen im Königreich der Schweden leben? Wäre es ein besseres Leben? Die junge Frau wusste auch nicht so richtig, ob der Schwedenkönig jetzt Freund oder Feind und warum überhaupt der Krieg vor über zehn Jahren fernab der Insel ausgebrochen war. Die einfachen Leute litten sehr in dieser Zeit. Hunger stand auf der Tagesordnung. Krankheiten beherrschten die Menschen und rafften sie scharenweise dahin. Frauen waren vor den umherziehenden Söldnertruppen nicht sicher und selbst die Herrschaften hatten große Angst. Es war eine denkbar schlechte Zeit, in die Margaretes Kind hineingeboren worden war.

Auf der anderen Seite des Weges verschwand die junge Frau wieder lautlos im Unterholz. Bald würde sie am Ziel sein.

Als sie um die letzte Wegbiegung laufen wollte, wurde sie plötzlich hellhörig. Solch laute Rufe und derartiges Gebrüll kamen sonst nicht vom Gutshof.

Die junge Frau ging in Deckung und schlich sich, gut verborgen im Dickicht, am Wegesrand weiter heran. Als sie endlich freien Blick auf das Herrschaftshaus und die nebenstehenden Katen hatte, erschrak sie. Dort vorn waren viele Soldaten, die im Haus ein- und ausgingen. Sie schienen sich auf dem Gelände häuslich einzurichten.

Ihr Herz klopfte wie wild. Sie musste unbedingt näher heran, um zu sehen, was mit Hans war.

Sie schlich sich von hinten an seine Hütte, aber sie konnte kein Lebenszeichen von ihm entdecken. Nun wusste sie, dass ihr mulmiges Bauchgefühl sie nicht getäuscht hatte. Wäre doch Hans einfach auch mit weggegangen! Es war abzusehen gewesen, dass das Gut Rahlow nicht verschont bleiben würde.
Sie wischte mit einer Handbewegung ihre Gedanken beiseite. Sie musste herausbekommen, wo Hans war. Aber wie nur?
Plötzlich sah sie, wie die Soldaten den Ziegenhirten Hans vor den Stufen des Haupthauses mit einem Schlag zu Boden streckten und wollte ihm spontan zu Hilfe eilen. Aber was sollte sie tun? Sie würde gegen die Soldaten nichts ausrichten können. Wie sollte sie Hans bloß helfen?
Die junge Frau hatte so große Angst, dass ihr laut klopfendes Herz sie unverzüglich verraten würde. Es fiel ihr nichts ein, was sie für Hans hätte tun können. Sie schaute ganz vorsichtig um die Ecke der Kate.
Hans hatte sich wieder aufgerappelt und bemerkte sie, er schüttelte leicht seinen Kopf. Als sie sich nicht fortbewegte, schrie er aus Leibeskräften: „Lauf, Martha, lauf!"
Marthas Herz schlug aus Furcht Purzelbäume. Einen kurzen Moment erstarrte ihr Körper vor Schreck. Seitdem sie vor zwanzig Jahren schon einmal von einer Truppe Söldner festgehalten worden war, hatte sie panische Angst vor allen Soldaten. Doch sie musste sich zusammenreißen. Sie dachte an ihre Kinder, an Thomas und ihre Eltern, an Margarete und ihr neugeborenes Kind und an Hannah und Martina, spannte im Bruchteil einer Sekunde ihre Muskeln an und rannte los in Richtung des rettenden Waldes, ohne sich umzusehen. Ihr Kopf war plötzlich leer, sie rannte, um zu überleben. Das Atmen tat schon weh. Gleich, gleich hatte sie es geschafft und konnte in das schützende Zwielicht des dichten Waldes eintauchen.
Dort angekommen, gewann Martha wieder ein Stück Zuversicht und Hoffnung. Sie blieb kurz stehen, duckte sich und schaute zurück. Ihr Herz raste immer noch und der Atem ging stoßweise.
Die Söldner waren nicht mehr zu sehen. Martha glaubte, dass sie ihr nicht lange gefolgt waren. Bei der Aufteilung des Hausrates und allem anderen, was man noch gebrauchen oder tauschen konnte, wollte niemand zu kurz kommen und sich auch den einen oder anderen Leckerbissen nicht entgehen lassen. Das war Marthas großes Glück.

Sie lief noch ein wenig weiter und versuchte, tief durchzuatmen und die aufkommende Panik damit zu vertreiben.
Hoffentlich würde sie ihren Mann und die Kinder bald wieder in die Arme schließen können.
Von Selbstvorwürfen in Bezug auf Hans geplagt, blieb Martha stehen. Sie war schweißgebadet und brauchte unbedingt eine kurze Verschnaufpause. Und sie musste nachdenken.
Eine Viertelstunde später war Martha wieder soweit zu Kräften gekommen, dass sie weiterlaufen konnte. Sie hatte inbrünstig zu Gott gebetet und ihre Panik besiegt. Sie war trotzdem sehr vorsichtig, sah sich immer wieder prüfend nach allen Seiten um und versuchte, jedes unnötige Geräusch zu vermeiden. So kam sie zwar nur sehr langsam vorwärts, aber sie fühlte sich sicherer. Mit jedem Schritt gewann sie ihre Zuversicht zurück und hoffte inständig, dass Hans am Leben bleiben würde.
Es dauerte nicht lange und Martha sah vor sich die von dichtem Gestrüpp umsäumte Straße, die vom Gut Plüggentin nach Gingst führte. Gerade als sie diese überqueren wollte, hörte sie das Traben eines Pferdes. Geschwind suchte sie hinter den dünnen Zweigen, deren Knospen langsam hervorkamen, Deckung.
Der Reiter war seiner Kleidung nach vermutlich ein Bauer. Irgendetwas stimmte nicht. Der Mann war zusammengekauert und hielt sich mühsam am Hals des Tieres fest. Kurz bevor er die Stelle erreichte, an der Martha hinter dem Gestrüpp hockte, blieb das Pferd stehen. Langsam rutschte der Bauer vom Rücken des Pferdes und fiel in den Sand, seine rechte Hand hielt dabei immer noch die Zügel. Es sah komisch aus.
Martha wollte gerade vorsichtig aufstehen, um ihm zu helfen, als sie auf der gegenüberliegenden Straßenseite eine Bewegung wahrnahm. Sie kroch tiefer in ihr Versteck zurück und sah einen Mann, der sich, nach allen Seiten umschauend, auf den gestürzten Reiter zubewegte. Er sah sich den Bauern an und verschwand wieder. Kurz danach trat eine Frau auf die Straße.
Marthas Atem stockte. Sie traute ihren Augen kaum, als sie die Frau erkannte.

Was vorher geschah …

KAPITEL 1

Oktober 1627

„Los hoch mit dir, wir sind gleich da. Noch weiter heran kann ich nicht."
Konrad von Blankenfels spürte die Fußspitze, die sich immer wieder leicht in seine Rippen bohrte. Verschlafen öffnete er die Augen. Sein Verstand brauchte etwas Zeit, um die Umgebung wieder klar aufnehmen zu können. Noch immer stand der breitschultrige Steuermann neben ihm, aber er hatte aufgehört, nach Konrad zu treten. Breitbeinig und die Arme in die Hüften gestemmt, sah Sven Olafson auf ihn herab: „Genug gefaulenzt! Beweg deinen adligen Arsch zum Schiffsführer! Er ist hinten auf dem Kastell."
Konrad rieb sich die Augen. Erst jetzt nahm er den modrigen Gestank wieder wahr, der ihn umgab. Mühsam erhob er sich von den unbequemen Holzbrettern, die sein Nachtlager in den letzten Tagen gewesen waren.
Sven Olafsons große Hand griff nach seinem Kragen und half Konrad, schneller als ihm lieb war, auf die Beine. Irgendetwas hatte sich verändert. Erst konnte er gar nicht fassen, was anders war, aber schnell bemerkte er, dass das Stampfen der altersschwachen Kogge einem sanften Schaukeln gewichen war. Konrad seufzte. Als sie vor drei Tagen die schwedische Küste verlassen hatten, waren sie unmittelbar darauf in einen wütenden Sturm geraten. Nie hätte Konrad von Blankenfels geglaubt, dass dieser morsche Kahn durchhalten würde. Bei jeder größeren Welle ächzten die alten Eichenplanken. Es war wie ein Hilferuf des alten Holzes, welches sich in einem Kampf zwischen Leben und Tod befand.
Konrad hatte sich wieder und wieder übergeben, bis selbst sein kräftiger Körper saft- und kraftlos in sich zusammen gesunken war. Er war, seines

nahen Todes gewiss, ganz dicht an einen der dicken Holzspanten herangekrochen und hatte ein innbrünstiges Gebet zum Himmel und allen Heiligen geschickt. Die muffige Enge unter Deck und der beißende Geruch nach Teer, Tran und Erbrochenem taten ihr Übriges. Irgendwann kam er zu sich. Das fahle Mondlicht schien gespenstisch durch die offene Luke. Die Petroleumlampe, die sonst ihr schwaches Licht in diesem Raum spendete, war wahrscheinlich schon längere Zeit erloschen. Lautes Geschrei hatte ihn geweckt. Konrad nahm alle Kraft zusammen und horchte von seinem Platz unter Deck auf die Wortfetzen, die zu ihm drangen. Das Geschrei wurde begleitet von diversen Flüchen und Verwünschungen. Der Bootsjunge kam polternd die schmale Stiege herabgesprungen.
„Herr, wir nehmen Wasser. Der Schiffshauptmann schickt mich zu Euch. Wenn Ihr lebend an Land kommen wollt, fasst mit zu! Wir brauchen jetzt jede Hand."
An der zitternden Stimme des Jungen war zu merken, dass die Aufforderung nach Hilfe keine Bitte war.
Es dauerte nahezu die ganze Nacht, bis die Besatzung den Wassereinbruch unter Kontrolle hatte. Das Leck war notdürftig repariert und das eingedrungene Wasser mit Ledereimern über Bord geschüttet worden. Konrad schleppte sich nach dieser fast übermenschlichen Anstrengung wieder auf seinen alten Platz unter Deck und seine Glieder waren nicht mehr in der Lage, sich auch nur eine Elle zu bewegen.
Der feste Griff des Steuermannes riss ihn endgültig aus seiner schläfrigen Erinnerung.
„Schon gut", murmelte Konrad. „Geh vor, ich komme", sagte er zu dem Seemann. Glücklich, dem Sturm der letzten Nacht entkommen zu sein, stieg er mit einem Lächeln auf den Lippen die schmale Treppe empor.
Die schaukelnde Petroleumlampe unter Deck gab jetzt wenigstens etwas Licht ab. Der Schiffsjunge musste sie wieder entzündet haben, während Konrad schlief.
Hier oben auf den Planken war rein gar nichts zu sehen. Die Nacht hatte das Schiff vollständig eingehüllt. Sven war stehen geblieben und ließ Konrad vor. Gerade als dieser etwas sagen wollte, drückte die große Hand des Steuermannes auf Konrads Mund.
„Pst, kein Mucks!", flüsterte Sven ganz leise.
Konrad war verwundert, doch er nickte langsam als Zeichen, dass er die Geste verstanden hatte. Der Griff des Steuermannes lockerte sich merklich.

Vorsichtig die Holzreling fassend, tasteten die beiden sich zum Achterschiff durch.
Erst jetzt bemerkte Konrad, wie das große Segeltuch schlaff am Mast hing. Bedächtig stieg er den Aufgang zum Kastell nach oben. Der Steuermann folgte dicht hinter ihm.
Oben angekommen griff jemand nach seinem Arm und zog ihn weiter zum Rand des Holzgeländers auf der vom Wind abgewandten Seite des Schiffes. Es war der Schiffsführer. Auch er flüsterte, doch Konrad erkannte seine Stimme.
„Siehst du die Lichter dort drüben?“, und ohne eine Antwort abzuwarten, fuhr der Mann fort, „Mich soll die nächste große Welle verschlingen, wenn das mal nicht die Dänen sind. Diese verfluchten Hundsfotts machen hier das Gewässer unsicher. Wenn man genau hinsieht, sind es sechs oder sieben große Koggen. Ich möchte meinen Arsch verwetten, dass die bis unter die Schanz vollgestopft sind mit Kartaunen.“
Konrad sah nur einzelne Lichter. Er hätte niemals ausmachen können, ob es sich dabei um Schiffe, Boote oder Hütten an Land handelte. „Warum führen die Dänen denn Lichter an Deck? So kann doch jeder gleich ihren Standort bemerken“, flüsterte Konrad.
Der alte Schiffsführer spuckte aus. „Ach Blankenfels, du magst ein erfahrener Kriegsmann sein, doch hier vom Seekriege fehlt es dir. Ich weiß nicht, was du auf dieser Insel vor uns machen sollst und es geht mich auch nichts an. Es wird schon seinen Grund haben, warum der König dich in geheimer Mission herschickt. Bei den Dänen verhält es sich genau anders herum. Sie wollen gesehen werden. Der dänische König Christian der IV. ist zwar letztes Jahr von diesem Hundsfott Wallenstein und seinem kaiserlichen Gesindel geschlagen worden und auf die dänischen Inseln zurückgekrochen, aber seine Flotte ist die stärkste hier im Baltikum. Soll dieser Wallenstein sie ruhig angreifen, die wissen sich zu wehren. Diesen armseligen kaiserlichen Haufen werden die Dänen zu den Heringen schicken. Hübsches buntes Fischfutter würde das abgeben, glaub mir.“
Leise kam ein Matrose auf das Kastell geklettert. „Das Wasser wird flacher. Wir haben nur noch sechs Faden unter dem Rumpf.“
„Das ist gut“, antwortete der Schiffsführer, „Sag dem Bootsmann, er soll den Anker werfen, aber so leise wie möglich. Ihr, Blankenfels, macht Euch fertig. Sobald das Eisen im Wasser ist, booten wir Euch aus. Vor Sonnenaufgang will ich aus diesen heimtückischen Gewässern längst wieder

verschwunden sein. Wenn die dänischen Bastarde nicht merken, auf welcher Seite wir stehen, schicken sie uns vielleicht auch noch zu den Fischen. Wenn Ihr an Land seid, bleibt Ihr auf Euch selbst gestellt. Sobald unser Boot zurück ist, werden wir den Anker aus dem Wasser holen und alles Tuch setzen, was wir haben. Packt also Euren Kram zusammen und dann Gott mit Euch."

Konrad nickte. „Ja, Gott sei auch mit Euch. Der König wird es Euch vergelten. Habt Dank guter Mann. Möge der Herr seine schützende Hand über Euch und Euer Schiff halten. Ich wünsche Euch eine gute Überfahrt."

Der Schiffsführer legte seine kräftige Hand auf Konrads Schulter und nickte. Ja, Glück brauchten sie für die Heimreise. Das wusste er am besten.

Kurze Zeit später wurde das kleine Beiboot zu Wasser gelassen. Konrad nahm vorn Platz, seine zwei Begleiter erfassten auf der Ruderbank jeweils eines der langen Hölzer. Vorsichtig zogen sie die Ruderblätter durch das Wasser. Schnell nahm das kleine Boot Fahrt auf und glitt beinahe lautlos durch die Dunkelheit. Auf der alten Kogge wurde an der Seite, an der das Boot zu Wasser gelassen wurde, eine kleine Laterne zur Orientierung angebracht.

Schon nach kurzer Zeit konnte von Blankenfels das kleine Licht nur noch erahnen. Die Finsternis hatte das Ruderboot fast völlig verschlungen.

Die Ruderer taten ihm leid. Sie mussten schließlich den Weg zur Kogge zurückfinden. Wie lange würde der Schiffsführer auf sie warten? Ob er ohne die beiden Seemänner den Anker lichten und zum Königreich der Schweden zurücksegeln würde?

Konrad verscheuchte seine Gedanken. Das war schließlich nicht sein Problem. Er hatte eigene Befehle, deren Erledigung ihm beinahe unmöglich erschien. Darauf musste er sich jetzt mit aller Macht konzentrieren. Das Schicksal der beiden Matrosen durfte ihn nicht interessieren. Sie wussten schließlich, worauf sie sich da eingelassen hatten. Er konnte ihnen nur noch Glück und eine gute Heimkehr wünschen.

Ein Stück vor dem Boot hörte er leichtes Rauschen. Es wurde mit jedem Ruderschlag stärker.

Ein untrügliches Zeichen, dass sich vor ihm die Wellen brachen. Die Küste konnte nicht mehr weit entfernt sein.

Er hatte recht gehabt. Kurze Zeit später rutschte das hölzerne, flache Boot über lose Steine, bevor es mit einem leichten Ruck zum Stehen kam.

Konrad sah sich um. Außer den weißen Schaumkämmen der Wellen konnte er die Küste noch nicht ausmachen.
Die Ruderer hatten die Riemen aus den Dollen gezogen und auf die Bordwand des Bootes gelegt. Alle drei saßen reglos auf ihren Bänken und lauschten angestrengt in die Nacht.
Dann räusperte sich einer von ihnen leise und sagte: „Wir sind da, Herr. Ihr solltet aussteigen, damit wir wieder rechtzeitig zurückkommen. Der Alte wird noch vor dem ersten Hell den Anker lichten. Also macht hin, unser Auftrag ist hiermit erfüllt."
Langsam erhob sich Konrad. Er nickte den beiden anderen zu, nahm sein erstes schweres Bündel und schwang sich über die Bordwand. Das Wasser, welches sofort durch seine Beinkleider drang, war eiskalt. Er biss die Zähne aufeinander und blies die Luft stoßweise aus. Es dauerte einen Moment, bis er sich halbwegs an die Temperatur gewöhnt hatte. Jetzt nahm er auch verschwommen die Küste wahr. Dreimal musste er die Strecke zwischen Strand und Boot zurücklegen, bevor er alle seine Sachen trocken ans Ufer gebracht hatte. Besondere Aufmerksamkeit richtete er dabei auf seine Büchse, die beiden Pistolen und das Fässchen Pulver, welches er mitführte.
Noch bevor er den letzten Gang zum Ufer antrat, hörte er die Ruder wieder ins Wasser tauchen. In diesem Moment fühlte er sich von der Welt verlassen. Und ganz so unrecht hatte er wahrscheinlich nicht.
Er sah sich um. Der Strand war an dieser Stelle ungefähr fünfzig Fuß breit und mit faustgroßen Steinen übersät. Hinter dem Strand ragte eine mit Büschen bewachsene Steilküste in den Himmel.
Konrad überlegte. Am Strand konnte er nicht bleiben. Viel zu schnell würde er so bei Sonnenaufgang von See oder von Strandfischern zu erkennen sein. Nein, er musste sich erst einmal verstecken und vor allem seine nassen Kleider trocknen. Kurzentschlossen kroch er einige Meter den Abhang nach oben. Es dauerte eine Weile, bis er eine kleine Mulde gefunden hatte, die sich annähernd waagerecht in den bewachsenen Kreidefelsen hineinschob. Von See aus war diese Stelle nicht einsehbar. Eine dichte Buschgruppe versperrte den Blick. Konrad begann, sich so gut es ging einzurichten. Seinen Mantel hatte er auf dem Boden ausgebreitet. Dann lud er die Pistolen und die Muskete mit Pulver und Blei und legte das Pulverhorn neben sich. Mit der Hand strich er sanft über den Feuerstein des gespannten Hahnes der Muskete. Erst dann zog er die langen, bis zu seinen Knien reichenden Stiefel aus und schüttete vorsichtig das Wasser

über den Böschungsrand. Kurz überlegte er noch, ein kleines Feuer zu machen. Doch auf die Gefahr hin, entdeckt zu werden, verwarf er den Gedanken schnell wieder.
Seinen Degen legte Konrad, ebenso wie sein langes Messer, griffbereit neben sich. So gewappnet schlief er ein.

KAPITEL 2

Leise rauschten die Blätter der alten Eiche im Garten. Von weit her drang der Ruf eines Kranichs. Es roch nach Herbst. Die Sonne hatte nicht mehr die Kraft des Sommers, doch noch immer spendete sie ihre wohltuende Wärme.

Hannah liebte diesen Platz. Sie hatte den kleinen Tisch näher an die Bank gezogen. Ehrfurchtsvoll strich sie über den Einband des uralten Buches, das vor ihr lag. Im selben Moment spürte sie ein Frösteln auf ihrer Haut. Die Haare auf ihrem Unterarm stellten sich augenblicklich auf. Kurze Zeit spürte sie das unbändige Verlangen, ihre Hand sofort wegzuziehen. Sie kannte dieses Gefühl. Es war nicht das erste Mal seit dem Diebstahl vor einem Jahr, dass sie in dem geheimnisvollen Buch las. Auf den Besitz des alten Grimoires wäre jedes Museum dieser Welt stolz gewesen. In den falschen Händen jedoch bedeutete es Gefahr. Geschrieben vor weit über achthundert Jahren, hatte es die Zeit fast unbeschadet überdauert. Bei der Erstürmung der heidnischen Festung Charenza auf Rügen durch den Dänenkönig sollte es, genau wie die anderen Exemplare und die hölzernen Gottheiten auf den heiligen Plätzen der Ranen, dem Feuer übergeben werden. Bei den Gottheiten, wie dem mächtigen Swantevit oder dem kriegerischen Rugivit hatten es die Dänen geschafft. Sie wurden unter den Äxten der Eroberer Opfer der Zerstörung, bevor Feuer die Überreste komplett vernichtete und von ihnen nur ein Häufchen Asche übrigblieb. Den heidnischen Glauben jedoch konnten die christlichen Missionare nicht ganz so schnell zerstören wie die heiligen Stätten. Wie das Grimoire diese Zeit überstanden hatte, blieb wahrscheinlich für immer ein Geheimnis.

Martina, ihre so viele Jahre verschwundene Tochter, kam genau wie das Buch durch die Pforte der Zeit. Ja, die Pforte, dieser uralte Baum, der aussah, als ob er nur durch die Außenseiten seiner Rinde gehalten wurde. Das Buch war lange Jahre im Besitz der Heilerin von Pansevitz, ihrer Freundin Anna Gowe, gewesen. Zwischen den Frauen war eine Freundschaft über die Jahrhunderte hinweg entstanden.
Hannah blickte nachdenklich zu den sich sanft im lauen Herbstwind bewegenden, langsam verfärbenden Blättern der Eiche über ihr. Das war nun schon eineinhalb Jahre her. Die Zeit verging wie im Fluge. Seit ihr Sohn Martin und seine Lebensgefährtin Katharina Anna vor dem sicheren Tod durch die Stralsunder Gerichtsbarkeit des sechzehnten Jahrhunderts gerettet hatten, hatte Hannah nur noch sporadischen Kontakt mit ihr. Sie lebte jetzt mit ihrem Mann und den Kindern in Altefähr, nachdem sie nur ganz knapp dem Tod durch die Quälereien der Stralsunder Schinder entkommen war. Bestimmt würde es ihrer alten Freundin gut gehen, so hoffte sie. Hannah hätte sie gern öfter gesehen, doch sie wusste um die Gefahr für Anna. Die Scheiterhaufen in dieser Zeit hatten schon viele unschuldige Opfer verschlungen.
Das Kribbeln ihrer Hand und die Gänsehaut auf dem Arm hatten nachgelassen. Hannah holte tief Luft und schlug das dicke, in feinstes Leder eingebundene Buch auf.
Jedes Mal, wenn sie die Seiten betrachtete, durchflutete sie ein Gefühl sagenhafter Hochachtung vor den Meistern dieses Werkes. Jede einzelne Seite fühlte sich geschmeidig an. Es war kein normales Pergament. Durchsichtiger schien es, wesentlich feiner. Irgendwo hatte Hannah einmal erfahren, dass man für besondere Bücher die Seiten aus der Haut ungeborener Lämmer fertigte. Jetzt erinnerte sie sich. Es war schon lange her, da hatte sich die Gelegenheit ergeben, ein solches Buch im Stralsunder Stadtarchiv zu besichtigen - eine uralte, handgemalte Bibel.
Wieder ging ihr Blick zu der aufgeschlagenen Seite. Die Farben der Randmarkierung waren in voller Schönheit erhalten geblieben. Die Schrift war groß und gemalt, jeder Buchstabe für sich ein Kunstwerk. Hannah strich mit den Fingerspitzen vorsichtig über die Buchstaben. Schon mehrmals hatte sie Nachschlagewerke benutzt, doch noch nie war sie hinter das Geheimnis des so Geschriebenen gekommen.
Die Buchstaben ähnelten weder den gebräuchlichen Schriften, noch den Runen der nordischen Völker und auch nicht den Hieroglyphen Ägyptens.

Sie hatten keinerlei Ähnlichkeit mit dem Arabischen und waren ganz weit entfernt von asiatischen Schriftzeichen. Sie lagen irgendwo zwischen dem Ganzen, eigenwillig, schier nicht zu beschreiben. Nur manchmal, auf einigen wenigen Seiten, hatte sie das Gefühl, dass das Geschriebene einen Sinn ergab. Doch sie war nicht in der Lage, diesen Sinn gedanklich festzuhalten. Wie im dichten Nebel verschwand er wieder vor ihrem geistigen Auge. Was ihr blieb, war die Bewunderung für die Macher dieser alten, geheimnisumwitterten Schrift. Das Grimoire war ein Zauberbuch, auch wenn Hannah weit davon entfernt war, von ihm irgendwelche Wunder zu erwarten. Es war für sie ein Zauberbuch in der Machart, ein ungewöhnliches, von Menschenhand geschaffenes Meisterwerk.
Wenn man bedachte, dass die Ranen vor der Christianisierung der Insel im täglichen Gebrauch keine Schrift verwendeten, so wuchs die Hochachtung vor dem Buch noch weiter.
Hannah sah sich die Seiten an. Vorsichtig blätterte sie um. Obwohl es ihr nicht möglich war, einen Sinn zu erfassen, spürte sie doch die riesige Macht, die von den einzelnen Seiten ausging.
Walburga hatte von jeder Seite des Buches eine Fotokopie gemacht. Vielleicht hatte sie mehr Glück bei der Entzifferung oder einer der Wanderer – so nannte Walburga die Frauen, die die Gabe hatten, durch eine Pforte der Zeit zu gehen – konnte ihr dabei helfen.

Der kleine schwarze Hund, der eben noch ganz tief vor ihren Füßen geschlafen hatte, hob plötzlich seinen Kopf. Mit einem Satz war er auf den Beinen und rannte unbeholfen und mit erhobenem Schwanz quer durch den Garten in Richtung Eingangstor. Auch Hannah sah auf.
Es war Martina, ihre Tochter, die hereinkam. Das kleine schwarze Fellbündel sprang freudig an ihren Beinen hoch. Martina lehnte ihr Rad an die Hauswand und nahm den kleinen Hund auf den Arm. Übermütig reckte er seinen Hals und versuchte, Martina im Gesicht zu lecken. Hannah hörte, wie Martina mit dem Hund im Spaß schimpfte. Die Erziehung dieses kleinen Fellbündels auf vier Pfoten war alles andere als einfach. Martin, Hannas Sohn, hatte diesen süßen Mischling irgendwo aufgegabelt und Hannah geschenkt. Martina hatte ihm den Namen Asko gegeben. Hannahs letzter Hund, ihr treuer, alter Husky war bei dem Versuch, sie und die ihren vor den Dieben des Buches zu verteidigen, erschossen worden. Es war schmerzhaft, doch der kleine Racker gab Hannah keine Gelegenheit, in

Trauer zu versinken. Sie hatte ihn lieb gewonnen. Er war kein Ersatz für den Husky, das konnte er auch nicht sein, doch er gehörte jetzt zur Familie. Martina war an ihre Mutter herangetreten und küsste sie auf die Stirn. „Du liest wieder in dem alten Buch?“

Hannah legte ihre Arme um die Taille ihrer Tochter und blickte sie lächelnd an. Sie wusste, bei Martina musste man, wenn es auf das Buch zu sprechen kam, etwas diplomatischer vorgehen. Die lange Zeit, die ihre Tochter im Zisterzienserkloster in Bergen verbracht hatte, hatte sie geprägt. Wie sollte es auch anders sein.

Auch wenn sich Martina bewusst für das Leben mit ihrer Mutter entschieden hatte und aus dem Konvent des Klosters ausgetreten war, so hing sie noch immer an den Nonnen. Mehrmals schon war sie im letzten Jahr durch die Pforte geschlüpft und hatte die Schwestern besucht. Hannah ließ sie gewähren.

Nach einer Weile brach Hannah das Schweigen. „Ja, mein Kind, ich habe mir wieder das Buch genommen. Es beißt nicht.“

„Aber es ist heidnisch, Teufelswerk. Du versündigst dich, Mutter.“ Es klang nicht unbedingt wie ein ernster Vorwurf, mehr wie ein ängstlicher Hilfeschrei.

Hannah musste schmunzeln. „Nein, mein Schatz, es ist kein Teufelswerk. Es ist von Menschen wie dir und mir geschrieben worden. Es ist sehr alt.“ Nach einer kurzen Pause fuhr Hannah fort: „Schau nur, durch die Technik, wie Flugzeuge, Schiffe und Autos ist unsere Welt so klein geworden, dass wir begreifen müssen, auch andere Religionen zu tolerieren, vielleicht sogar von ihnen zu lernen. Auf Anhieb fällt mir da der Buddhismus ein. Er predigt Gewaltfreiheit - ein Mittel, das wir heute häufiger einsetzen sollten.“

„Ja, Mutter“, entgegnete Martina, „wir reden aber nicht von heute. Es ist in heidnischer Zeit geschrieben worden.“

„Und warum machen wir da einen Unterschied?“, fragte Hannah etwas provozierend. „Es gibt keinen, glaub mir. In der Geschichte, kurz nach der Zeit, als du im Kloster warst, brach ein großer Glaubenskrieg aus. So jedenfalls wurde er bezeichnet. Es kämpften auf der einen Seite die katholischen Kaiserlichen, auf der anderen Seite die Reformer, die Protestanten. Dieser Krieg dauerte alles in allem dreißig Jahre. Es waren Christen, die aufeinander gehauen und eingestochen haben. Am Ende dieses verheerenden Gemetzels waren beinahe zwei Drittel der Bevölkerung unserer deutschen Lande tot. Die einen starben in den blutigen Kämpfen,

die anderen verhungerten, da die durchziehenden Truppen versorgt werden mussten oder sie starben geschwächt an Seuchen. Eine Tragödie, die nur von den zwei großen Weltkriegen eingeholt wurde. Und das auch nur, da sich die Technik des Mordens verbessert hatte. Glaub mir, das was wir lernen müssen, um als Menschheit zu überstehen, ist Toleranz gegenüber Andersdenkenden. Auch in Fragen der Religion. Im Schutz der alten Götter wie Odin oder Thor haben damals die Nordmänner Amerika entdeckt, lange bevor das christliche Europa überhaupt dazu in der Lage war. Oder schau dir die arabische Welt an. Es gab eine Zeit, da entstanden dort Zentren der Medizin und Mathematik, lange bevor in unseren Landen auch nur darüber gesprochen wurde."
Martina dachte über Hannahs Worte nach. „Ich bin nicht ganz deiner Meinung, aber akzeptiere, was du sagst. Vielleicht ist das auch schon die Toleranz, von der du gesprochen hast. Doch lass uns deshalb nicht entzweien. Es ist solch ein schöner Tag. Wollen wir etwas spazieren gehen?"
Hannah war über diese plötzliche Gesprächswendung etwas überrascht. Sie stand von der Bank auf. „Ich glaube, du hast recht. Wir sollten etwas laufen. Aber ich bin mir sicher, deshalb entzweien wir uns nicht, ganz bestimmt nicht. Ich habe dich schon einmal hergeben müssen, nicht noch ein zweites Mal."
Dann sah sie in Martinas Gesicht. „Wie geht es übrigens dem jungen Polizisten?"
Martina schoss die Röte auf die Wangen. Hannah schmunzelte.
Sie hatten fast den Hauseingang erreicht, als Martina sich umdrehte. Sie blickte ihre Mutter mit großen Augen an. „Was erhoffst du dir, aus diesem Buch herauslesen zu können?"
Hannah war ebenfalls stehen geblieben. Sie drückte den schweren Ledereinband dichter an ihren Körper. „Ich weiß es, ehrlich gesagt, auch nicht so genau. Walburga, eine der weisen Frauen, du hast sie ja schon kennengelernt, meinte, dass es viele Durchgänge in andere Zeiten gibt. Man muss nur suchen. Es ist Neugier, die in mir nagt. Ich möchte einfach nur wissen, ob das stimmt. Bisher habe ich eine ähnliche Pforte wie diese im Wald noch nicht wieder gesehen. Ich bin mir auch nicht sicher, ob man es machen soll, ich meine, die Suche fortsetzen oder ob man lieber alles beim Alten belässt. Durch meine Neugier damals und dass ich der falschen Person vertraut habe, verlor ich dich für lange Zeit. Das Gefühl, sein Kind

zu verlieren, ist für eine Mutter das Schlimmste, was auf Erden passieren kann. Und doch ist es mir so geschehen. Dafür schäme ich mich unsagbar. Aber auf der anderen Seite ist da auch diese Ungewissheit, diese Neugier, diese Suche nach dem Wissen. Deshalb versuche ich, dieses Buch zu verstehen. Wenn es weitere Pforten, solch geheimnisvolle Türen gibt, dann stehen sie möglicherweise hier drin."

Hannah trommelte mit den Fingern leicht auf den Ledereinband, fast so, als wollte sie ihre Worte damit untermauern.

Nach kurzem Innehalten nickte Martina. „Wenn man die Tore zu den Welten der anderen Zeit findet, könnte man dann das Geschehene ändern?"

„Was meinst du damit?", fragte Hannah neugierig.

„Ich meine, könnte man die Geschichte ändern? In einem deiner Bücher habe ich von dem großen Stadtbrand in Bergen gelesen. Könnte man ihn ungeschehen machen? Er ist, so stand es in dem Buch, am elften Tag des Monats Oktober im Jahre des Herrn 1621 am frühen Morgen ausgebrochen. Könnte man solche Sachen ungeschehen machen?"

„Wie würdest du ihn verhindern wollen?" Hannah nahm ihre Tochter verständnisvoll in den Arm. Sie kannte ihr gutes Herz.

„Ganz einfach. Ich würde am Abend vorher zum Marktscharren gehen, dieses alte Balkenhaus direkt auf dem Marktplatz. Dort hat der Nachtwächter sein Quartier. Ich würde ihm die Geschichte erzählen und dass der Brand in der Schmiede in der Dammstraße ausbrechen wird. Auch das soll er erfahren."

Hannah nickte leicht vor sich hin und küsste ihre Tochter auf die Wange. Sie überlegte eine Weile. „Ich glaube nicht, dass wir solche Sachen ungeschehen machen können. Viel mehr glaube ich, dass wir nur Zuschauer sein werden. Es ist uns einfach nicht bestimmt, in die Geschichte, wie sie gewesen ist, eingreifen zu können. Was würde dann aus den geschriebenen Büchern der Jetztzeit werden? Wenn es so einfach wäre, was hätten wir nicht alles verhindern können? Wie viele schreckliche Sachen wären den Menschen erspart geblieben?" Sie schüttelte heftig den Kopf. „Nein, es würde nicht gehen. Abgesehen davon, dass dann meine ganzen Geschichtsbücher der Lüge überführt werden würden. Wenn wir dadurch Menschenleben retten könnten, wären mir meine Geschichtsbücher egal, aber es geht einfach nicht."

„Aber wenn es nun doch gehen würde?", beharrte Martina.

„Gut, spinnen wir den Gedanken mal zu Ende." Hannah holte tief Luft. Über das, was sie gesagt hatte, war sie sich selbst nicht ganz im Klaren. Es fiel ihr in diesem Moment schwer, ihre Gedanken zu ordnen. „Was würde geschehen, wenn du in der Nacht zum elften Oktober 1621 zu dem Nachtwächter gehen würdest? Wie würde er reagieren?"

Martina zuckte mit den Schultern.

Hannah fuhr fort: „Ich glaube, ich kann es dir sagen. Er würde dir nicht glauben. Er würde dich davonjagen oder einsperren. Die Macht hätte er ja, denn der Marktscharren diente auch als Gefängnis, aber das hast du bestimmt selbst gelesen. Dann würde er sich vielleicht aufmachen und zu dieser besagten Schmiede gehen. Wenn er zu früh ankommt, würde er dich der Lüge bezichtigen. Wenn er etwas später kommt und die Flammen sieht, würde er dich der Brandstiftung bezichtigen oder der Hellseherei, der Hexerei. Du würdest verurteilt werden. Der Brand selber würde trotzdem ausbrechen. Die Geschichte in der ganzen Komplexität ist nicht zu verändern. Was wir tun können, ist, uns in ganz kleinem Maße einzubringen. So wie im letzten Jahr, als wir die Mutter Oberin des Klosters aus den Klauen des Putbussers gerettet haben. Aber vielleicht wäre es auch ohne unser Zutun so gekommen. Ich weiß es ehrlich gesagt nicht."

„Und warum suchst du dann diese Wege zur Anderswelt, wenn wir doch nicht in der Lage sind einzugreifen?"

Diese Frage hatte Hannah sich schon oft gestellt. Sie hatte sogar regelrecht Angst vor dieser Frage, denn es gab keine auch nur halbwegs befriedigende Antwort darauf.

„Ich weiß es nicht." Ihre Augen wurden feucht vor Verzweiflung. „Vielleicht weil wir beide die Gabe haben, durch die Zeitpforten zu schreiten, du und ich, Walburga und die anderen Frauen. Ich möchte wissen, warum wir es können, warum gerade wir es können. Verstehst du das?"

Martina drückte ihre Mutter fester an sich. „Tut mir leid. Ich wollte dir nicht wehtun."

Hannah fuhr mit dem Handrücken über ihre Augen. „Schon gut, ich weiß es doch, mein Kind."

KAPITEL 3

Oktober 1627

Fröstelnd erwachte Konrad von Blankenfels. Der Schlaf war, trotz der widrigen Umstände, die sein Nachtlager ihm geboten hatte, erholsam gewesen. Er war schon zu lange in Diensten des Löwen aus der Mitternacht, wie sich der schwedische König gern nennen ließ, um sich über Unannehmlichkeiten, und sei es nur dieses primitive Nachtlager, zu beklagen.
Von Blankenfels war schon einmal auf Rügen gewesen. Er hatte dem alten Putbusser gedient, um sich die Überfahrt ins Königreich leisten zu können. Erst ein sonderbarer Befehl nach der Suche eines alten Buches und der damit verbundenen Reise in eine andere, für ihn erschreckende Welt, ließ ihn das wahre Gesicht des Alten erkennen. Und dann war da diese Frau. Einer Elfe gleich stand sie vor ihm. Er erinnerte sich noch wie heute, dabei waren schon zwanzig Jahre ins Land gegangen. Sie hatte damals ganz sanft nach Rosen geduftet. Es war dieser einzigartige Geruch, den er seit dieser Zeit nicht vergessen konnte. Egal, bei wie vielen Frauen er mittlerweile gelegen hatte, keine kam an diese Frau heran. Ihr Bild trug er nun schon eine halbe Ewigkeit in seinem Herzen und konnte sie nicht vergessen. Was würde er darum geben, sie noch einmal zu sehen.
Konrad lächelte vor sich hin und streckte seine Glieder. Vielleicht war es besser so, sie nur in seinen Gedanken zu lieben. Was mochte aus ihr geworden sein? Zwanzig Jahre waren eine lange Zeit und ließen so manche Rose verblühen. Wie würde sie aussehen nach all der Zeit? Es konnte

schließlich sein, dass sie eine alte, unansehnliche, zahnlose und keifernde Vettel geworden war. Nein, das passte nicht. Er wollte das Bild, was er von ihr hatte, mit aller Macht festhalten.
Die Jahre waren schließlich auch an ihm nicht spurlos vorbeigegangen. Schon manchmal spürte er ein Ziehen in seinen Knochen, doch das konnte er noch verschmerzen.
Für diesen Einsatz weit vom heimischen Feuer oder das, was dazu geworden war, hatte er sich freiwillig gemeldet. Da er vorgab, die Insel und ihre Bewohner zu kennen, war es ihm genehmigt worden. Insgeheim gestand er sich ein, dass er hoffte, vielleicht eine Spur dieser ungewöhnlichen Frau zu finden. Die Chancen dafür waren jedoch minimal. Die Insel war die Gleiche wie damals, aber sie und Konrad waren durch Jahrhunderte getrennt. Trotzdem hoffte er, wenigstens so viel Zeit zu haben, um Erkundigungen dazu einzuholen.
Damals, vor zwanzig Jahren, als er in den Dienst des schwedischen Königshauses getreten war, wurde er als Gefreiter gern genommen. Seit dieser Zeit machte seine Karriere im Heer deutliche Sprünge. Sein militärisches Talent wurde gewürdigt und er war den richtigen Leuten aufgefallen. Schon nach einem Jahr war er Rottenmeister geworden und befehligte sechs Mann. Korporal und Feldweibel waren nur kurze Stationen in seiner Laufbahn. Als Fähnrich stand er unter besonderem Schutz seines Herrn. Jetzt, als Leutnant der Fußtruppen, wurde er durch seine Untergebenen verehrt und zugleich gefürchtet. Aber nur so konnte man die Disziplinlosigkeit des gemeinen Fußvolkes unterbinden.
Wenn er nun diesen Auftrag zur Zufriedenheit des Herrschers ausführen könnte, würde er den Posten eines Hauptmanns einnehmen, das hatte man ihm im Vorfeld bereits versprochen.
„Also dann, auf geht's", sprach er etwas lauter als gewollt. Augenblicklich schaute er sich um. Doch keine Menschenseele war in seiner Nähe.
Konrad von Blankenfels erhob sich, strich über sein Wams, sah nach den bereitgestellten Waffen und kniete wieder nieder. Vor dem Körper faltete er seine Hände und begann zu beten. Wenn Gott ihn erhörte, würde er schon gegen Abend an einer der Fähren im Süden der Insel sein. Doch jetzt galt es erst einmal, einen Weg dorthin zu finden. Auch darum bat er.
Der Aufstieg zur Steilküste gestaltete sich schwierig. Dass er mitten in der Nacht diesen Schlafplatz gefunden hatte, grenzte schon an ein kleines

Wunder. Vielleicht war das ein Fingerzeig, dass der Herr über ihn und seiner Mission wachte.

Über der bewachsenen Steilküste richteten sich große Kiefern auf. Viele von ihnen hatte der Wind in eine eigenartige Lage gezwängt. Schräg, dem Meer abgewandt, hielten sie Wacht über die Insel.

Konrad ließ seinen Blick über das Meer schweifen. Still lag es unter ihm. Die Brandung der letzten Nacht war verschwunden. Nur noch sanft erhoben sich kleine Wellen, ohne am Ufer zu brechen.

Von seiner Position aus sah er die Spitze der Insel Hiddensee, einem schmalen Eiland, welches sich im Westen lang neben der Hauptinsel Rügen dahin streckte. Vor seiner Abreise hatte er eine Menge Karten dieser Gegend studiert. Alles, was er nur irgendwie in die Finger bekommen konnte, hatte er regelrecht verschlungen. Und das war eine ganze Menge.

Plötzlich sah er sie, die hohen Masten mit den gerefften Segeln. Die Schiffe der Dänen ankerten zwischen beiden Inseln. An den Achterschiffen waren riesig groß Dänenflaggen zu erkennen, welche lustlos im sanften Wind hingen.

Konrad wusste, dass die Dänen nicht unbedingt des Königs Freunde waren. Viel zu oft gab es Streit zwischen den Nationen um die Vormachtstellung im Dominium maris Baltici. Doch die Lage änderte sich gerade. Christian der IV., König und Anführer des dänischen Heeres, kämpfte gegen die kaiserlichen Truppen Wallensteins, doch ohne großen Erfolg. Letztes Jahr war Christian entscheidend geschlagen worden und musste sich fluchtartig auf die dänischen Inseln zurückziehen. Viele brave Dänen waren in den deutschen Landen verblutet. Der Monarch war in Sicherheit, denn der große kaiserliche Heerführer Wallenstein war zu Wasser keinen Gulden wert, auch wenn er nun den Titel „General des Baltischen und des Ozeanischen Meeres“ führte.

Die Kaisertreuen hatten keine Flotte, die es auch nur ansatzweise mit den Dänen aufnehmen konnte. Das war der Grund, warum es den Männern aus dem Norden überhaupt möglich war, auf See weit in die Pommerschen Lande einzudringen. So blieb, trotz aller hochtragenden Titel Wallensteins, das Baltische Meer im Besitz der Nordländer.

Konrad wusste nur zu gut, dass die mordende Flut der katholisch-kaiserlichen Truppen nur durch den Zusammenschluss aller protestantischen Herrscher und ihrer Heere aufgehalten werden konnte. Nachdem der kaiserliche General Wallenstein mit seinen Soldaten Holstein,

Schleswig und Jütland besetzt hatte, war er seit diesem Sommer auch ins Herzogtum Mecklenburg eingedrungen, eine Spur der Verwüstung nach sich ziehend.
Ein Spion hatte zuverlässig berichtet, dass Wallensteins nächstes Ziel die Insel Rügen sein sollte. Von ihr, so meinte dieser erfahrene Haudegen und Heerführer, ging die größte Gefahr aus. Wallenstein vermutete, dass Christian, nachdem er eine so klägliche Niederlage hatte einstecken müssen, mit seinen Truppen die Insel besetzen und von hier aus zum großen Gegenschlag ausholen würde.
Außerdem sagte Wallenstein über Rügen, dass die Insel der beste Ort in ganz Pommern sei.
Konrad wusste, dass Gustav Adolf, dem er zu Diensten war, sowie Christian IV. über ein solches Vorgehen wie die Besetzung der Insel Rügen wirklich verhandelt hatten. Ein Zustandekommen einer so großen nordländisch-protestantischen Koalition war jedoch noch in weiter Ferne. Der Plan zum Besetzen der Insel war aufgeschoben worden. Ein taktischer Fehler, wie Konrad fand. Also galt es abzuwarten und die Lage zu beurteilen. Dazu war er hier.
Noch in seinen Gedanken versunken, zog sich Konrad im Wald um. Er kleidete sich unauffälliger. Zu guter Letzt konnte man ihn nicht mehr von einem gewöhnlichen Bauern unterscheiden. Seine Sachen steckte er in ein Tuch, knotete es zu einem Bündel und versteckte es unter einer Baumwurzel, welche er noch mit einigen kleinen trockenen Ästen und Moos bedeckte. Seine Uniform, die ihn als schwedischen Offizier auswies, brauchte er vielleicht noch auf der Rückfahrt ins Königreich. Auf der jetzigen Wanderschaft trug er nur einen königlichen Ring bei sich, mit dem er die Depeschen mit seinen Beobachtungen siegeln sollte. Weiterhin führte er ein Schreiben an den Stralsunder Rat und einen Geleitbrief, unterzeichnet von seiner Majestät höchst persönlich, mit sich.
Seine Pistolen mit dem Fässchen Pulver und der Verpflegung hatte er ebenfalls in ein weiteres Bündel geschnürt, welches er sich bequem über die Schulter werfen konnte. Die Muskete war nicht so lang und unhandlich wie die der kaiserlichen Truppen. Er brauchte keine Gabel, um sie abschießen zu können. So wickelte er sie gemeinsam mit einem Stock in einem Streifen Tuch zusammen. Am Ende sah es aus wie ein großer, überlanger Wanderstock, der an dem einen Ende etwas auseinanderging. Ein flüchtiger

Blick würde die Waffe, die sich dahinter verbarg, nicht erkennen lassen und mehr wollte Konrad von Blankenfels auch nicht.
Er schulterte das Bündel, warf die Muskete mit dem Stock über die andere Schulter und machte sich auf den Weg in Richtung Süden. Mehrmals noch drehte er sich um und versuchte, sich jede einzelne Kleinigkeit einzuprägen. Nur so konnte er später die Stelle wiederfinden.
Es war ein beschwerlicher Weg, auf den sich Konrad von Blankenfels eingelassen hatte. Nachdem er den Wald durchquert hatte, sah er am Horizont niedrige, schilfgedeckte Häuser.
Forschen Schrittes hielt er darauf zu. Die Anwohner verhielten sich mehr als zurückhaltend gegenüber dem Fremden. Er selbst hatte das Gefühl, von einigen Landarbeitern sogar feindlich gemustert zu werden. Auch wenn er in diesem Dorf keine Hilfe in Form eines Pferdes, noch einen Kutscher fand, der ihn auf einem Wagen ein Stück bringen würde, so erfuhr er doch den Namen des Ortes - Nonnevitz.
Konrad musste bedauernd feststellen, dass der Ort seinem Namen keinerlei Ehre machte. So blieb ihm nichts weiter übrig, als sich wieder auf die Fersen zu machen.
Kaum hatte er Nonnevitz hinter sich gelassen, kramte er aus dem umgehangenen Beutel eine Karte hervor. Sie war vom Original kunstvoll abgemalt und verzeichnete den Großteil der Dörfer und die wichtigsten Wege der Insel.
Leider konnte er bei der ungenauen Darstellung dieses bunten Meisterwerkes keinerlei Entfernungen ablesen.
Nach kurzem Suchen fand er den Ort Nonnevitz. Jetzt wusste er halbwegs, wo er sich befand. Ein schneller Blick in die Runde und zur Sonne und schon war die Richtung bestimmt. Sein Entschluss stand fest. Er wollte zur alten Fähre im Süden der Insel. Der Weg, den er sich ausgesucht hatte, würde über den Fährhaken gehen. Dort konnte er von diesem Wittowschen Windland auf den Inselkern übersetzen. Sollte er kein Pferd kaufen können, keine Kutsche oder keinen Wagen finden, der ihn mitnahm, so würde er wohl oder übel in einem der Gasthäuser unterwegs um ein Nachtlager ersuchen müssen.

Als die Dämmerung hereinbrach, stand Konrad vor dem Wirtshaus von Gingst, welches sich in unmittelbarer Nachbarschaft zur Kirche befand. Der Wirt, ein dicker Mann mit hochgekrempelten Ärmeln, winkte ihm zu,

kaum dass er die Tür zur Gaststube hinter sich geschlossen hatte. Die Schenke war fast voll. An vielen Tischen saßen drei oder vier Männer und unterhielten sich lautstark.
Der dicke Schankmeister war einen Schritt an Konrad heran getreten und hatte ihn am Arm gefasst. „Dort hinten ist noch ein schönes Plätzchen frei, guter Mann.“ Er schob von Blankenfels durch den vollen Raum und drückte ihn am Ende eines langen Tisches auf einen Stuhl.
Die drei Männer, die an der gegenüberliegenden Seite saßen, unterbrachen für einen kurzen Augenblick ihr Gespräch und musterten den Neuankömmling. Dann jedoch vertieften sie sich wieder in ihre Worte.
Der Wirt war stehengeblieben. Neugierig blickte er auf Konrad herab. „Kann er denn zahlen? Hier gibt es nichts umsonst!“
Konrad warf einen Thaler auf den Tisch. Die Augen des Schankmeisters begannen zu leuchten, als er mit dienstbeflissener Miene fragte: „Was darf es sein, guter Herr? So wie Ihr ausseht, müsst Ihr einen langen Weg hinter Euch gebracht haben. Ein Bier oder einen Wein vom Feinsten?“
„Bring mir einen Krug Dünnbier und einen Kanten Brot mit etwas Speck, dann wäre ich fürs Erste versorgt.“
Der Dicke verbeugte sich leicht und wollte schon gehen, als Konrad ihn am Hemd festhielt. „Sagt mir, Meister des Gerstengebräus, wo könnte ich diese Nacht mein Haupt zum Schlafen niederlegen. Habt Ihr noch eine Kammer frei?“
Der Wirt schüttelte nur bedächtig den Kopf: „Tut mir leid, guter Mann, aber mit einem Zimmer kann ich nicht mehr dienen. Da würde auch kein Geld helfen. Ich bedaure zutiefst.“ Konrad ließ ihn los.
Nach kurzer Zeit erschien der Schankmeister mit der Bestellung und stellte den Krug, einen tönernen Becher und den Teller mit dem Essen vor ihm auf den Tisch.
„Wenn es Euch nichts ausmacht, könnte ich Euch in der Scheune ein Nachtlager anbieten. Der Fuhrmann schläft auch dort. Er will erst morgen weiter.“
Mit einem Nicken deutete der Wirt auf den bärtigen Mann, der Konrad genau gegenüber saß. Das kam Konrad gar nicht ungelegen. Vielleicht könnte er so mit dem Kutscher ins Gespräch kommen und mit ihm über seine Mitreise in Richtung Altefähr verhandeln. Freudig nahm er das Angebot des Nachtlagers an.

In der Scheune war es zwar schlechter als in einem Bett, aber warm und hundertmal besser als unter dem Sternendach des Himmels.
Konrad nahm einen tiefen Schluck aus seinem Becher. Das Dünnbier tat gut und löschte seinen Durst. Beim Essen schnappte er Fetzen aus der Unterhaltung der drei Männer an seinem Tisch auf. Er wurde neugierig und spitzte die Ohren.
Ein junger Bursche redete auf den Kutscher ein: „Und ich sage dir, die Bauern gehören hinter den Pflug, so hat Gott es gewollt, die Bürger in die Werkstätten und die Prädikanten an den Galgen. Das ist die von Gott gewollte Ordnung. Und wenn man sich daran hält, so würde wieder Friede in dieses von Kummer gebeutelte Land einziehen. Alles andere ist Ketzerei."
Der alte Fuhrmann wiegelte ab. Konrad bemerkte, dass er sich recht unwohl in seiner Haut fühlte. „Ich weiß nicht recht. Für mich ist meine Ruhe am wichtigsten. Ich möchte mit allen in Frieden leben."
„Pah", stieß der Heißsporn aus. „Jetzt muss jeder zu seinem Fähnchen stehen." Dann blickte er Konrad an. „Oder wie siehst du das?"
Bei dieser unerwarteten Anrede hätte sich Blankenfels beinahe verschluckt. Er hustete etwas, bevor er zu sprechen begann: „Wisst Ihr, ich bin nur ein unerfahrener und auf diesem Gebiet unbewanderter Mensch, doch ich glaube, dass hier um einer Sache willen, um die es nicht lohnt zu kämpfen, böhmisches, schlesisches, habsburgerisches, mecklenburgisches und so viel anderes Blut auf die Äcker fließt und im Süden lachen uns die Türken aus. Mit unserer Uneinigkeit, die nur Tod und Zerstörung bringt, stärken wir die Osmanen, bis sie wieder vor unseren Toren stehen. Nein, die Protestanten und die Kaiserlichen sollten Frieden schließen. Nur so sind wir stark."
Der Heißsporn schien nachzudenken und der Fuhrmann holte dankbar tief Luft.
Nachdem Konrad sich gestärkt hatte, ließ er sich vom Wirt den Schlafplatz zeigen.
In der Scheune befand sich ein Strohhaufen, auf dem er es sich bequem machen sollte. Ganz in seiner Nähe waren die zwei Pferde des Fuhrmanns an einem senkrechten Balken angebunden und auch sein Leiterwagen war unweit der Pferde abgestellt worden.
Als der Wirt die Scheune verlassen hatte, weckte das Gespann Konrads Neugier. Der Wagen hätte genauso gut im Freien stehen können. Er war beladen und mit einer Plane abgedeckt.

Konrad nahm die Laterne und ging zu dem Gefährt. Unter der Plane war Heu, das fühlte er. Doch gerade, als er seine Hand aus der Ladung ziehen wollte, spürte er an seinen Fingerspitzen Metall. Noch tiefer steckte er den Arm in das Heu. Seine Verwunderung war groß. Ganz deutlich konnte er die Läufe mehrerer Musketen fühlen. Dann fielen ihm die Worte des Kutschers wieder ein: ‚Ich möchte mit allen in Frieden leben'. Konrad lachte leicht auf. Seine Mitfahrgelegenheit für den anderen Tag war gesichert.

KAPITEL 4

Schon sehr früh war Hannah heute auf den Beinen. Sie musste zum Zug nach Stralsund. Um diese Uhrzeit und außerhalb der Saison war es recht unkompliziert, den Weg über die neue Brücke zu nehmen. Sie würde es rechtzeitig zum Bahnhof schaffen.
Am Horizont ging langsam die Sonne auf, als sie das Taxi vorfahren hörte. Martina kam schlaftrunken die Holzstufen der Treppe herunter und sah ihre Mutter an. Mühsam unterdrückte sie ein Gähnen.
Hannah küsste sie auf die Wange. „Kommst du klar, mein Kind?"
Kopfnickend bejahte ihre Tochter. „Wann kommst du wieder?"
„Ich weiß es noch nicht genau. Mal sehen, was Walburga so Dringendes von mir möchte. Aber spätestens in drei oder vier Tagen bin ich wieder zurück. Wenn ich im Harz angekommen bin, rufe ich dich sofort an. Ich liebe dich, mein Kind."
Mit diesen Worten nahm Hannah ihre kleine Reisetasche und ging hinaus. Hannah war sich sehr wohl bewusst, dass sie ihrer Tochter nicht ganz die Wahrheit gesagt hatte. Natürlich war sie gespannt, ob Walburga bei der Übersetzung der uralten Schriften des Buches weitergekommen war. Doch das war bei weitem nicht alles, was sie interessierte. Hannah wollte mehr über die Verbindung der weisen Frauen erfahren, von denen Walburga ihr erzählt hatte. Wie fanden sie die Tore durch die Zeiten? Auch davon hatte Walburga nur kurz berichtet. Gab es denn wirklich noch andere Übergänge? Es waren viele unbeantwortete Fragen. Doch jeder Erklärungsversuch würde ihre Tochter verunsichern und deshalb war es

besser, ihr nichts darüber zu erzählen. Die plötzliche Einladung Walburgas kam ihr da nur recht.
Es war auch nicht von der Hand zu weisen, dass Hannah neugierig auf das Umfeld dieser geheimnisvollen Frau war.

Martina blieb hinter der Tür stehen. Der kleine schwarze Hund mit den riesigen Pfoten schlich um ihre Beine.
„Ich liebe dich auch, Mutter“, kam es über ihre Lippen.
Martina drehte sich um, ging ins Wohnzimmer und schaute durch das große Fenster zu, wie Hannah hinter der Tür des Taxis verschwand. Sie setzte sich auf das mit rotem, derbem Stoff bezogene Sofa und hob das schwarze Fellbündel auf ihren Schoß.
„Weißt du“, begann sie mit dem Hund zu reden, „ich habe etwas Angst um Mutter. Diese Walburga ist eine Hexe, glaub ich. So jedenfalls stelle ich mir eine Hexe vor. Hoffentlich gerät Hannah nicht in ihren Bann.“
Der kleine Hund drehte sich auf den Rücken, sodass Martina ihn am Bauch kraulen konnte. Sie lächelte den Kleinen an. „Aber weißt du, in der Bibel steht: Gott ist treu, der euch nicht versuchen lässt über eure Kraft, sondern macht, dass die Versuchung so ein Ende nimmt, dass ihr`s ertragen könnt. Das steht im 1.Korinther 10.13. Du wirst sehen, mein kleiner Schatz, der alten Hannah wird nichts passieren. Und bis sie wiederkommt, gehen wir beide jeden Tag spazieren und tollen im Garten herum.“
Augenblicklich begann der kleine Hund mit seinem Schwanz zu wedeln.
„Manchmal habe ich das Gefühl, du verstehst jedes gesagte Wort. Es kann ja sein, denn auch du bist ein Geschöpf Gottes.“

Der Zug fuhr pünktlich auf dem Bahnhof in Halberstadt ein. Hannah war gespannt, was sie erwarten würde. Am Telefon hatte Walburga sehr aufgeregt geklungen.
Als Hannah das Bahnhofsgebäude verließ, staunte sie nicht schlecht. Direkt unter der Treppe des Ausgangs parkte eine große, schwarze Limousine. Die hintere rechte Tür stand offen und der Fahrer, ein Mann mittleren Alters in der alten Uniform eines Chauffeurs, trat auf sie zu. Mit einer leichten Verbeugung griff er nach Hannahs Tasche. „Sie werden erwartet, gnädige Frau.“

Aus den Augenwinkeln sah Hannah, wie einige Bahnhofsbesucher stehen blieben und zu ihr herübersahen, so als ob sie eine Berühmtheit sehen würden.
Mit einem Lächeln nickte sie dem Mann zu und stieg in das wartende Auto.
„Welch ein Unterschied zur Bundesbahn", sagte sie leise und ließ sich in das weiche Leder der Rückbank fallen.
„Wie meinen, gnädige Frau?"
Hannah lachte auf. „Schon gut, ich habe nur laut gedacht. Und lassen Sie bitte das ‚Gnädige Frau', das macht mich so alt."
Der Chauffeur nickte. „Wie Sie belieben, gnäd… Oh, verzeihen Sie. Wie darf ich Sie anreden?"
„Sagen Sie einfach Hannah zu mir, das klingt nicht so hochtrabend."
Wieder nickte der Fahrer. „Wie Sie wünschen, Hannah. In der Bar vor Ihnen finden Sie eine Erfrischung oder auch etwas Stärkeres. Bitte bedienen Sie sich." Mit diesen Worten startete er den Wagen und fuhr los.
Hannah sah aus dem Fenster. Immer noch schauten einige Passanten verwundert hinter dem auffallenden Auto her.
Die Strecke nach Blankenburg war nicht sehr weit. Schon nach zwanzig Minuten erreichten sie die Stadt. Von Weitem war das alte Schloss zu sehen, das hoch über der Stadt an einem steilen Felsvorsprung thronte. In diesem Augenblick hätte es sie nicht gewundert, wenn ihre Gastgeberin dieses Schloss ihr Eigen genannt hätte.
Kurz hinter einer der Auffahrten zum ehemals königlichen Anwesen, gabelte sich der Weg. Zwischen den Straßen erhob sich wie der Bug eines Schiffes in gut drei Meter Höhe ein Grundstück. Wie sein Flaggenmast ragte dort oben stolz eine alte Linde in die Höhe. Weiter nach hinten gesetzt, stand in frischen Farben eine prächtige Stadtvilla majestätisch im Licht der frühen Abendsonne.
Der Fahrer lenkte das große Gefährt geschickt von der Straße in die Auffahrt. Kaum war der Wagen zum Stehen gekommen, stieg er aus und öffnete Hannah dienstbeflissen die Tür.
Sie stieg aus und blieb kurz stehen, schloss die Augen und atmete tief die herrliche Harzluft ein. Bis auf das Gezwitscher der Vögel war es ganz ruhig. Als Hannah die Augen wieder öffnete, bemerkte sie, wie auch der Chauffeur verharrte und auf eine Bewegung ihrerseits zu warten schien. Mit einem Nicken dankte sie ihm für diesen winzigen Augenblick und ging langsam zur Treppe, die an einer großen, verzierten, hölzernen Tür endete.

Gerade als Hannah klingeln wollte, schwang sie geräuschlos auf. Walburga stand in der Tür. Im Gegensatz zu ihrer ersten Begegnung auf Rügen war sie lässig und leger gekleidet. Es passte nicht so richtig zur Villa, zum Anwesen und zum Chauffeur.

Walburga fiel Hannah um den Hals. „Schön, dass du so schnell kommen konntest, meine Liebe. Komm rein, ich muss dir etwas zeigen."

Auch Hannah drückte die Frau an sich. „Ich will nur schnell meine Tasche holen, dann steh ich dir zur Verfügung."

Walburga winkte ab. „Lass nur, das erledigt Horst. Er wird deine Tasche auf dein Zimmer bringen. Ich bin schon ganz aufgeregt. Komm aber erst mal herein und leg ab."

Voll Erstaunen sah sich Hannah in dem riesigen Flur um. Die Stuckdecke war meisterhaft gearbeitet und der Fußboden glänzte in einem rotbraunen, mit Gold durchwirkten Muster. Die Tapete war dickes, strukturiertes Velours.

Eine junge Frau in der Kleidung eines Dienstmädchens tauchte wie aus dem Nichts auf und half Hannah aus ihrem Mantel. Dann wendete sie sich an Walburga. „Für wann darf ich das Abendessen servieren lassen, gnädige Frau?"

„Sagen wir in einer Stunde", und an Hannah gewandt, fuhr sie fort: „Oder ist es für dich zu spät?"

Hannah schüttelte den Kopf. „Nein, es ist alles in Ordnung. Ich richte mich da ganz nach euch und will auch nichts durcheinander bringen."

Walburga lachte laut auf. „Nein, meine Liebe, hier bringst du nichts durcheinander. So selten wie ich Gäste habe, bin ich recht froh darüber, mal etwas anders zu machen. Doch jetzt, meine Liebe, begleite mich in den Keller, dort habe ich etwas Fantastisches heraus gefunden."

Neugierig folgte Hannah. Der Keller war ein aus Backstein gebautes Gewölbe. Eine schwere Stahltür mit elektronischem Schloss bildete den Eingang. Nachdem Walburga eine Reihe Zahlen eingetippt hatte, öffnete sich die Tür automatisch. Hannah staunte nicht schlecht. Sie hätte nie vermutet, dass in diesem alten Gemäuer so viele Computer ihren Dienst versahen. Überall blinkte es. Auf vielen Bildschirmen liefen schnell hintereinander Seiten ab, als ob sie mit einer speziellen Suchmaschine durchforstet würden.

Hannah war staunend hinter dem Eingang, der sich gleich nach ihrem Eintreten wieder geschlossen hatte, stehen geblieben. „Das glaube ich nicht“, murmelte sie vor sich hin.
Walburga war schon mitten im Raum. Sie hatte sich umgedreht und lächelte Hannah an. „Komm, das Beste hast du noch gar nicht gesehen.“
Hannah trat zu ihr an einen Bildschirm. Durch Betätigung der Tastatur kam ein Bild zum Vorschein, mit dem Hannah nichts anfangen konnte. Es waren Zahlenkombinationen mit Leerzeichen und Symbolen gemixt.
Stolz strich Walburga über den Rand des Bildschirmes. „Schau hier, wir sind, dank deines Zauberbuches, ein ganzes Stück näher an den Geheimnissen der Tore. Noch fehlt verdammt viel, aber es lichtet sich der Nebel.“
„Ich verstehe nicht ganz“, gab Hannah zu. „Ich sehe nur ein Kauderwelsch.“
„Ja, das ist es auch, aber es ergibt langsam einen Sinn.“ Damit drückte Walburga auf eine weitere Taste und aus den Zahlen wurden einzelne Buchstaben. „Das Schwerste ist, die richtigen Buchstaben zuzuordnen. Damals wurde bei den Slawen selbst noch nichts aufgeschrieben. Das macht die Sache so schwer. Angehörige des Klerus, wahrscheinlich auf Missionsreisen in den slawischen Gebieten, hielten einiges fest, aber nur in Latein und es war wenig. Die Buchstaben hier aber waren uns völlig unbekannt. Also haben wir jedem Zeichen bestimmte Zahlen zugeordnet und dann auf Wiederholungen geachtet. Es hat lange gedauert, bis wir entsprechendes Material hatten. Du sollst mit mir also die Erste sein, die das zu lesen bekommt. Deshalb hatte ich dich angerufen. Der Rechner war gestern schon fertig und es hat mich verdammt viel Willenskraft gekostet, nicht nachzuschauen. Ich wollte den Erfolg mit dir teilen. Schließlich bist du ja jetzt die rechtmäßige Besitzerin des Buches.“
Hannahs Neugier war geweckt. Gemeinsam starrten sie auf den Bildschirm. Auch beim genauen Hinsehen erkannte Hannah den Sinn immer noch nicht. Es waren zu viele Zahlen und zu wenig lesbare Buchstaben.
„Schau nur!“, rief Walburga plötzlich aus. „Hier ist von „Wolva“ die Rede und von „Trance“, von Reise und Wissen und von einem Versteck. Ist das nicht fantastisch?“
Hannah sah noch immer gebannt auf den Bildschirm, ein Wunder erwartend, doch es blieb aus. „Ich verstehe das nicht, was bedeutet das? Und was oder wer ist Wolva?“

„Tja, liebe Hannah, das müssen wir rausbekommen. Es ist wie ein Rätsel, das wir lösen müssen."
Walburga hatte sich umgedreht und einem anderen Computer zugewandt. Mit flinken Fingern schrieb sie etwas auf der Tastatur. Im nächsten Moment warf die Suchmaschine einige Antworten aus. Walburga und Hannah überflogen sie. Es dauerte eine Weile, bis sie eine ihnen weiterhelfende Textstelle gefunden hatten.
„Das kann es sein", meinte Walburga. „Wolva war eine Hohepriesterin zu Zeiten der Wikinger."
„Das klingt doch gar nicht so abwegig", bemerkte Hannah angespannt. „Das würde jedenfalls mit viel Phantasie einen Sinn ergeben. Eine Hohepriesterin geht in Trance auf Reisen, erwirbt Wissen und findet ein Versteck. Aber was hat das alles mit uns zu tun?"
Walburga sah nachdenklich aus. „Wenn es richtig gedeutet ist, sind wir wirklich keinen Schritt weiter. Tut mir leid. Vielleicht war meine Vorfreude zu groß, aber was könnte es noch heißen?"
Sie nahm einen Zettel und schrieb die Worte darauf. Mit einem Tastendruck sprang der erste Computer wieder an und tauschte Zahlen und Kombinationen. Immer schneller ging das vor sich.
Die beiden Frauen saßen mittlerweile an einem Tisch und vertauschten die Worte auf dem Zettel. Es war den beiden nicht möglich, einen Sinn darin zu entdecken.
Eine kleine rote Lampe an der Decke leuchtete auf. Walburga drückte einen Knopf an der Wand. „Ja?"
Die Stimme des Dienstmädchens war zu hören. „Gnädige Frau, es ist angerichtet!"
„Oh mein Gott", zischte Walburga. „Wir sitzen schon wieder eine Stunde hier unten. Die Zeit verfliegt dann immer so schnell. Es ist mühevoll, einem versteckten Geheimnis auf die Spur zu kommen."
Hannah sah sie in Gedanken versunken an. „Ich glaube, ich hab was. Das kann es sein. Die Hohepriesterin verfällt in Trance, kann so mit ihrem Geist auf Reisen gehen und versteckte Geheimnisse oder wie in unserem Fall verstecktes Wissen erlangen. Das würde einen Sinn ergeben."
Walburga hatte die Hände vor den Mund geschlagen. „Das ist es. Du bist genial. Das hilft uns einen großen Schritt weiter. Wir werden den Rechner darauf programmieren. Vielleicht stimmt es und wir kommen dadurch noch

an viel mehr heran. Die nächsten Fragen lauten doch, um welches Wissen es sich handelt und wie man es erlangen kann.“
„Der Weg ist klar, glaube ich“ Hannah strich sich über die Haare. „Es ist ja eindeutig gesagt, dass die Wolva es durch Trance gemacht hat. Die Frage ist wirklich, nach welcher Art Wissen wir überhaupt suchen. Es klingt wie der Stein der Weisen, dem wir gerade auf die Spur gekommen sind.“ Sie musste lächeln.
„Ich weiß es nicht“, bemerkte Walburga. „Aber mit solch einem Buch ist scheinbar alles möglich. Komm, wir sollten jetzt einen Happen zu uns nehmen. Du warst ja den halben Tag unterwegs. Horst wird gleich den Rechner füttern. Er ist nicht nur mein Fahrer, sondern auch mein IT Spezialist und die gute Seele des Hauses.“

KAPITEL 5

Oktober 1627

Der Weg zur alten Fähre gestaltete sich für Konrad von Blankenfels angenehmer als erwartet. Der bärtige, grauhaarige Kutscher hatte sich erst mit Händen und Füßen dagegen gewehrt, ihn mitzunehmen. Als dann Konrad jedoch auf den Wagen zeigte und sagte, dass er noch keine Pferde gesehen hätte, die Musketen fressen würden und ob da Stralsunds Pferde wohl eine Ausnahme darstellten, war das Gesicht des Kutschers einen winzigen Augenblick mit einem ängstlichen Ausdruck versehen. Er brauchte eine kurze Zeit, bevor er sich wieder fasste, vor Wut rot anlief und Konrad anschrie: „Was habt Ihr an meiner Ladung zu schaffen, diebisches Gesindel. Man müsste Euch die Rute zu spüren geben und Euch nach dem Abhacken der Hände aufhängen."
Konrad stand bewegungslos und amüsiert an eines der großen Räder gelehnt und schob genüsslich einen Strohhalm von einer Seite des Mundes auf die andere.
Der alte Kutscher gab immer noch keine Ruhe. „Was wollt Ihr von mir? Wenn es Geld ist, da muss ich Euch enttäuschen, ich habe keines. Und bevor Ihr weiter fragt, mit der Lieferung verdiene ich auch keins. So ist das und jetzt trollt Euch, bevor ich mich vergesse."
Konrad drückte sich vom Wagen ab. „Sieh mal Alter, die Insel ist noch neutral. Die Leute hier können sich nicht verteidigen, Stralsund eventuell schon. Spinnen wir den Gedanken einmal weiter. Wird Rügen durch die Kaiserlichen besetzt, gibt es bestimmt viele Leute, die sich für einen Waffenschmuggler wie dich interessieren. Sie werden dich an den Eiern aufhängen und den Rest die Raben erledigen lassen. Also schrei hier nicht rum. Ich will nur auf deinem Bock zur Fähre und dann, genau wie du, zur Hansestadt übersetzen."

„Du drohst mir, Verfluchter?“
„Nein“, entgegnete Konrad fast liebenswürdig, „Ich drohe dir nicht. Das liegt mir fern. Es war ja auch nur so ein Gedanke. Vielleicht stehen wir auf derselben Seite. Also lass mich mit aufsitzen.“
Dieses Argument hatte den Alten nachdenklich gemacht. „Also gut, aber denke immer daran, ich bin recht schnell mit meinem Messer. Ein falsches Wort und es wird nie wieder eines deinen Mund verlassen können.“
Konrad nickte. „Ein fairer Handel. Machen wir uns also auf den Weg.“
Kurz nach dem Mittag erreichten sie die Fähre. Mit einem Satz war Konrad behände vom Wagen gesprungen. Unterwegs hatte er mit Mühe und Drohungen erfahren, dass die Musketen von Gustav Adolfs Armee, also von den Schwedischen kamen. Das war für ihn mehr als verwunderlich. Noch war Schweden nicht im Krieg und doch schickte es schon Waffen? Wenn dieser Handel schon eine Zeitlang ging, wozu brauchte man ihn noch? Vielleicht würde er Antworten darauf in der Hansestadt finden.
Mit einer knappen Handbewegung warf er dem Kutscher einen Thaler zu, den dieser geschickt auffing. „Danke, guter Herr“, rief er lächelnd. „So Gott will, sehen wir uns vielleicht auf der anderen Seite. Glück mit dir.“
Mit schnellen Schritten eilte Konrad auf einen Fischer zu, der gerade sein kleines Boot klar machen wollte. „Hey du, ist es möglich, mich in die Stadt rüber zu bringen? Ich will es dir gut vergelten.“
Der Fischer sah ihn verwundert an. „Wenn die Fähre beladen ist, könnte sie Euch mitnehmen. Warum fragt Ihr dann mich?“
Konrad fuhr sich über seinen Bart. „Bevor der Kahn beladen ist, vergeht noch mindestens eine Stunde und ich habe es sehr eilig. Es soll dein Schaden nicht sein.“
Der Mann überlegte und musterte dabei argwöhnisch Blankenfels. Nach einer kurzen Weile räusperte er sich und sagte: „Gut, ich will es machen. Dafür verlange ich einen ganzen Thaler. Das ist für das schnellere Übersetzen. Und den Thaler bekomme ich gleich, noch bevor das Boot zu Wasser geht!“
Als sich Konrad damit einverstanden zeigte, schob der Fischer sein kleines Boot zu Wasser. „Komm, spring rein, sonst segle ich mit deinem Thaler davon!“
Die Überfahrt nach Stralsund dauerte nicht lange. Mit wachen Augen beobachtete Konrad weit draußen in der Meerenge zwischen den Inseln Hiddensee und Rügen die weißen Segel der dänischen Schiffe.
Der Fischer hatte Konrads Blick bemerkt. Mit einem Kopfnicken deutete er zu den Masten hinüber. „Man munkelt, der Krieg kommt immer näher. Aber diese Feiglinge halten sich zurück. Möge sie der Teufel holen. Wer weiß, wie diese Sache für uns noch enden mag.“

Auf dem Weg zum Rathaus der ehrwürdigen Hansestadt Stralsund fiel

Konrad die betriebsame Hektik der Leute auf. Bewaffnete Bürger streunten umher, Handwerker mit Karren voller Steine, die sie vom Hafen brachten, hetzten unter ihrer Last an ihm vorbei. Frauen feilschten lautstark um Lebensmittel, als ob es kein Morgen geben würde.
Konrad sah sich um und schüttelte leicht den Kopf.
Am Rathaus ließ man ihn warten. Der hohe Rat der Stadt würde tagen, so sagte man ihm und ob danach jemand für seine Bedürfnisse Zeit hätte, das wäre doch mehr als fraglich.
Erst als Konrad den Geleitbrief Gustav Adolfs unter seinem Wams hervorholte, wurde der Stadtdiener sichtlich nervös. Er bat tausendmal um Entschuldigung und dass er den Herrn von Blankenfels in dieser Aufmachung eher für einen Bauern gehalten hätte, als für einen Abgesandten seiner Majestät.
Konrad winkte nur ab. „Schon gut, wann kann ich den Bürgermeister sprechen? Ich habe ihm persönlich ein Schreiben auszuhändigen."
„Ich führe Euch zu dem Saal. Bitte folgt mir einfach."
Konrad folgte dem Mann auf den Treppen des Rathauses nach oben. Sie kamen auf einen Gang, der durch ein Holzgeländer begrenzt wurde. Unter ihnen lag der Hof, umgeben von Säulen, die die Empore stützten. An einer großen Eichentür, die durch zwei bewaffnete Hellebardenträger bewacht wurde, klopfte der Stadtdiener mit der Faust an. Das Wummern erklang durch das ganze Gebäude. Ohne eine Antwort abzuwarten, stieß der Diener die Türen auf und bedeutete Konrad, ihm zu folgen.
Inmitten eines großen, reich geschmückten und verzierten Saales stand Bürgermeister Christoph Krauthof. Konrad erkannte ihn an der großen Goldkette, die er um den Hals trug und die seinen Stand auszeichnete.
Er war in ein sehr hitziges Gespräch mit einem Offizier vertieft. Dieser trug ein elegantes, blauweißes Wams, gehalten durch einen breiten Gürtel, in dem ein Degen steckte. Auf seinem Kopf trug er einen großen, schwarzen Hut mit mehreren langen, buschigen Federn geschmückt. Der Offizier drehte sich als erster zu Konrad herum. In seinen Augen funkelte aufkommende Wut, da er nicht verstand, warum solch ein wichtiges Gespräch durch einen dahergelaufenen Bauernlümmel gestört wurde. Dabei verzog er seinen Mund, sodass sein nach beiden Seiten spitz zulaufender Bart nach oben und unten zu hüpfen schien.
Der Stadtdiener beeilte sich, Konrad als Abgesandten seiner Majestät, Gustav Adolf von Schweden, anzukündigen.
„Er soll sich noch einen Moment gedulden!", sagte der Bürgermeister. „Und hoffentlich", so fuhr er fort, „bringe er gute Nachrichten. Von den schlechten habe ich heute schon zu viele vernommen."
Konrad verbeugte sich tief, blieb jedoch am Eingang stehen, als der Ratsdiener längst schon wieder den Saal verlassen hatte und die schweren Türen ins Schloss gefallen waren.

Der Offizier drehte sich wieder zu dem Bürgermeister um. „Alles in allem ist die Lage katastrophal. Herzog Bogislaw XIV. von Pommern-Stettin zieht sich vor den Wallensteinern immer weiter zurück. Meine Späher haben berichtet, dass sich im herzoglichen Heer Auflösungserscheinungen breit machen. Einige seiner Spießgesellen sind, von der militärischen Übermacht der Kaiserlichen eingeschüchtert, gleich übergelaufen und haben ihr Fähnlein verlassen. Es sollen fast dreißigtausend Mann unter Wallenstein sein, die in Pommern eingefallen sind. Solch eine Truppenstärke hat dieses Land noch nie gesehen. Sie schlagen eine Schneise der Verwüstung in ehemals fruchtbare Äcker. Da wächst nie wieder ein Kornhalm, wenn dieser Haufen erst einmal durchgezogen ist."

„Was ist mit Stralsund?", fragte der Bürgermeister. „Können wir die Verteidigungsanlagen noch fertig bringen und werden sie dieser Übermacht standhalten?"

Der Offizier wiegte leicht den Kopf. „Schwer zu sagen. Mit Rügen als Brotkammer im Rücken und frischen Söldnern könnte es vielleicht gelingen. Aber selbst die Söldner sind ein Problem. Die Dänen, die hier sind, benehmen sich wie Eroberer. So manch eine sittsame Jungfer ist durch sie schon zu Fall gebracht worden. Das uns unterstützende Schottische Regiment begann gleich nach der Ankunft zu meutern. Ich weiß nicht, wie wir diese Leute auf die Zinnen stecken sollen. Vielleicht schreckt die Dudelei mit ihren Instrumenten ab. Was wir brauchen ist richtige Hilfe."

Der Bürgermeister unterbrach ihn mit einer Handbewegung. „Gebt den Schotten, was sie begehren. Wir können nicht auf sie verzichten. Fahrt fort!"

„Die Hanse zum Beispiel könnte uns helfen, aber Bremen, Hamburg, Lübeck, Wismar und auch Rostock haben ihre eigenen Probleme mit den Kaiserlichen. Von da wird nichts zu erwarten sein. Bleiben nur noch die Schweden."

Mit diesen Worten blickten beide sich zu Konrad um, der den Brief des Königs schon zwischen den Fingern hielt. Der Stralsunder Bürgermeister riss Konrad das Schreiben förmlich aus den Händen. Mit einer schnellen, geschickten Bewegung zerbrach er das königliche Siegel auf der Rückseite. Hastig überflog er die Zeilen.

Bleich und mit zitternden Händen hob er das Papier in die Höhe. „Wir sind verloren. Gustav Adolf wird in absehbarer Zeit keine Truppen schicken. Er bedauert das außerordentlich und weist darauf hin, dass sein Heer nach dem Feldzuge in Preußen, als es gegen die Polen kämpfte, noch erheblich geschwächt wäre und erst wieder vollständig aufgefüllt werden müsse. Waffen, darunter auch Kartaunen und Musketen, wird er weiter liefern. Außerdem steht ein Fähnlein freiwilliger Söldner bereit, das nur auf das Übersetzen in die geschundene Stadt wartet. Hochachtungsvoll Gustav II.

Adolf, König der Schweden."
„Also nein", wandte sich Bürgermeister Krauthof an den Offizier, „womit habe ich das nur verdient? Ich bin erst seit dem siebzehnten Januar dieses Jahres im Amt und schon bürdet mir der Herrgott diese aussichtslose Lage auf. Was in aller Herrgottsnamen habe ich nur verbrochen? Warum werde ich so gestraft?"
Der Ratsherr von Bühlow war an die Gruppe herangetreten. Konrad hatte ihn nicht kommen hören, aber er musste das Gespräch schon längere Zeit mit angehört haben. „Bürgermeister Krauthof, warum so in Sorge? Vielleicht ist es doch gar nicht so schlimm. So wie ich es sehe, können wir zurzeit nur zwischen dem aufgerissenen Wolfsmaul oder den spitzen Zähnen des Fuchses entscheiden. Ohne Federn zu lassen, werden wir aus der Sache nicht herauskommen." Er blickte mit offener Verachtung auf Konrad, als er fortfuhr: „Der Rat hat sich im kleinen Saale versammelt. Eben kam ein Reiter mit einem Schriftstück von dem kaiserlichen Feldmarshall von Arnim, der die Wallensteiner anführt. Es ist von höchster Wichtigkeit. Ihr solltet sofort mit nach oben kommen. Ich glaube, es wäre gut, wenn der Schwede das mit anhört. So kann er dann direkt dem König berichten."
Der Bürgermeister nickte nur gedankenversunken und drehte sich der Tür zu. Von Bühlow machte eine Kopfbewegung, die unmissverständlich an Konrad gerichtet war.
Im kleinen Saal des Rathauses war der komplette Rat versammelt. Es herrschte große Unruhe. Jeder versuchte, jeden an Lautstärke zu übertönen, sodass es schwer war, auch nur ein Wort zu verstehen.
Konrad von Blankenfels staunte im ersten Moment über die prachtvollen Gewänder, die bunten großen Hüte und den Reichtum, den die einzelnen Herren durch ihren Schmuck nach außen trugen. Konrad verbeugte sich im Hineingehen und blieb in der Nähe der Tür stehen.
Bürgermeister Krauthof ging zu der Stirnseite des großen Tisches und setzte sich auf den freien Stuhl. Dann hob er die Hände und die Gespräche verstummten augenblicklich.
„Was gibt es so äußerst Wichtiges, dass diese Versammlung ohne mein Wissen auf die Schnelle einberufen wurde?", fragte er mit fester Stimme.
Einer der Ratsherren hielt ein Schreiben in die Luft. Von Bühlow, der neben diesem Mann Platz genommen hatte, entriss es ihm, faltete das Dokument auseinander und begann vorzulesen: „Im Namen seiner Majestät, dem von uns über alles geliebten Kaiser des deutschen Reiches und dem obersten Befehlshaber seiner Truppen, dem General des Baltischen und Ozeanischen Meeres, Herzog von Wallenstein, habe ich, Feldmarschall von Arnim, die Aufgabe, die Reichsfreie und Stadt der Hanse Stralsund nebst ihrem Rat und den Bürgern aufzufordern, zum Zeichen ihrer Treue zum Reich die Besatzung seiner Majestät in der Stadt

aufzunehmen. Weiterhin sind 150.000 Thaler aus dem Vermögen der Stadt an seine Majestät zu zahlen sowie Gold und Silberzeug, Stoffe und Bänder in einer noch zu bestimmenden Größe, welche nach Sichtung der Lagerbestände erfolgt, zu übergeben.
Gleichzeitig sind sämtliche Schanzarbeiten mit sofortiger Wirkung bedingungslos einzustellen.
Sollte der Rat sich weigern, so drohe die Überrennung der Stadt.
Gezeichnet: Feldmarschall von Arnim."
Ohne Kommentar setzte sich von Bühlow wieder auf seinen Stuhl. Nach einem kurzen Moment der fassungslosen Ruhe setzte ein gewaltiges Schimpfen und Schreien im Saal ein, so monströs und mit ungeheurer Lautstärke wie das Rauschen des Meeres während eines Herbststurmes.
Wieder hob der Bürgermeister seine Hände beschwichtigend in die Höhe. „Einer nach dem anderen. Man versteht sein eigenes Wort nicht. Was sollen wir tun?"
Von Bühlow stand von seinem Stuhl auf. „Das liegt doch klar auf der Hand. Lassen wir noch mehr Dänen in die Stadt oder gar die Schweden, machen wir uns gegenüber seiner Majestät unglaubwürdig. Die Stadt hat keine Verteidigungsmöglichkeit. Nach meinen Informationen rollt ein Soldatenwurm heran, der an die zwanzigtausend gefräßige Köpfe zählt. Dem sind wir nicht gewachsen. Gebt dem Arnim, was er will und bittet ihn, uns so weit wie nur möglich zu verschonen. Vielleicht kommt dann auch nur ein kleines Kontingent, das verkraftet die Stadt."
Ratsherr von Karnow hieb mit der Faust auf den Tisch, sodass einer der Weinkrüge umfiel. Er erhob sich, was ihm bei seiner Leibesfülle merklich schwer fiel. „Wo sollen wir hundertfünfzigtausend Thaler hernehmen? Seit dieser jämmerliche Krieg tobt, laufen die Geschäfte mehr als schlecht. Meine Schiffe können bei weitem nicht mehr das absetzen, was noch vor Jahren möglich war. Wenn ihr mich fragt, wir sollten kämpfen lassen. Die Stadt ächzt jetzt schon bei der Belastung mit der Verpflegung der wenigen Schotten und Dänen innerhalb der Stadtmauern. Was meint ihr, was passiert, wenn die Kaiserlichen mit nur zehntausend Mann hier einfallen? Kein Stein wird mehr auf dem anderen stehen. Ich sage euch, wenn wir dem Rat vom Ratsherrn Bühlow folgen, benehmen wir uns wie eine Schafherde, die den Schäfer zur Seite schiebt und sich dem Wolf unterwirft und hofft, ihn zur Barmherzigkeit zu rühren."
Zustimmendes Murmeln war im Saal zu hören. Dann stand ein älterer Ratsherr auf. „Ich stimme dem zu, was Karnow sagt. Wir sollten uns nicht wie leichtgläubige Bauern verhalten, die einem Tyrannen die Schwerter ausliefern, nur um verschont zu werden. Auch mein Geld steckt in den Kassen der Stadt. Wer sich freiwillig entwaffnen lässt, macht sich vor der Welt zum Knecht."
Der Bürgermeister erhob sich. „Na, na, na, Ratsherr Schmidgen, Ihr wollt

doch unseren Kaiser nicht als Tyrann bezeichnen. Aber ich sehe es ähnlich wie Karnow. Noch nie hat diese Stadt fremde Truppen, weder kaiserliche noch von anderen Potentaten, aufgenommen. Durch eine Besatzung würde die Reichsfreiheit aufs Spiel gesetzt werden. Das darf meiner Ansicht nach nicht geschehen. Außerdem wird Stralsund auch mit einer Zustimmung zur Besatzung dem Kriegswesen bestimmt nicht entgehen. Plünderungen unserer Kassen wären dann an der Tagesordnung. Was also ist zu tun?"
Die Beratungen wiegten hin und her und gingen bis weit in die Nacht hinein. Dann hatte man sich geeinigt.

Konrad war über den Verlauf der Diskussion mehr als fassungslos. Ohne sich für eine Seite zu entscheiden, hatte der Rat beschlossen, dem Feldmarschall die Hälfte der vom Kaiser geforderten Summe anzubieten, dazu noch ein nicht geringes Handgeld für den Marschall selbst. Dafür sollte er doch gnädigst von einer Besatzung absehen und freundlichst und gutwillig von den Toren und Mauern der Stadt Abstand halten. Die Schanzarbeiten an den Mauern sollten jedoch mit noch größerer Intensität fortgeführt werden.
Konrad musste lachen. Der Rat der Stadt glich einer Schlange, die sich in des Fängers Hand windet, ohne zu merken, dass sie nicht die geringste Aussicht hatte, überhaupt freikommen zu können.
Als er das Rathaus gedankenversunken verließ, fiel ihm wieder der Name des Feldmarschalls der kaiserlichen Truppen ein. Plötzlich fasste er sich an den Kopf. Natürlich, er kannte diesen Mann. Es war kein Irrtum möglich. Von Arnim hatte vor längerer Zeit noch auf Schwedischer Seite gefochten. Auch wenn er ihm nie persönlich begegnet war, er kannte ihn.

KAPITEL 6

18 November 1627

Konrad von Blankenfels weilte nun schon seit über drei Wochen in der alten und ehrwürdigen Hansestadt Stralsund. Er hatte recht schnell durchgesetzt, dass er als schwedischer Beobachter an der Seite des Oberbefehlshabers den Verteidigungsvorbereitungen der Stadt beiwohnen durfte. Immer deutlicher wurden die Zeichen des bevorstehenden Krieges. Schutzsuchende Menschen erreichten täglich die Stadttore Stralsunds. Sie hatten auf der Flucht vor Wallensteins Heer Schreckliches erlebt und hofften, in der Hansestadt Unterschlupf und Nahrung zu finden. Diejenigen, die Verwandte in Stralsund hatten, würden es erheblich leichter haben, da die Gast- und Armenhäuser schon lange hoffnungslos überfüllt waren.

Der Tag war angebrochen. Es war kalt, aber noch nicht frostig. Konrad folgte wie jeden Morgen den wenigen Hauptleuten und dem General zu den Befestigungsanlagen. Giesbert von Knappstein, der jüngste unter den Hauptleuten, näherte sich Konrad. „Was denkt Ihr, Blankenfels? Wird es gegen diese Übermacht reichen?"
Konrad ließ seinen Blick über die noch unfertigen Anlagen schweifen. „Es kommt darauf an, ob die Hauptmacht der Kaiserlichen einen Frontalangriff auf die Stadt wagt oder ob sie sich, um Material zu schonen, auf eine Belagerung einlässt. Dann wäre noch Zeit, den Ausbau mit allen Kräften voranzutreiben."
„So sehe ich es auch", meinte Giesbert zähneknirschend. „Wir haben jetzt schon sehr große Probleme. Die einhundert Söldner, die vor zwei Jahren in der Stadt standen, sind auf eintausend Mann aufgestockt worden. Doch was sind tausend gegen ein Heer von dreißigtausend. Auf einen von uns

kommen dreißig von denen. Gestern kam ein schwaches Lebenszeichen der Hanse. Man hat unserer bedrohten Stadt eine Anleihe von 15.000 Thalern bewilligt. Ein Tropfen auf den heißen Stein und diese Anleihe steht bisher nur auf dem Papier. Wann das Geld wirklich in unsere Hände kommt, ist ungewiss. Das hat mir jedenfalls der Stadtschreiber gesteckt."
Konrad sah von der Stadtmauer herunter über die angrenzenden Teiche, die Stralsund umgaben. Ein nicht enden wollender Flüchtlingsstrom näherte sich auch heute wieder aus westlicher Richtung.
Giesbert war neben ihn getreten. „Das ist das nächste Problem. Wie sollen wir die Leute in der kalten Jahreszeit ernähren? Ich habe nichts gegen die Bauern, die eine Muskete abfeuern können, aber wie sollen wir die Frauen und die Bälger über den Winter bringen? Noch sind die Kornkammern gut gefüllt. Lasst die Belagerung ein oder zwei Jahre dauern. Das gibt eine Katastrophe, das sage ich Euch." Dann zeigte er auf eine Frau im Flüchtlingsstrom, die wild mit den Armen gestikulierte und um sich schrie. Andere Frauen um sie herum versuchten, sie zu halten.
Konrad blickte Giesbert fragend an. Der winkte nur ab. „Die Kaiserlichen verhalten sich in den von ihnen eingenommenen Dörfern wie Tiere. Sie ist nicht die erste, die in diesem Zustand hier ankommt. Man hat sie so misshandelt und geschändet, dass ihnen in den Mauern der Stadt nur noch die Einlieferung in den Narrenkasten bleibt und dieser, mein Freund, quellt auch schon über."
Dieses Elend, was sich da auf die Stadt zubewegte, war in Worten nicht zu fassen. Konrad schüttelte den Kopf. Dann kam ihm ein Gedanke. „Sagt, warum sieht man keine Herzoglichen Landsknechte? Da sie vor den Wallensteinischen Truppen zurückweichen, wäre es doch ein Leichtes, sie hier zu sammeln und zur Verteidigung der Stadt mit einzusetzen. Unsere Lage würde sich damit schlagartig verbessern."
„Ach, Blankenfels, Ihr seid ein Träumer vor dem Herrn, wobei Ihr natürlich recht habt. Die Sache hat aber einen gewaltigen Haken und das sind die alten Verträge. Früher war es verbrieft, dass Stralsund keine herzoglichen Truppen oder mit ihnen Verbündete aufnehmen bräuchte. Im Gegenzug musste die Stadt sich verpflichten, sich selbst zu verteidigen. In Friedenszeiten, lieber Blankenfels, ein Segen, doch nun gestaltet sich dieser Vertrag zum Fluch. So ändern sich die Zeiten. Was das eine Mal dem Hund zugeworfen wird, ist zu anderer Zeit eine großartige Mahlzeit."
Es entstand eine lange Pause.
Die restlichen Offiziere waren längst zu einem anderen Abschnitt der Stadtbefestigung weitergegangen. Weder Konrad noch Giesbert machten Anstalten, ihnen zu folgen.
„Was wisst Ihr über diesen General der Kaisertruppen, diesen Wallenstein? Ist er wirklich so ein unbesiegbarer, genialer Feldherr, wie er überall gepriesen wird?", wollte Konrad wissen.

„Da kann ich Euch Geschichten erzählen. Ich habe selbst schon unter ihm gedient. Aber das ist eine Weile her. Es war im Krieg zwischen Venedig und dem Kaiser. Er war damals ungefähr dreißig Jahre alt, ein böhmischer Edelmann, der in Diensten des Königs Ferdinand von Böhmen ins Feld zog. Er war nicht sehr beliebt bei seinen Kameraden, doch zog er unerklärlicherweise die Söldner scharenweise an. Sein Regiment war, im Gegensatz zu den meisten anderen, in auffallend guter Ordnung, kampfstark und tüchtig. Er selbst jedoch war aufbrausend und manchmal auch wieder über alle Maßen zurückhaltend. Ein komischer Kauz. Bei Banketten fehlte er meistens. Er trank recht selten mit uns und betrank sich nie. Er war reich und stets prunkvoll, ich möchte fast sagen, pfauenhaft gekleidet. Eine Menge Diener schwirrten um ihn herum und er besaß einen auffallend großen Tross. Es war kein Geheimnis, sein Reichtum kam von einer verwitweten böhmischen Edelfrau, die er geehelicht hatte und die kurz vor dem Feldzug gestorben war."

Giesbert von Knappstein war ins Reden gekommen und fand in Konrad einen dankbaren Zuhörer. So fuhr er fort: „Kinder hatte er keine mit der Frau, sie soll älter als er gewesen sein, nicht unbedingt hübsch, doch leidenschaftlich, wenn Ihr wisst, was ich meine. Man erzählte sich eine Geschichte an den Feuern im Feld, dass seine Frau ihm eines Tages einen Liebestrank verabreicht haben soll, den sie von einem alten Weibe bekommen hatte. Wallenstein soll jedoch davon krank geworden sein. Nach seiner Genesung wurde er noch viel abweisender. Die alte Hexe erschrak darüber. Nach ihrer Aussage würden selbst Tiere nach solch einem Trunk sich liebestoll aufeinander stürzen. Da es bei ihm nicht geklappt hatte, deutete sie dies als Beweis dafür, dass er kein menschliches Herz in seiner Brust hätte und mit feindlichen Geistern im Bund stehen müsse. Daraufhin verstarb seine Frau. Kurze Zeit später nahm er sich die österreichische Gräfin Harrach zum Weib. Die war nicht reich, hatte aber die besten Beziehungen."

„Wie ist er als Soldat, als Heerführer?", wollte Konrad wissen. Die Gerüchte, selbst wenn nur ein geringer Teil davon wahr wäre, interessierten ihn wenig. Er wollte wissen, wie Wallenstein als Feldherr war.

Giesbert schien zu überlegen. „Ich habe gehört, wie er sich mit dem Oberbefehlshaber der damals im Felde stehenden Truppen, dem Feldherren Trautmannsdorff wegen eines Trinkspruches angelegt hatte. Wallenstein wollte nicht auf den Kaiser trinken und begründete es damit, dass er den Wein nicht vertragen würde. Trautmannsdorff erwiderte jedoch, dass er ihn auf den Erzherzog von Steiermark hat trinken sehen, warum dann nicht auf den Kaiser Matthias, der doch weit über dem Steiermarker steht, auch wenn dieser König von Böhmen wäre. Sie hätten sich da beinahe das Hauen bekommen."

Konrad unterbrach den Erzähler mit einer Handbewegung. „Seht, da unten

kommt ein Reiter und er scheint es verdammt eilig zu haben."
Auch Giesbert sah von der Trutzmauer herunter. „Das ist ein Bote. Lasst uns flink zum Rathaus gehen, vielleicht gibt es Neuigkeiten!"
Fast rennend erreichten sie gleichzeitig mit dem Reiter den Eingang zum Rathaus. Der Bürgermeister war auch schon zur Tür herausgetreten und erwartete ungeduldig die Nachricht. Der Reiter sprang mit einem Satz vom Pferd. Seine Kleidung war trotz der kühlen Temperaturen durchgeschwitzt.
Ein Rathausdiener war hinzu geeilt und nahm das ebenfalls völlig verschwitzte Pferd in seine Obhut.
Außer Atem verbeugte sich der Bote vor dem Bürgermeister und hielt ihm ein Schriftstück entgegen.
Keuchend brach es aus dem Mann hervor: „Herzog Bogislaw XIV. hat gegenüber dem Wallensteinischen Bevollmächtigten Oberst Hans Georg von Arnim in Neuenkamp die Kapitulation unterschrieben."
„Gott steh uns bei!", entfuhr es dem Oberhaupt der Stadt. „Was sind die Bedingungen?"
Der Bote holte tief Luft. „Einquartierung über Winter von 22.000 Mann der kaiserlichen Armee und dem dazugehörigen Tross im Land."
„Was ist mit den Truppen von Bogislaw?", wollte das Stadtoberhaupt wissen. „Können wir mit ihnen noch rechnen?"
Der Reiter schüttelte den Kopf. „Die gesamten herzoglichen Truppen haben aufgehört zu kämpfen."
Bürgermeister Christoph Krauthof sah sich um. Mit lauter Stimme rief er: „Holt den Rat zusammen und die befehlshabenden Hauptleute. Wir müssen die Verteidigung der Stadt organisieren."
Mehrere Gerichtsdiener rannten los.
Konrad von Blankenfels wurde kreidebleich im Gesicht.

KAPITEL 7

Vor dem Fenster des Zuges rauschte die Mecklenburger Landschaft dahin. Hannah freute sich auf ihr zu Hause. Die Computeranlage Walburgas arbeitete immer noch auf Hochtouren, hatte aber bisher keinen weiteren Treffer angezeigt. Im Prinzip waren sie, bis auf die Entschlüsselung dieses einen Satzes, wieder genau so schlau wie zuvor.
Hatte sich der Aufwand dieser mühsamen Fahrt gelohnt? Hannah war sich unschlüssig. Sie hatte Walburga wiedergesehen, das schlug auf alle Fälle auf der positiven Seite zu Buche.
Sie sah, wie unweit vom Bahngleis Rehe auf einem Feld standen. Der vorbeirauschende Zug störte sie nicht im Geringsten. Ihre Gedanken kreisten. Da war irgendetwas, ein Gefühl, doch sie konnte es nicht festhalten, noch nicht.
Durch das eintönige Geräusch der Zugräder, die über die Gleise ratterten, schlief Hannah irgendwann ein.
In ihren Träumen sah sie eine Schamanin, die wild um ein Feuer zu tanzen schien. Ihre Bewegungen wurden schneller und schneller. Ihre Arme kreisten auf und ab, ihre Beine flogen durch die Luft, es schien, als würde sie über dem Boden schweben. Hinter den wild durcheinander wirbelnden Haaren konnte sie das Gesicht der Frau nicht erkennen. Die Schamanin riss sich im Tanzen die Kleider vom Leib. Dann kam eine alte Frau hinzu. Auch sie begann zu tanzen, dabei lachte sie laut auf. Hannah erkannte Walburga in ihr. Trotz ihres Alters stand sie dem Tempo der Schamanin in nichts nach. Auf und ab wogte der Reigen. Dann, einen kurzen Augenblick nur, schien das Feuer zu explodieren. Weiße Funken stoben durch die Luft. Die beiden Frauen sanken erschöpft auf die Knie. In diesem Moment hob die Schamanin den Kopf und Hannah erkannte ihre Tochter. Es gab keinen Zweifel, es war Martina. Hannah wollte rufen, doch ihre Stimme erstickte in einem Röcheln. Wieder wollte sie rufen, doch irgendjemand hielt sie zurück,

schüttelte sie leicht.
Hannah öffnete schlagartig ihre Augen. Einen kurzen Augenblick musste sie überlegen, wo sie war. Dann nahm sie die Schaffnerin wahr, die vor ihr stand und sie leicht am Ärmel ihrer Bluse zog. „Ist mit Ihnen alles in Ordnung? Es sah aus, als ob sie keine Luft bekommen hätten."
Hannah sah sie entsetzt an. Dann stammelte sie eine Entschuldigung. „Nein, eh … ja, danke. Mit mir ist alles in Ordnung, glaube ich. Ich habe wahrscheinlich nur geträumt. Verzeihen Sie."
Die Schaffnerin holte hörbar erleichtert Luft. Erst jetzt bemerkte Hannah, wie auch die anderen Passagiere in ihrer unmittelbaren Umgebung den Blick auf sie gerichtet hatten. Sie zwang sich zu einem Lächeln und nickte Verständnis suchend in die Runde. Es dauerte eine Weile, bis die anderen Fahrgäste ihre neugierigen Blicke von ihr abwandten.
Hannah sah wieder aus dem Fenster. Der Traum hatte sie erschreckt. Es erschien alles so lebendig, so wirklich und doch war ihr bewusst, dass es nur ein Traum war.
Der Lautsprecher kündigte den Hauptbahnhof Rostock an, den der Zug in wenigen Minuten erreichen würde. Hier musste sie umsteigen. Sie nahm ihre Sachen und ging langsam durch den Wagen. Wieder spürte sie die Blicke der anderen Fahrgäste in ihrem Rücken.
Der nächste Zug war ein Bummelzug und sie war fast allein darin. Noch immer ging ihr der Traum nicht aus dem Kopf. Und dann hatte sie eine Idee. Immer klarer und greifbarer wurde der Gedanke.
„Ja", sagte sie laut. „Genau so werde ich es machen."

Am Bergener Bahnhof wartete Martina. An ihrer Seite stand Frank Widukin. Hannah hatte ihn seit damals, als sie dem Grimoire gemeinsam nachjagten, schon öfter wiedergesehen. Sie umarmte ihre Tochter, gab ihr einen zärtlichen Kuss auf die Wange und drückte auch Frank, der mit einem breiten Lächeln vor ihr stand und ihr einen kleinen Strauß Blumen entgegenhielt.
Für Hannah war es eine große Überraschung. Sie mochte Frank und seine Art. „Das ist lieb, dass ihr mich abholt."
Frank nahm ihr die kleine Reisetasche ab und brachte sie zu seinem Wagen. Auf der Fahrt berichtete Hannah kurz von dem Besuch im Harz. „Leider sind wir bei der Entschlüsselung des Buches keinen Deut weiter gekommen. Auch Walburgas Rechner nicht. Es ist einfach wie verhext."
Hannah saß auf dem Beifahrersitz neben Frank. Im Spiegel nahm sie ein kurzes Lächeln ihrer Tochter wahr. Sie konnte es nicht deuten, da es im nächsten Moment aus Martinas Gesicht verschwand. Hannah war jedoch zu müde, um darauf einzugehen. Kurz darauf hatte sie es schon vergessen.
Zu Hause angekommen, begrüßte sie schwanzwedelnd der kleine schwarze Hund. Sie streichelte ihm über das Fell. In der Küche stand

frischgebackener Apfelkuchen. Kurze Zeit später saßen alle drei am Tisch und der Kaffee dampfte verlockend aus den großen braunen Tassen. Erst jetzt bemerkte Hannah ihren Hunger.
Sie hatte das erste Stückchen Kuchen gegessen, als sie zu Frank aufschaute. „Sag mal, gibt es Mittel, die vollkommene Trance auslösen können?"
Frank verschluckte sich beinahe an seinem Kuchenstück, sodass er wild hustete und Martina ihm durch Klopfen auf seinen Rücken helfen musste. Nachdem er sich halbwegs beruhigt hatte, nahm er einen großen Schluck Kaffee. „Reichen dir denn deine Zeitreisen nicht? Willst du in deinem Alter jetzt noch Drogen versuchen?"
Hannah lachte. „Nein, ist nur interessehalber. Was lehrt man auf der Polizeischule darüber?"
„Auf der Schule und in den Fortbildungen lernten wir nur die heute gebräuchlichen Substanzen und deren Wirkung kennen. Ob sie einen wirklich in Trance versetzen können, weiß ich nicht. Von einigen Urvölkern ist bekannt, dass ihre Medizinmänner oder Schamanen auch heute noch Drogen konsumieren, um sich in einen rituellen Rauschzustand, also eine Art Trance, zu versetzen. Ich würde aber nicht dazu raten." Nach einer kurzen Pause fuhr Frank fort: „Ich hab mal einen Artikel gelesen, dass die amerikanische Armee einen Großversuch gemacht hat. Das muss kurz nach dem Vietnamkrieg gewesen sein. Die Amis verabreichten einer großen Anzahl ihrer Soldaten LSD. Sie wollten einfach mal ausprobieren, wie es wirkt und ob man dadurch Menschen steuern und manipulieren kann."
„Und was ist daraus geworden?", wollte Martina wissen.
„Naja, das Experiment ist schief gelaufen. Die Soldaten waren berauscht, hatten Angstzustände und Halluzinationen. Viele von ihnen begingen Selbstmord oder töteten andere Menschen. Die meisten von diesen Versuchspersonen blieben ein Leben lang von dieser Droge abhängig oder griffen dann zu Heroin. Das Ergebnis war niederschmetternd. Diese Leute wussten nicht einmal, was mit ihnen geschehen war. Später kam Beschaffungskriminalität dazu. Viele landeten hinter Gittern. Ob sie aber wirklich in Trance geraten sind, das weiß ich nicht."
Hannah blies die Luft aus ihren Wangen. „Damit sind die Amerikaner, die das befohlen haben, in keiner Weise besser als die KZ-Ärzte von Auschwitz oder den anderen Konzentrationslagern im Zweiten Weltkrieg."
„So kann man das sagen", Frank nickte, „Auch wenn das keine Gefangenen waren, aber im Grunde läuft das schon auf dasselbe hinaus."
Frank nahm sein Mobiltelefon aus der Tasche, ging mit ihm ins Internet und tippte Trance ein.
„Trance kommt vom Lateinischen transire und bedeutet hinübergehen. Es ist ein Sammelbegriff für veränderte Bewusstseinszustände mit einem intensiven mentalen Erleben." Er las schweigend kurz weiter, bis er fortfuhr: „Hier steht, dass diese Zustände entweder willentlich, also durch

Selbsthypnose oder Ähnliches, durch Fremdsuggestion, also Hypnose, mentale Vertiefung auf eintönige Reize, durch Krankheit, wie zum Beispiel Besessenheitszustände oder wie ich vorhin schon gesagt hatte, durch Drogen ausgelöst werden können." Frank machte wieder eine kurze Pause. „Weiter steht hier, dass jede Trance in unterschiedlich starker Intensität mit einer Einengung des Bewusstseins verbunden ist. Das Ichbewusstsein wird dadurch vorübergehend eingeschränkt oder ganz ausgeblendet. So steht es in Wikipedia."

Hannah nickte nur leicht, als sie Frank zuhörte.

Es entstand ein Augenblick des Schweigens, dann sah Martina Hannah an. „Als du nicht da warst, habe ich etwas in dem Zauberbuch geblättert. Vielleicht habe ich da etwas gefunden, was diese Walburga und du bisher übersehen habt. Zwei von den Seiten waren zusammengebacken. Man konnte es beim Umblättern fast nicht spüren."

Hannah sah zu ihr auf, starrte ihre Tochter förmlich an.

„Ich hoffe, du bist mir deswegen nicht böse. Ich wusste nicht, ob ich es durfte."

Martinas Stimme hatte ein wenig gezittert. Daran merkte Hannah, dass ihre Tochter mit einem Mal unsicher war. Sie hatte Angst, etwas Verbotenes getan zu haben.

Hannah reagierte sehr schnell und sagte beschwichtigend: „Nein, mein Kind, ich bin dir nicht böse, überhaupt nicht. Ich möchte nur wissen, was du gefunden hast. Du hast mich jetzt richtig neugierig gemacht, wo doch Walburgas riesiger Technikpark sich bisher die Zähne daran ausgebissen hat."

Martina holte das Buch und Hannah schob ihre Tasse gespannt beiseite.

„Hier, das ist die Seite." Martina hatte ein Stück Zeitungspapier an die entsprechende Stelle gelegt. „Es ist anders geschrieben, verständlicher als der übrige Text. Mit einigem guten Willen kann man das vielleicht besser entziffern."

Hannah nahm ihre Brille mit vor Aufregung leicht zitternden Händen aus dem Etui. Tatsächlich, es waren lesbare Buchstaben. Hannah blätterte eine Seite vor. Dort stand der entschlüsselte Satz, den sie bei Walburga gefunden hatten. Gleich dahinter nun das. Hannahs Herz hüpfte freudig in die Höhe und schlug laut. Sie war der Meinung, alle anderen müssten es in diesem Moment hören. Sie beugte sich über die Seite.

Es sah aus wie ein Rezept, bestehend aus neun verschiedenen Inhaltsstoffen. „Schnell, mein Schatz, hol mir bitte Papier und Bleistift."

Auch Frank war hinter Hannah getreten und blickte neugierig über ihre Schultern auf das Grimoire, das schon so viel Unheil angerichtet hatte.

Martina kam mit einem karierten Block aus ihrem Zimmer. Hannah buchstabierte leise vor sich hin und schrieb: „Wermüde, Poppel, Unverdreden, Mater, Adermonie, Glatthe Hinrich, Spiknarden, Euerruth,

Negenkraft."
„Weiß du, was das ist?", fragte Hannah, ohne auf eine Antwort aus zu sein. Sie sprang wie von der Tarantel gestochen von ihrem Stuhl auf, rannte aus der Küche hinaus und die Holztreppe nach oben.
Frank sah Martina nur verwundert an. Sie zuckte mit den Schultern. „Schlafzimmer, Toilette oder Kräuterzimmer", sagte sie und verzog die Lippen zu einem Grinsen.
„Ich wette Kräuterzimmer", erwiderte Frank.
Martina nickte bekräftigend. „Lass uns mal nachsehen." Dabei fasste sie Frank bei der Hand und zog ihn hinter sich her.
Sie hatten recht. Hannah saß auf dem Fußboden ihres Kräuterzimmers. Um sie herum lagen verschiedene Bücher, in denen sie abwechselnd blätterte. Martina und Frank waren in der Tür stehen geblieben und betrachteten das Treiben einige Minuten lang. Hannah schien keinerlei Notiz von ihnen zu nehmen.
„Können wir dir irgendwie helfen?", fragte Martina nach einer Weile.
Mit zitternder, aufgeregter Stimme verneinte Hannah. „Nein, nein, ich hab es gleich, gleich." Dann nahm sie ein altes Buch in ihre Hand. Der Einband war aus abgegriffenem Leder. „Schaut her, hier ist es. Es ist ein Trank aus verschiedenen Kräutern. Aber das wusste ich schon vorher. Er hat ganz bestimmt etwas Magisches, das erklärt die Zahl neun."
Frank pfiff leise durch die Zähne.
„Schau her, Martina, hier sind die Kräuter aufgelistet. Es sind die alten Bezeichnungen. Wermüde ist Wermut, das war klar, aber hier Poppel, das ist die Pappel." Hannah blätterte im Buch weiter. „Unvortreden ist der Vogelknöterich." Wieder blätterte sie. „Mater ist Mutterkraut, Adermonie ist Odermennig, Glatthe Hinrich ist der Gute Heinrich, Spiknarden bezeichnet den Lavendel, Euerruth ist die Eberraute und Negenkraft steht für die Pestwurz. Es ist ein Zaubertrank unserer Altvorderen. Du bist ein Schatz, du hast es gefunden."
Hannah war aufgesprungen, zog Martina ins Zimmer und begann, sie im Kreis zu drehen, wie bei einem Tanz.
Frank räusperte sich nach einer Weile und sagte leicht schmunzelnd: „Seht ihr, Trance geht also auch ohne Hasch und LSD. Es ist so einfach."
Hannah lachte. „Vielleicht hast du recht. Lasst uns nochmal in das Buch schauen, eventuell finden wir auch noch das Mischungsverhältnis."
Martina war stehen geblieben und blickte ihre Mutter vorwurfsvoll an. „Du hast doch nicht wirklich vor, diesen Trank nachzubrauen?"
„Doch mein Kind", gab Hannah zurück. „Genau das habe ich vor. Es kann kein Zufall sein, dass es genau hinter der Seite steht, wo zu lesen ist, dass die Hohepriesterin in Trance verfällt, sodass ihr Geist auf Reisen gehen kann, um verstecktes Wissen zu erlangen. Vielleicht haben wir das Geheimnis geknackt."

Frank mischte sich ein. „Du weißt, wie gefährlich solch ein Spiel ist! Kann mir mal jemand erklären, was das für Kräuter sind, über die wir hier reden? Ich bin Polizist, ich kann dir nicht bei etwas Verbotenem helfen."
Martina strich ihm sanft über die Schulter und sagte beschwichtigend: „Alles in allem sind es harmlose Kräuter, nichts was in kleinen Mengen wirklich schadet."
Hannah war in diesen Minuten gedanklich weit weg. Sie drückte das karierte Papier fest an ihre Brust.

KAPITEL 8

November 1627

„Will er wirklich zurück? Blankenfels, überleg er sich's nochmal."
Konrad schüttelte den Kopf. „Ich geh zurück auf die Insel. Ich muss zurück. Wenn es stimmt, dass der Oberst Herzog Adolf von Holstein und Oberstleutnant von Stammer mit fünfzehn Kompanien Musketieren auf Stahlbrode vorrücken, kann es nur eines bedeuten, sie wollen übersetzen und dort Quartier nehmen." Er winkte dem Wirt, noch einmal zwei Starkbier zu bringen.
Giesbert von Knappstein versuchte es erneut: „Blankenfels, was jetzt auf diese Stadt zurollt, können wir nur mit tapferen Leuten aufhalten und für solch einen halte ich Euch."
Konrad nickte nur, als der Wirt das Bier brachte. „Diese Meinung ehrt Euch, mein Freund. Doch ich bin meinem König verschworen und ich habe einen Auftrag. Wenn sich der Holsteiner auf der Insel festsetzt, ergibt das auch für den König von Schweden eine neue Situation, eine wesentlich gefährlichere Situation. Damit rücken die Kaiserlichen näher an das Königreich. Er wird gezwungen sein, nun auch zu handeln. Und wenn er mit seiner Flotte landet, dann bedarf es Augen und Ohren, die schon vor ihm das Geschehen auf der Insel durchforstet haben."
„Ihr seht doch, welches Chaos in der Stadt herrscht. Wir haben nur eintausend Mann unter Waffen, die ihr Handwerk verstehen. Wir könnten Euch mehr als nötig auf den Zinnen gebrauchen. Und überlegt gut, auf Rügen seid Ihr ungeschützt. Hier trennt eine dicke, hohe Mauer aus festen, rotgebrannten Pommerschen Backsteinen uns und die Wallensteinischen."
Konrad überlegte kurz. Es hatte einiges für sich, was Knappstein da von sich gab. Aber er hatte keine andere Wahl, er musste gehen. Von dieser Seite des Sundes war für ihn nichts mehr auszurichten. „Von Knappstein,

Euer Angebot in allen Ehren. Auch für die Stadt Stralsund entsteht eine äußerst gefährliche Situation. Immerhin dient die Insel als Brotkammer der Stadt. Was meint Ihr, wie lange werden sich die Holsteinischen Truppen das mit ansehen? Wenn ich der Herzog wäre, würde ich mir als eine meiner ersten Amtshandlungen die Fährverbindung zur Stadt vornehmen. Stralsund droht damit auch von der Inselseite größte Gefahr. Wie lange werdet ihr durchhalten können ohne Ersatz?“

„Ach Blankenfels, Ihr habt recht. Also dann, in Gottes Namen, geht und berichtet dem König von unserer Lage. Doch bevor Ihr ablegt, lasst uns noch einen trinken, das einzig Wahre, was man in diesen Zeiten machen kann.“

Konrad blickte in seinen noch fast vollen Becher. „Ich fahre erst gegen Morgen. Ein Fischer bringt mich nach Sonnenaufgang hinüber. Wir haben also noch Zeit.“

Zufrieden nickte Giesbert von Knappstein ihm zu und leerte sein tönernes Gefäß in einem Zug.

In diesem Moment ging die Tür des Wirtshauses auf und ein Barde mit einer Klampfe betrat die Wirtsstube. Sogleich begann er sein Lied zu singen:

„Der Pfälzer Fritze,
stand an der Spitze,
der bayrische Schütze
warf ihn vom Sitze.
Ach Gott, in die Pfütze
und nahm ihm die Mütze.
Calvinistischer Fritze
Barhaupt bei der Hitze.“

Dazu klimperte er. Seine Stimme war tief und der Barde ohne jegliches Talent, wie Konrad fand.

Von Knappstein war aufgestanden, hatte seinen Becher in die Hand genommen und warf ihn mit voller Kraft dem Sänger entgegen. Kurz neben seinem Gesicht zersprang das Gefäß in tausend Stücke, als es einen Balken der Wirtsstube traf.

„Geschmackloser Wicht“, brummte Giesbert und drohte dem Sänger mit der Faust. Dieser verstummte augenblicklich und verkroch sich an einen Tisch in der hintersten Ecke der Wirtschaft.

Giesbert beruhigte sich schnell wieder und bestellte noch zwei Humpen.

„Weißt du, Blankenfels“, lallte er leicht, „Ich mach das hier für Sold, für einen guten Sold. Manchmal bezweifle ich, dass dieses pommersche Pack es verdient hat, dass man seinen Arsch für diese Leute riskiert. Dieser verfluchte Musikus hat es eben bewiesen. Sie sind es einfach nicht wert.“

Der Wirt brachte das Bier. Seine kleine Tochter bemühte sich, die Scherben des zerbrochenen Bechers einzusammeln.
„Wisst Ihr, was die Wahrheit ist?“ Ohne ein Wort von Konrad abzuwarten, fuhr er fort. „Ich will sie Euch erzählen, die ganze Wahrheit.“
Das Sprechen fiel Giesbert von Knappstein immer schwerer.
„Also, als die Wallensteinischen Truppen begannen, mit acht Regimentern, habt ihr gehört, mit acht Regimentern, von denen jedes dreitausend Mann stark war, in Pommern einzumarschieren, sollten die Pommerschen Truppen durch eine Landwehr verstärkt werden. Wisst Ihr, was daraus geworden ist?“
Konrad schüttelte den Kopf.
„Dann will ich es Euch sagen. Nichts ist daraus geworden. Es kam nur eine Rotte zusammen. Alle anderen verschanzten sich feige hinter ihren Herdfeuern. Jetzt haben sie die gerechte Strafe erfahren. Schaut Euch nur den Narrenkasten an. Sie haben es nicht anders verdient. Dann sollten im Juni Musketiere angeworben werden, doch den Pommern fehlte das Geld.“
Wieder trank er den Becher bis zur Neige aus, dann ergriff er den noch vollen Becher, der unberührt vor Konrad stand und stürzte ihn auch in einem Zuge hinunter.
Giesbert stand wankend von seinem Stuhl auf, der daraufhin mit lautem Scheppern umfiel. Mit Wucht klopfte er Konrad auf die Schulter und krakeelte: „Seht her, ihr pommerschen Feiglinge.“
Die wenigen Wirtshausbesucher blickten zu den beiden Soldaten und noch bevor Konrad ihn nach unten ziehen konnte, fuhr Giesbert immer lauter werdend fort: „Das hier, mein Kamerad, ist ein Held, ein schwedischer Held. Er hat keine Angst, sich dem Feind zu stellen. Huldigt ihm, erweist ihm die Ehre, elendes Pack.“
Konrad zog von Knappstein wieder auf den Stuhl zurück. „Halt den Mund!“, zischte er, doch das Gesagte war heraus. Von Blankenfels biss sich auf die Lippen. Giesbert hatte seinen Kopf in die Bierlache auf den Tisch gelegt und begann friedlich zu schnarchen.
Konrad sah sich um. Immer noch waren alle Augen auf ihn gerichtet. Er holte einige Münzen aus der Tasche, warf sie auf den Tisch und wollte sich erheben, als der Wirt zu ihm trat.
„Hoher Herr, verzeiht einem armen Schankwirt solch loses Mundwerk, doch stimmt es, dass Ihr von den Schweden gekommen seid?“ Und als Konrad darauf nichts sagte, fuhr der Wirt fort: „Kennt Ihr den König der Schweden? Man berichtet eine Geschichte, die so richtig niemand glauben will. Der damals junge König Gustav Adolf soll mal mit seinem Kanzler, einem Grafen, in einem königlichen Schlosse gewesen sein. Da brach, so wird erzählt, plötzlich ein Brand aus und das Feuer griff rasch um sich. Der König hatte auf seiner Laute gespielt. Als sie das Feuer bemerkten, blieben sie unerschrocken. Sie sollen zum Fenster gegangen sein und haben sich

über die Brüstung geschwungen."
Zwei andere Wirtshausbesucher waren an Konrads Tisch herangetreten, hatten sich Stühle genommen und lauschten ebenfalls den Erzählungen des Wirtes.
„Seine Majestät soll sogar noch dem Kanzler beim Durchklettern des Fensters geholfen haben. Dann durchwateten sie den Burggraben, dessen Wasser ihnen bis an die Schultern ging. Später soll der König auf sich selbst geschimpft haben, da er seine Laute nicht hoch genug hielt und sie durch das Wasser des Grabens unbrauchbar geworden war. Sagt, Herr Offizier, stimmt diese Geschichte?"
Konrad sah in die gespannten Gesichter. Er kannte das Erzählte. Man berichtete es oft an den Feuern und jeder schmückte es dabei etwas aus. „Wenn sie so erzählt wird, wird schon was dran sein. Ich war leider nicht zugegen."
Der Wirt strahlte über sein ganzes Gesicht. „Solch ein königlicher Held lässt uns nicht im Stich, ganz bestimmt nicht. Er, der wie ein Erzengel durch Feuer und Wasser marschiert, wird diesem katholischen Drachen ein für alle Mal den Kopf abschlagen."
Die anderen beiden Männer murmelten Zustimmung.
Vertrauensvoll richtete sich einer der Anwesenden, er war bestimmt schon weit über fünfzig und trug einen ergrauten Bart, der nahezu sein gesamtes Gesicht bedeckte, an Konrad: „Vielleicht kann der edle Herr auch sagen, was es mit dieser Geschichte auf sich hat. Ich habe von einer Prophezeiung gehört. Es hat sich im Jahre 1572 ereignet, wenn ich mich noch recht erinnere. Dort war ein großer Komet am Himmel erschienen und der berühmte kaiserliche Astronom, Tycho de Brahe, weissagte, dass ein nordischer Herrscher kommen und die Gräueltaten, die in der Bartholomäusnacht zwei Jahre früher im Frankenreich verübt worden waren, rächen wird. Damit kann doch nur seine Majestät, der König von Schweden, gemeint sein?"
Konrad überlegte kurz. Auch diese Geschichte hatte er an den Söldnerfeuern gehört. Damals war ein wilder Mob kreuz und quer durch Frankreich gezogen und hatte viele protestantische Hugenotten abgeschlachtet. Besonders schlimm trieben sie es in Paris, dem Sitz des Königs.
„Davon habe ich gehört", begann er und hob den Becher. „Hoffen wir, dass damit unser König gemeint ist."
Jetzt zu gehen, schien Konrad von Blankenfels unratsam. Warum sollte er den Bürgern der Stadt nicht ein wenig Mut machen. Sollten sie doch den Geschichten glauben, umso tapferer würden sie auf den Mauern bestehen können.
Wieder setzte der Bärtige mit einem Kopfnicken an. „Es kann auch gar nicht anders sein. Als Ferdinand zum Kaiser gewählt wurde, soll die

Kutsche, die die Kaiserkrone beförderte, verunglückt sein. Ich habe gehört, dass sie auf dem Weg nach Frankfurt war. Es soll ein prunkvoller Anblick gewesen sein, ganz wie es die Katholischen mögen. Der Wagen war schwer und wurde durch vier mächtige Pferde gezogen. Ihn begleiteten viele Bewaffnete, denn die Krone des Kaisers soll über vierzehntausend Gulden wert sein. In Rothenburg ist es dann passiert. Das Volk lief zusammen und wollte das Spektakel sehen. Einige der Vorlauten zündeten Böller an. Einer explodierte in der Nähe der Pferde, die gingen durch und dann kippte die Kutsche einfach auf die Seite. Die Kiste, in der die Kaiserkrone in Samt verstaut war, sprang auf und das gute Stück kullerte einfach hinaus und blieb im Graben liegen.“

„Das hast du dir ausgedacht!“, sagte der andere Mann.

„Gott bewahre, nein. Es ist die Wahrheit. Ich habe diese Geschichte von einem Kaufmann gehört, der genau zu dieser Zeit in Rothenburg war. Glaubt mir!“ Nach kurzem Überlegen fuhr der Mann fort: „Und es geht ja noch weiter. Einen Tag nach der Kaiserwahl soll ein schwarzer, großer Hund den Erzbischof von Trier, den Lothar von Metternich, der die Kaiserwahl ja vorangetrieben hatte, beim Aussteigen aus seiner Kutsche ganz schlimm ins Bein gebissen haben. Auch das hat mir der Kaufmann erzählt. Und der ist schließlich weit herumgekommen. Das sind doch eindeutige Zeichen oder wie seht Ihr das Herr Offizier?“

Konrad schwieg und sann nach Worten, bevor er fortfuhr: „Wenn Ihr es als Zeichen ansehen wollt, dann sieht es gut aus. Aber dennoch sollten wir die Aufmerksamkeit auf die Truppen richten, die in Richtung dieser Stadt marschieren. Hilfe und Ersatz werden bestimmt kommen, auch wenn es vielleicht noch etwas dauern wird. Doch diese Zeit müsst ihr, der Sache willen, mit Mut und Tapferkeit durchhalten und durchstehen.“

Die beiden nickten. In der Bierlache auf dem Tisch schlief Giesbert von Knappstein seinen Rausch aus.

Konrad verabschiedete sich höflich von den beiden Zuhörern und wandte sich beim Rausgehen an den Wirt: „Bringt bitte den beiden noch einen Krug Bier, der soll ihnen Mut machen.“ Dabei warf er ihm gekonnt eine Münze zu. Der Wirt nickte und ließ das Geldstück in seiner Schürze verschwinden.

Als Konrad fast an der Tür war, sprach ihn der Spielmann an. In seiner Stimme lagen Hass und Arroganz. „Sagt mir doch, Schwede, der so ein toller Zuhörer von Märchen ist, stimmt es, dass Euer geliebter König nur in Kupfermünzen zahlt? Das jedenfalls behauptet man in meinen Kreisen. Kupfer wird ja bei euch tonnenweise aus der Erde geholt. Diese Münzen kosten ihm ja nichts. Meint Ihr, dass man so einen Krieg gegen die Katholischen gewinnt?“

Konrad war einen Moment stehen geblieben. Ohne ein Wort der Entgegnung trat er aus der Tür.

Er sah nicht mehr, wie der Spielmann hinter ihm auf den Boden der Schenke spuckte.

KAPITEL 9

November 1627

Am Dorfrand von Altefähr stand Anna am Herd ihres kleinen Hauses. Vor ihr, an einem eisernen Kesselhaken, hing ein kleiner, schmiedeeiserner Topf. Aus ihm duftete es nach frischem Wurzelgemüse und Fleisch. Während Anna im Topf rührte, schweiften ihre Gedanken, wie in letzter Zeit so oft, zu ihren Kindern. Sie war nicht ohne Stolz, allen sechs das Leben geschenkt und sie durchgebracht zu haben. Anna blickte auf ein Leben voller Entbehrungen zurück, doch es war auch erfüllt von einer großen Liebe zu Peter, ihrem Mann, ihren Kindern und Kindeskindern und ihrer tiefen Freundschaft zu Hannah, ihrer treuen Gefährtin aus einer anderen Zeit.

Ihre zweitälteste Tochter Margarete war nach Gingst zu ihrem Mann gezogen und erwartete im nächsten Frühjahr ihr zweites Kind. Ihre älteste Tochter Martha lebte mit ihrer Familie in Rahlow. Sie war es, die die Familie so wunderbar zusammenhielt und sich derzeit viel um Margarete kümmerte. Ihre anderen Kinder lebten verstreut auf der Insel, bis auf Cunrad, ihr jüngster Sohn, der noch immer bei ihnen wohnte. Er war zu einem stattlichen Mann herangewachsen und arbeitete im Dorf als Schreinergeselle. Sein Meister, der alte Klaasen, war überaus zufrieden mit ihm und da er selbst keine Kinder hatte, sollte Cunrad in nicht mehr so ferner Zukunft die Schreinerei übernehmen. Schon jetzt führte ihr Jüngster mehr oder weniger die Geschäfte allein.

Ihr Mann Peter war in den langen Jahren, in denen er als Fischer gearbeitet hatte, alt geworden. Seine Augen waren nicht mehr so gut wie früher und sein ergrautes Haar wurde immer lichter. Trotzdem strotzte er noch vor Kraft.

Peter werkelte draußen am Schuppen. Anna hörte ihn hantieren, als mit

voller Wucht die Tür der Kate aufsprang. Vor Schreck ließ Anna den hölzernen Kochlöffel auf den Boden fallen.
Cunrad stand schwer atmend in der Tür. Er war groß, kräftig und hatte schulterlanges, lockiges Haar. Anna blickte ihn fragend an.
Als Cunrad sich halbwegs beruhigt hatte, keuchte er: „Wo ist Vater?“ Sein Blick wanderte suchend durch die Kate.
„Er ist draußen am Schuppen“, antwortete Anna. „Was ist mit dir los? Du siehst ja aus, als ob du vor dem Hinkefuß davongerannt bist!“
„Es ist auch so ähnlich. Schnell, Mutter, komm! Und Vater muss auch mit! Am Dorfanger laufen alle zusammen. Ein Fischer aus Stralsund ist angekommen. Er wird auf unser Drängen hin einiges über die Lage in der Stadt erzählen. Er sagt, so schnell wird er bestimmt nicht mehr wiederkommen können. Auf dem Anger haben sie schon ein Heringsfass aufgestellt, damit er von dort aus reden kann. Kommt doch, Mutter!“
Anna wischte sich ihre Hände an der Schürze ab, nahm ein derbes Stück Leinenstoff, umwickelte diese damit und ergriff den schweren, heißen Suppentopf. Sie hängte ihn mehrere Zähne nach oben, damit die Suppe zwar warm blieb, jedoch aufhörte zu kochen. Sie streifte den Stoff von ihren Händen und warf ihn achtlos über einen Stuhl.
„Los, dann lauf zu deinem Vater und sage ihm Bescheid! Ich komme gleich nach.“
Cunrad rannte aus der Tür.
Anna blickte zu den kleinen lodernden Flammen ihres Herdfeuers. Was nur sollte das bedeuten?

KAPITEL 10

Das Jahr war noch nicht ganz dahingegangen, die Adventszeit stand bevor. Danach folgten die Raunächte, die heiligen zwölf Nächte zwischen den Jahren.
Hannah saß allein in ihrem Kräuterzimmer. Ihre Gedanken schwirrten um das Vergangene und tauchten in das Zukünftige.
In letzter Zeit war sie oft allein. Martina blieb manchmal eine ganze Woche bei Frank. Es war schön zu sehen, wie Martina langsam aufblühte. Sie lachte viel, wurde lockerer im Umgang mit anderen Menschen und aufgeschlossener dem Leben gegenüber.
Was hatte sie diesem Mädchen in einem Moment der Unachtsamkeit nicht alles angetan? Doch hätte sie die Entführung wirklich verhindern können?
Vorsichtig bewegte sie den Stößel in der steinernen Schale. Die Kräuter darin zerfielen durch die Rührbewegung zu Staub. Einige Wochen schon experimentierte sie mit dem Rezept, welches Martina im Grimoire gefunden hatte. Erst hatte Hannah alles zu gleichen Teilen zusammengemixt, ohne eine Wirkung zu erzielen. Dann begann sie systematisch, unterschiedliche Mengen der verschiedenen Kräuter miteinander zu vermischen. Akribisch führte sie Buch über jedes einzelne ihrer Experimente. Hatte sie eine Mischung fertig, nahm sie eine Messerspitze davon und wartete vergeblich auf die erhoffte Wirkung. Tat sich nach einer halben Stunde nichts, so goss sie heißes Wasser darauf, ließ es ziehen und trank davon einen Schluck.
Aber egal, was sie auch anstellte, sie erreichte damit kein Ergebnis, das auch nur ungefähr mit dem Zustand einer Trance vergleichbar gewesen wäre.
Eher das Gegenteil war eingetreten. Bei ihren Selbstexperimenten vergaß sie oft das eigene Essen, besonders wenn Martina nicht da war. Dann plagten sie Magenschmerzen und Unwohlsein.
Nur ihr schwarzer Hund, der in den letzten Wochen mächtig gewachsen war, brachte Hannah immer wieder in die Realität zurück, wenn er nach

seinen täglichen Spaziergängen, den Streicheleinheiten und seinem Futter verlangte.
Hannah rieb sich die Augen. Der schwarze Hund strich um ihre Beine. Sie holte tief Luft, schaute ihm in die großen, braunen Augen und seufzte.
„Du hast ja recht, mein Kleiner. Höchste Zeit mit dem Hokuspokus aufzuhören!“, sagte sie und schob den schweren Mörser von sich. Es war ein befreiendes Gefühl. Ja, sie würde nun wieder in das normale Leben zurückkommen. Was hatte sie denn erwartet? Dass man in Trance Wissen erlangen kann? Wie Faust, als er seinen Pakt mit Mephisto eingegangen ist? Hannah lachte. Wenn es so einfach wäre.
Mit einer flinken Handbewegung wischte sie den Stößel sauber.
Sie würde aufräumen und dann Martin, ihren Sohn, anrufen. Sie hatte ihn und seine Familie in den letzten Wochen etwas vernachlässigt. Sonst telefonierten sie alle zwei, drei Tage miteinander, doch seitdem sie hier mit den Kräutern experimentierte, hatte sie sich die Zeit nicht mehr genommen. Dabei war es so schön, mit der heutigen Technik ihr kleines Enkelkind auf dem Bildschirm ihres Computers sehen zu können. Die kleine Johanna war nun schon zehn Monate alt, begann zu laufen und die ersten Dinge zu erzählen. Johanna war auf Rügen zur Welt gekommen und in den ersten zwei Monaten nach der Geburt blieb die kleine Familie bei Hannah. In dieser Zeit pendelte Martin zwischen Berlin und Rügen hin und her. Seine große Tochter Susanne blieb in der Hauptstadt, um dort ihr Abitur fertig zu machen. Mittlerweile studierte Susanne Archäologie in Berlin. Das Studium machte ihr Spaß und sie fühlte sich sehr wohl. Katharina, Martins Lebensgefährtin, hatte sich in den Wochen bei Hannah gut erholt. Hannah wusste von ihrem Sohn, dass die kleine Familie plante, in Berlin eine bezahlbare Studentenwohnung für Susanne zu besorgen, um dann ihren Lebensmittelpunkt wieder auf die Insel Rügen zu verlegen. Wohin genau, stand noch nicht fest. Hannah hoffte nur, dass es irgendwo in ihrer Nähe sein würde.
Martina und Frank waren diese Woche nach Berlin gefahren und besuchten alle. Die beiden nutzten ihren Aufenthalt in der großen Stadt immer für den Besuch eines Museums oder Konzertes. Martina konnte noch immer über die heutige, moderne Zeit staunen wie ein Kind. Sicher hatte ihre Tochter auch Martin von den Kräuterexperimenten erzählt. Durch ihren Entschluss, mit den Selbstexperimenten endlich aufzuhören, würde Hannah ihre Kinder, ihre Schwiegertochter und auch Frank beruhigen. Sie wollte noch schnell aufräumen und dann gleich telefonieren.
Leise begann sie, ein Lied vor sich her zu pfeifen, während sie das alte Kräuterbuch zuklappte und in dem großen, hölzernen Regal an seinen Platz stellte. Dabei fiel eine kleine Broschüre, die bis dahin unbeachtet auf den Büchern quer gelegen hatte, auf den Fußboden. Hannah erinnerte sich nicht mehr, wo sie dieses kleine Heft erworben hatte, sicher irgendwann auf

einem Flohmarkt nach einem schnellen Durchblättern. Seitdem hatte sie es bestimmt nicht wieder in den Händen gehabt. Jetzt lag es aufgeklappt auf dem hellen Teppich.
Hannah bückte sich, um das Heft aufzuheben. Verblüfft schaute sie auf die aufgeschlagene Seite. Es war die Zeichnung einer Malvenblüte, neben der ganz groß das Wort Poppel stand.

KAPITEL 11

November 1627

Der Dorfplatz war schon gut gefüllt. Männer, Frauen und Kinder drängten sich in der Mitte des Angers. Als Anna, Peter und Cunrad den Platz erreichten, half gerade einer der Dorfbewohner dem Stralsunder Fischer auf das Fass hinauf.
Anna schien es, als ob sich fast alle Bewohner hier versammelt hatten.
Als der Fischer sicher auf der Heringstonne stand, nahm er seine Hände in die Höhe und die zusammengelaufene Menge verstummte augenblicklich. Alle Augen waren nun voller Spannung auf den Stralsunder Fischer gerichtet, der sich laut räusperte und mit zitternder Stimme zu erzählen begann: „Die Lage ist verzweifelt. Vor den Toren unserer Stadt sollen über zwanzigtausend Soldaten stehen, wird gemunkelt. Unsere Ratsherren haben jetzt beschlossen, die Stadt weiter zu befestigen. Es läuft auf eine Belagerung hinaus. Man erzählt sich, dass unsere Pfeffersäcke ein Angebot des Heerführers dieser gewaltigen Streitmacht abgelehnt haben. So ist der Krieg unumgänglich. Die einfachen Menschen in der Stadt haben Angst, unbeschreibliche Angst."
Der Fischer machte eine Pause und blickte in die Gesichter der Umstehenden, bevor er fortfuhr: „Jeden Tag kommen mehr Flüchtlinge in die Mauern unserer Stadt. Wir bieten ihnen Schutz, doch der ist mehr als trügerisch. Wenn die Stadt fällt, wohin sollen wir dann fliehen? Wohin nur, frage ich euch? Das ganze Land um unsere Stadt herum brennt schon. Wir sind verloren. Es gibt nahezu keine Lebensmittel mehr. Unsere Frauen und Kinder hungern und die fremden Söldner in unserer Stadt benehmen sich nicht viel besser als die Leute, die unsere Mauern bedrohen."
Der Fischer machte wieder eine Pause, als Johann, ein alter Bauer, vortrat. „Ja, Meister Fischer, das klingt alles sehr bedauerlich. Doch sagt uns, was

wir gegen euer Leid ausrichten können? Wir sind nur einfache Bauern oder Fischfänger. Was sollen wir tun? Wir haben nichts übrig. Das Wenige, was wir uns zwischen die Zähne schieben, können wir beim besten Willen nicht teilen. Also sagt mir, warum erzählt ihr uns das alles oder anders gefragt, was geht uns das an?“

Der Stralsunder Fischer überlegte einen Moment, dann zeigte er mit dem Finger auf den Bauern. „Du fragst mich, was euch das angeht?“ Verständnislos schüttelte er seinen Kopf. „Ich will euch sagen, was euch das angeht! Ich habe mit eigenen Augen gesehen, dass sich ein riesiges Söldnerheer südlich unserer Stadt zusammenzieht. Fahrt selbst hinaus. Von See kann man sie gut beobachten. Sie konfiszieren alles schwimmbare Material, kein noch so kleines Boot ist vor ihnen sicher. Zimmerleute sind dabei, riesige Lastkähne zu bauen. Es wird über euch kommen, wie in der Bibel geschrieben. Wenn dieser Schwarm Heuschrecken auf eure Insel einfällt, dann sind auch hier alle Messen gesungen. Diese Menschenmassen wollen untergebracht und ernährt werden. Ich sage euch, wenn diese Plage hier einfällt, werdet auch ihr um jedes Stück Brot, möge es noch so hart sein, betteln. Dazu muss man wahrlich kein Hellseher sein.“

„Wir sind Verbündete des Kaisers“, rief ein anderer dazwischen.

Der Fischer erhob noch lauter als zuvor seine Stimme: „Ihr Ignoranten, wenn die Söldner merken, dass ihnen die Beute vorerst verwehrt bleibt, so werden sie sich an euch schadlos halten, egal, ob ihr nun Verbündete oder Feinde seid. Eure Töchter und Frauen werden ihnen beiwohnen müssen und jeder wird seine Habe verlieren.“ Der Fischer blickte nun in ängstliche Gesichter. „Jetzt seht ihr, dass wir alle im gleichen Boot sitzen.“

„Was schlägst du vor, was sollen wir tun?“, rief der Bauer Johann mit nicht mehr ganz so fester Stimme.

„Bewaffnet euch mit allem, was ihr aufbringen könnt. Mit Mistgabeln und Sensen oder auch nur mit Knüppeln. Dann versucht, eine Anlandung der Truppen zu verhindern. Nur so haltet ihr uns in der Stadt den Rücken frei und euch am Leben. Lauft nun in die anderen Dörfer und trommelt alle Männer zusammen. Nur so haben wir eine Chance, die Anlandung abzuwehren.“

Johann hatte seine Stimme wieder besser in der Gewalt. „So sagt, guter Mann, und nun ganz ehrlich, wer schickt Euch wirklich?“

Der Fischer, der noch immer auf der Tonne stand, druckste etwas herum, bevor er erwiderte: „Ein Stralsunder Ratsherr schickt mich, um euch das zu sagen. Dafür hat er mir ein paar Münzen gegeben. Aber es stimmt, die Kaiserlichen können jeden Moment die Boote besteigen und herkommen.“

„Warum stellst du dich nicht den Kaiserlichen in den Weg?“, fragte Johann.

Der Fischer beugte sich etwas zu Johann hinunter. „Ich habe euch gesagt, was mir aufgetragen wurde. Ich bin Fischer, kein Soldat und ich bin nicht so lebensmüde, mich den Söldnern in den Weg zu stellen. Dafür war das

Entgelt zu gering. Mein Platz ist bei meiner Frau und den Kindern. Ohne mich müssten sie schon jetzt verhungern.“ Mit einem Satz war er vom Fass gesprungen. „Was ihr jetzt mit meinen Worten anfangt, bleibt euch überlassen. Ich habe meinen Auftrag erfüllt.“
Mit diesen Worten drängelte er sich durch die versammelten Dörfler und ging festen Schrittes zu seinem Boot, welches nur mit der Bugspitze im Strandsand lag.
„Ein komischer Kauz“, sagte Peter laut.
Johann, der Bauer, winkte nur ab. „Sollen sie doch kommen. Noch sind wir Verbündete und haben ihnen, im Gegensatz zu den Stralsundern, nichts getan, was sie erzürnen könnte. Bleiben wir also ruhig und besonnen.“
Die Umstehenden nickten zustimmend.
Als die Menge begann, sich zu zerstreuen, zupfte Anna ihren Sohn Cunrad am Arm. „Wir treffen uns gleich bei uns in der Hütte.“
Cunrad nickte nur nachdenklich. Er klopfte dem alten Fischer, der gerade nach seinem Heringsfass greifen wollte, auf dem der Stralsunder noch vor kurzem seine Rede gehalten hatte, auf die Schulter, ergriff das Fass und brachte es wieder an den Strand, bevor er den Weg zum Haus seiner Eltern einschlug.

KAPITEL 12

Das konnte nicht sein. Wieder griff Hannah nach dem großen, alten Kräuterbuch und legte das kleine Heft verkehrt herum auf ihren Schreibtisch. Sie schlug das Große auf. Aufgeregt durchforstete sie das Inhaltsverzeichnis. Was sie dann sah, verschlug ihr die Sprache. Hinter dem Wort Poppel stand eindeutig Pappel, so hatte sie es ja auch beim ersten Mal schon gefunden. Dann suchte sie das Wort Pappel. Hier stand in Klammern, kursiv Poppel. Sie nickte vor sich hin. Bis dahin war alles eindeutig. Dann suchte ihr Zeigefinger nach der Malve. Hannah erschrak und legte ihre Hand vor den Mund. Hinter Malve stand ebenfalls in kursiv das Wort Poppel. Das konnte doch nicht sein. War es vielleicht ein Druckfehler?

Schnell durchwühlte sie weitere Bücher. Sie spürte kalten Schweiß auf der Stirn.

Nach einer halben Stunde fiel sie angespannt in den weichen Sessel, welcher hier im Kräuterzimmer zum Ausruhen bereit stand. Es war so einfach. Sie hatte die falsche Zutat verwendet. Nicht Pappel war gemeint, sondern die wilde Malve, im Volksmund auch Käsepappel genannt.

Vergessen war das Telefonat mit ihrem Sohn.

Sollte sie es wagen? Zögernd stand sie auf und ging zum Schreibtisch.

Schnell schüttete Hannah das verbliebene Pulver aus dem Mörser auf ein Stück alte Zeitung und säuberte das Gerät mit einem Küchentuch. Mit zitternden Händen streute sie die verschiedenen Kräuter auf die sehr fein arbeitende Waage, von allen Zutaten die gleiche Menge. Wie oft hatte Hannah diesen Vorgang schon wiederholt?

Acht Kräuter waren schon in dem Mörser. Die trockenen Blätter wirkten zerbrechlich. Die Farbe war nicht mehr so satt grün. Viele von ihnen hatten sich eingerollt.

Hannah ging zu ihren Apothekerschränken mit den großen und kleinen

Schubläden. Dort waren ihre Kräuterschätze sicher aufbewahrt. Sie musste nicht lange suchen, bis sie die halbvolle Papiertüte mit den Malvenblüten in der Hand hielt.

Die rosa bis pinkfarbenen Blüten der wilden Malve verfärbten sich beim Trocknen in ein dunkles Blau, fast Lila. Die Käsepappel war für Hannah eine der wichtigsten Pflanzen in ihrer Hausapotheke. Auszüge der Blüten halfen sehr gut bei Reizhusten und Allergien.

Jetzt galt es. Ein allerletzter Versuch. Sie schwor sich, wenn auch dieser misslingen sollte, wollte sie endgültig mit dem Experiment aufhören.

Sie wog die Malven ab und brachte sie mit den anderen Kräutern zusammen. Vorsichtig begann sie, mit dem schweren Steinstößel in kreisender Bewegung die Blätter und Blüten zu zerstoßen. Es war eine mühselige Arbeit. Manche Kräuter hatten härtere Stängel, die sich beim Mörsern als sehr widerspenstig erwiesen.

Es dauerte eine Weile, bis alles zerkleinert war und den Boden des Mörsers als einheitliches, grüngraues Pulver bedeckte.

Endlich war es soweit. Hannah holte tief Luft und blies sie geräuschvoll aus. Sollte sie es wirklich wagen?

Sie hatte es zu oft versucht, um jetzt davor zurückzuschrecken. Ein allerletztes Mal.

Hannah wedelte mit der Hand über das Gefäß. Der Geruch, der ihr in die Nase stieg, war angenehm und es duftete nach kräftigen Kräuteraromen. Nichts Außergewöhnliches. Sie musste laut auflachen. Was hatte sie denn erwartet?

Kopfschüttelnd setzte sie sich an den Schreibtisch und griff zum Messer, das neben ihr lag. Die stählerne Spitze tauchte in den Mörser und brachte das Pulver zu Tage. Noch einmal musterte Hannah das Geriebene, bevor sie es kurzentschlossen in den Mund steckte.

KAPITEL 13

November 1627

„Es wird schon nicht so schlimm kommen, wie der Fischer gesagt hat“, begann Peter.
Anna und Cunrad saßen neben ihm am Tisch. Vor jedem stand ein Teller mit dampfender Suppe.
„Ihr habt doch Johann den Bauern gehört und der ist überaus schlau. Warten wir es einfach ab. Es wird schon irgendwie gut ausgehen.“
Anna schob ihren Teller von sich weg. „Und wenn nicht? Was passiert, wenn der Fischer recht behält?“
„Was schlägst du vor?“, lachte Peter künstlich auf. „Sollen wir zu den Mistgabeln greifen und uns gegen gut gerüstete Soldaten stellen, deren einzige Aufgabe es ist, brave Bürger vom Diesseits ins Jenseits zu befördern? Also bitte, Weib! Wenn du das tun willst, nur zu! Doch ohne mich!“
Anna überlegte kurz. „Das meine ich nicht. Natürlich sehe ich es genauso. Es ist sinnlos, unorganisiert und ohne jegliche Erfahrung, gegen ein Söldnerheer anzutreten. Das wäre purer Selbstmord. Man würde dadurch der Stadt hinter dem Sund nicht einmal Zeit verschaffen, geschweige denn helfen, aber wir sollten uns trotzdem irgendwie vorbereiten.“
„Was willst du tun?“, fragte Peter. „Lebensmittel und Brennholz horten?“
Anna schüttelte den Kopf. „Falls wirklich so viele Bewaffnete auf der Insel einfallen, wäre es ohnehin sinnlos. Wenn ein plünderndes Heer hier stationiert wird, bleibt für die Bevölkerung nicht mehr viel übrig. Sollte man uns unser Leben lassen, können wir schon froh sein, wobei auch das nur ein Aufschub ist! Entweder bringen sie uns um oder wir verhungern.“
„Also sprich schon, du hast doch wieder etwas im Kopf!“, meinte Peter mürrisch.

„Ja, das habe ich wirklich. Hier im Dorf sind wir nicht sicher, wenn die Soldaten kommen."
„Wo willst du denn hin?", fragte Peter und sah sie vorwurfsvoll an. „Über den Sund vielleicht und uns zwischen den Mauern mit dem ganzen Gesindel dort eingraben lassen?"
Wieder schüttelte Anna den Kopf. „Das wäre genauso töricht. Glaube mir, wenn Soldaten herkommen, werden sie plündern. Das war schon immer so. Vielleicht können sich ja die Herrschaften freikaufen, aber über uns wird man herfallen, uns das letzte Hemd nehmen. Wenn du glaubst, es wird nicht schlimm, lieber Mann, kannst du recht haben und ich hoffe mit tiefstem Herzen, dass du recht behältst. Wir werden dafür auch zum Herrn beten. Doch wenn es schlimm wird, möchte ich unsere Kinder und deren Kinder in Sicherheit wissen."
„Wie willst du das anstellen?", fragte Peter. „Solche Wünsche sind lobenswert, aber nicht durchführbar."
Anna überlegte laut und stützte dabei ihr Kinn auf die Hände: „Wie gesagt, wir sollten Vorkehrungen treffen! Eventuell eine Hütte im Wald bauen und wenn es geht, nah an der alten gespaltenen Eiche."
„Du willst nicht etwa zu der alten Hannah?", fragte Peter entsetzt.
Anna zuckte mit den Schultern. „Dieser Weg sollte der letzte Ausweg sein. Nur dann, wenn wir auch dort im Wald nicht mehr sicher sind. Wir könnten eine Hütte bauen, in der es sich notfalls übernachten lässt, mit einer kleinen Feuerstelle darin und einem Dach, das uns vor Regen und Schnee schützt."
Peter hatte jetzt auch seinen Teller von sich weg geschoben. „Wie stellst du dir das vor?", entgegnete er mit einem fassungslosen Blick. „Sollen wir hier alles im Stich lassen? Nur weil du so ein Gefühl hast? Du hast doch die anderen gehört, es wird bei weitem nicht so schlimm, wie du uns hier weismachen willst!"
Anna stand auf und stützte sich mit den Händen auf dem Tisch ab. Ihre Stimme gewann an Schärfe. „Wenn es doch ganz anders kommt, als diese Tölpel zu wissen glauben? Ich will doch auch nicht für immer im Wald leben müssen. Es geht doch nur darum, dass wir für den Notfall ein Dach über dem Kopf haben und so für unsere Kinder und Enkel das Überleben sichern können. Ich will nicht in den Wald ziehen, doch wenn es notwendig wird, gehen wir. Dann ist alles schon vorbereitet. Wenn es wirklich noch schlimmer kommt, schlüpfen wir durch den Baum. Unsere Familie wird diesen Krieg überleben, glaube mir, Peter Wiele!"
Peter war still geworden. Lange dachte er über Annas Worte nach. Dann nickte er kaum merklich. „Wir werden es machen, wenn das Leben hier wirklich schlecht wird. Dann gehen wir in den Wald."
Anna beugte sich vor und sah ihm direkt in die Augen. „Dann wird es zu spät sein! Wach auf, Mann! Jetzt ist hoffentlich noch genügend Zeit, etwas

Gutes vorzubereiten, etwas, was unseren Kindern und Kindeskindern genügend Schutz bietet."
„Und wie stellst du dir das vor, Weib?" Peter war aufgestanden und seine Stimme wurde lauter. „Schon ein Dach bauen, ist nicht einfach!"
Jetzt räusperte sich Cunrad, der die ganze Zeit still am Tisch gesessen und dem Gespräch seiner Eltern aufmerksam zugehört hatte. „Ich glaube auch, dass man uns nicht unbedingt die Wahrheit gesagt hat. Weder die hohen Herren, noch der Fischer. Wir sollten Vorkehrungen treffen. Ein Dach zu bauen, wird gehen. Holz finden wir im Wald genug und Schilf kann ich schneiden und als Dach binden. Ich habe schon oft dem Meister dabei zugesehen. Es ist kein Hexenwerk. Die Wände könnten wir aus Weidenzweigen flechten und die Zwischenräume mit Lehm und Moos abdichten. Es wird zwar einfacher sein als unser Haus hier, doch es würde gehen. Sollten wir es nicht brauchen, also wenn die fremden Soldaten ausbleiben, können wir es immer noch beim Fallenstellen oder Jagen als Unterstand nutzen. Es wäre also nicht ganz umsonst."
Peter schlug die Hände vor sein Gesicht. „Ihr beiden seid nochmal mein Tod. Deiner Mutters Hirngespinste und deine ewige Zustimmung." Nach einem kurzen Zögern fuhr er fort. „Also gut, ich hole den Wagen und den Gaul vom Bauern. Dann schauen Cunrad und ich uns mal die Gegend genauer an. Bist du jetzt zufrieden, Weib?"
Anna nickte nur, tief in ihre Gedanken versunken.

KAPITEL 14

Hannah saß auf ihrem Stuhl im Kräuterzimmer und hörte in sich hinein. Ein Anflug von Enttäuschung machte sich breit. Sollte es wieder nichts gewesen sein?

Sie hatte diesen Gedanken noch nicht ganz zu Ende gedacht, als sich auf ihrer Haut ein Kribbeln ausbreitete, welches schnell ihren ganzen Körper erfasste. Zehntausende Ameisen schienen sich ihrer zu bemächtigen. Sie hatte das Gefühl, dass der Stuhl, auf dem sie saß, in die Höhe gehoben wurde und sich im Kreis drehte, während das Zimmer um sie herum still zu stehen schien. Sie sah Farben, nicht grell, sondern sanfte Pastelltöne. Alles schien in diese Farben einzutauchen.

Das Drehen des Stuhles hörte plötzlich auf. Sie konnte sich bewegen. Aber nur ein kleines Stück. Irgendetwas hielt ihren Rock fest. Sie sah sich um, doch außer eines sanften Grüns am Fußboden war nichts weiter vorhanden.

Das Atmen fiel ihr schwerer als normal. Sie fühlte sich eingezwängt, beengt. Das musste sie ändern, doch noch wusste sie nicht, wie sie es anstellen sollte. Ihr Blick wurde etwas klarer. Einzelne Gegenstände nahmen wieder ihre Konturen an. Sie sah deutlich das Grimoire, das bis jetzt auf dem Schreibtisch gelegen hatte.

Hannah traute ihren Augen kaum. Es schwebte zehn Zentimeter über der Tischplatte. Sie blickte ihre Hände an. Die leuchteten eigenartig, fast golden. Vorsichtig griff sie zum Grimoire und schlug es an einer beliebigen Stelle auf. Ein Lichtblitz aller Spektralfarben schoss aus ihm heraus. Jetzt wurde das ganze Buch von einem Lichtring umschlossen. Hannahs Hände tauchten vorsichtig hinein. Es war ein angenehmes Gefühl von Wärme, das sie durchfloss. Hannah strich über das Buch, ließ es offen liegen. Das war also das Geheimnis, ging es ihr durch den Kopf. In diesem Augenblick fühlte sie sich leicht wie eine Feder, jung wie vor vielen Jahren und weise.

Sie hatte das Gefühl, die Welt erklären zu können. Nun nahm sie auch wahr, was sie am Atmen hinderte. Es waren die Zwänge, denen auch sie sich unterworfen hatte. Sie musste sich befreien, um sich ganz der Leere hinzugeben. Sie musste ihre fremde Haut abstreifen.
In diesem Moment begann sich das Zimmer zu drehen. Immer schneller. Hannah hatte das Gefühl, den Boden unter ihren Füßen zu verlieren.
Plötzlich jagte ein kalter Schauer über ihre Haut. Unter sich fühlte sie etwas Weiches und es schien feucht zu sein. Ein vertrauter Geruch stieg in ihre Nase. Jemand versuchte, ihr die Wange mit einem nassen Lappen abzuwischen, dabei spürte sie dessen Atemzüge. Verdutzt schlug sie die Augen auf.
Hannah fand sich vollkommen nackt im Garten auf dem Gras liegend wieder. Es nieselte leicht und ihr schwarzer Hund stand neben ihr und leckte ihr das Gesicht ab. In seinen Augen sah sie das Glück, dass es seinem Frauchen gut ging. Im Aufstehen streichelte sie seinen Kopf.
Sie sah sich um, doch scheinbar hatte niemand etwas mitbekommen. Für einen Moment schämte sie sich etwas, aber dieses Gefühl verflog sehr schnell, als sie an die Erlebnisse von eben dachte.
Ihre Brust und Scham mit den Händen bedeckend, lief sie ins Haus. Der Hund folgte ihr. Verwundert sah sie auf die Wanduhr. Es waren drei Stunden vergangen, seitdem sie das Pulver probiert hatte.
Wieder strich sie liebevoll über den großen Hundekopf.
„Ich weiß, du hast bestimmt einen riesigen Hunger. Die alte Hannah hat dich nicht vergessen.“
Asko wedelte mit dem Schwanz. Hannah wusste, er verstand jedes ihrer Worte.

KAPITEL 15

November 1627

Es war zu spüren, dass der alte Fährmann wieder so schnell wie möglich hinter die für ihn vermeintlich schützenden Stadtmauern Stralsunds zurück wollte. Kaum war Konrad über die flache Bordwand geklettert und hatte dem Ruderer einige Münzen zugeworfen, als dieser schon sein Gefährt wendete und mit schnellen Ruderschlägen der entgegengesetzten Küste zustrebte. Konrad verstand ihn nur zu gut.

Der gestrige Abend war anders verlaufen, als gedacht, aber das war nicht mehr zu ändern. Er streckte sich müde. Auf alle Fälle war seine Depesche an den König noch weggegangen. Ein Bote hatte sie zu einem Segler, der im Hafen unter dänischer Flagge lag, jedoch von einem schwedischen Kapitän befehligt wurde, gebracht. So war es ausgemacht. Gleich nach der Übergabe sollte die Besatzung die Segel setzen und schnellstmöglich zum Königreich segeln. Es musste heimlich geschehen, denn im Gegensatz zu Dänemark war Gustav Adolf mit seinem Reich noch nicht im Krieg mit dem Kaiser, jedenfalls offiziell noch nicht.

Konrad hatte die Lage, in der sich die ehrwürdige Hansestadt befand, ausführlich geschildert. Wenn der König nicht unglaubwürdig werden wollte, musste er jetzt handeln, musste Truppen für die bedrohte Stadt entsenden.

Konrad hatte seine Kleidung gewechselt. Er sah elegant und doch unauffällig aus. Ein Edelmann mit Geschmack, ohne pfauenhaft zu wirken.

Der Stralsunder Stadtrat hatte sogar auf der Rügener Seite des Strelasundes für ein Pferd gesorgt. Er musste es nur beim Küster neben der alten Fähre abholen und natürlich bezahlen. Das wunderte ihn bei den klammen Kassen der Stadt und bei dem Geiz ihrer Ratsherren auch nicht sonderlich. Doch gerade im Angesicht der anrückenden Truppen hielt jeder sein

persönliches Hab und Gut so fest, wie es nur zu halten war. Unter diesen Umständen ein Pferd aufzutreiben, glich schon fast einem kleinen Wunder.
Es dauerte nicht lange und Konrad führte den schwarzen Zossen aus dem Stall. Er war keine Schönheit, kein eleganter Sprinter, doch stark und mit einem breiten Kreuz, strammen Läufen und einer langen schwarzen Mähne. Konrad strich über den großen Kopf, während er die Zügel dicht zu sich heranzog. „Na mein Schwarzer, wir werden uns schon vertragen."
Mit einem gekonnten Schwung saß er auf. Sein Ziel war klar. Er musste schnellstmöglich nach Bergen, dieser kleinen Stadt im Zentrum der Insel. Hier hoffte er, Anhang an die Rügener Ritterschaft zu finden.
Er nahm den Weg nach Osten zur kleinen Stadt Garz und von dort wollte er in Richtung Norden. Die schlecht befestigte Straße war nahezu menschenleer. Nur selten traf er einen Bauern oder eine Kutsche, die seinen Weg kreuzten.
Nach guten zwei Stunden sah er die ersten niedrigen Häuser der Stadt Garz vor sich. Blankenfels beugte sich weit nach vorn und tätschelte dem schweren Hengst die Mähne. „Dort werden wir eine kurze Rast einlegen, das haben wir uns beide redlich verdient." Dann gab er dem Pferd die Sporen.
Mitten in der Stadt sah er einen Menschenauflauf. Neugierig lenkte er den Zossen auf die Leute zu, die ihm eigenartig nervös erschienen.
„Hey, guter Mann", rief er einem Müller zu, der ihm am nächsten stand. „Was ist hier los? Warum sind hier alle so aufgeregt wie Hühner, in deren Stall der Fuchs eingedrungen ist?"
Der Mann nahm, als er den hohen Herren sah, rasch seine Mütze vom Kopf und verbeugte sich tief. „Haben gnädiger Herr denn noch nicht von diesem Unglück gehört? Auf Zudar", und dabei zeigte er in südliche Richtung, „sind schon hunderte Soldaten gelandet. Viele Boote sind noch auf dem Wasser und steuern unsere Küste an. Auch in ihnen sollen Soldaten sein. Riesige Lastkähne sind zu sehen, selbst Kutschen und Kartaunen bringen sie an Land. Wenn die alle hierher kommen, dann Gnade Gott unserer Insel. Es sind die Katholischen, sagt man."
Konrad bedankte sich mit einer raschen Handbewegung und beugte sich wieder zu seinem Pferd. „So mein Schwarzer, die Pause müssen wir auf später verschieben, glaube ich. Der Herzog war schneller als gedacht."
Wieder gab er dem Pferd die Sporen. Jetzt jedoch führte sein Weg nach Süden zu der Halbinsel Zudar am äußersten Ende der Insel, den feindlichen Truppen entgegen. Er musste sich von der tatsächlichen Zahl der Söldner überzeugen. Sollten sie noch bei der Anlandung sein, dann hatte er genügend Zeit. Der Herzog würde bestimmt erst weiterziehen, wenn seine Truppen vollständig an Land wären. Falls es wirklich hunderte Soldaten waren, käme solch ein Trupp nur schleppend voran.
In Konrad reifte ein Plan, der die Rügener Ritterschaft sicher beeindrucken

und überzeugen konnte. In diesen unsicheren Zeiten waren Informationen reines Gold wert.
Das Pferd bewies mehr Ausdauer, als Konrad gedacht hatte. Als er an der Spitze der Halbinsel Zudar ankam, war die Landung der kaiserlichen Truppen beinahe abgeschlossen. Die flachen Kähne, die nun in großer Menge auf die Insel zustrebten, enthielten den riesigen Tross, der dem Heer nachfolgte.
Konrad erschrak, als er diese Menschenmassen sah. Er war nicht der Einzige, der dem Spektakel beiwohnte. Eine ganze Schar Kinder, Frauen und auch Männer waren gekommen und sahen erstaunt dem bedrohlichen Schauspiel zu.
Auf einem hohen, stolzen Pferd saß ein Mann, bunt und elegant gekleidet. Er trug einen riesigen Hut mit noch größerer Feder. Umringt wurde er von einer Leibgarde in glänzenden Rüstungen. Die Soldaten waren bis an die Zähne bewaffnet. Das also war der Herzog von Holstein, dachte Konrad.
Er stieg von seinem schwarzen Rappen ab, nahm die Zügel in die Hand und näherte sich bis auf Rufweite dem bunten Haufen Söldner.
Die Hauptmänner liefen wild durcheinander und versuchten vergeblich, eine Art Ordnung unter ihnen herzustellen. Nachdem dieses mühsame Unterfangen endlich von Erfolg gekrönt war, hob der Herzog gebieterisch die Hand und gab einem Geistlichen im Talar ein Zeichen, woraufhin dieser sich vor die versammelten Soldaten begab.
Der Herzog rief mit rauer Stimme: „So lasset den Mann Gottes sprechen!“
Der Priester räusperte sich und hob an: „Meine Söhne, in vielen Schlachten habt ihr bewiesen, dass ein Sieg im Kampf nicht von der Stärke des Feindes abhängig war, sondern allein vom Willen Gottes. So ist es auch dieses Mal. Gott ist mit uns, wer möge daran zweifeln. Dafür bürge der Segen des Heiligen Vaters, den er mir auf diesen Weg und für euch, meine Kinder, mitgegeben hat. Zeigt nicht das himmlische Bild, dass Gott euch das Werkzeug zum Sieg in eure Hände gegeben hat? Ich weiß, dass die Stunde des Sieges näher kommt, ich weiß, dass ihr die Söhne des Teufels stürzen und diese Ketzerei ein für allemal ausmerzen werdet. Ihr, meine geliebten Söhne, seid auserwählt, diese Schlacht zu schlagen. Ich höre schon in meinem Herzen die Glocken des Sieges erklingen. Wie wird man euch feiern nach all den glorreichen Heldentaten. Also dann, ihr Mannen, für die Ehre Gottes und das Heil unseres Erlösers. Frisch auf in Mut und Tapferkeit.“
Der Priester bekreuzigte sich und auch viele der Söldner schlugen das Kreuz.
Dann löste sich der Herzog aus seiner Garde und ritt einige Schritte auf seine Soldaten zu. „Aus dem Munde dieses heiligen Mannes spricht Gott selbst. Wir sind hier, um die Christenheit wieder vereint zum wahren Glauben zurückzuführen und sei es mit der Gewalt der uns gegebenen

Mittel. Diese Insel liegt uns zu Füßen. Kein Protestant hat es gewagt, sie in Besitz zu nehmen. Unsere Aufgabe ist es, die Truppen des Ketzers Gustav Adolf davon abzuhalten, hier zu landen. Zeigen wir ihnen unsere Stärke, seien wir abschreckend, so dass er gar nicht erst in Versuchung kommt, hier seine Soldaten zum Kampfe zu führen."
Ein zustimmendes Raunen ging durch die Menge. Die Soldaten machten sich abmarschbereit, während die ersten Boote mit Kutschen und Gespannen anlegten.
Konrad hatte sich auf seinen schwarzen Zossen geschwungen und gab ihm die Sporen. Jetzt galt es, schnell zu sein.

Die Rügensche Ritterschaft hatte sich im Bergener Amtshause „Gravamina" versammelt. Lauthals berieten sie über ihre weitere Vorgehensweise.
Der alte von der Lancken stand von seinem Stuhl auf und hob beide Hände in die Höhe. „So haltet doch einen Moment der Ruhe!", rief er aus. Doch es dauerte noch eine ganze Weile, bis auch die letzten hohen Herren ihre Reden beendet hatten.
„So lasset ihn sprechen!", klang es aus einer Ecke des Saales.
„Schaut, ihr Würdenträger", begann der Alte. „Was kann uns denn schon passieren? Wir haben uns nicht auf die Seite der Ketzer gestellt und nicht auf die Seite von irgendjemand anderem. Unsere Neutralität gegenüber jedermann wird uns auch diesmal helfen. Manchmal ist es eben wichtig, abzuwarten und sich nicht einzumischen. Sollen sich doch andere eine blutige Nase holen, solange unsere Güter sicher sind. Nehmen wir die Kaiserlichen auf, empfangen wir sie mit offenen Armen, dann, so sage ich euch, wird der Spuk sehr schnell wieder vorbei sein."
Ein junger Edelmann war aufgesprungen. „Von der Lancken, Ihr müsstet Euch einmal reden hören! Wir können nicht immer nur so tun, als wären wir mit allen Zeitgenossen Liebkind. Unser ganzes deutsches Land liegt in Scherben. Überall hausen die Söldnertruppen. Was in Böhmen begann, hat sich zum großen Brande entwickelt. Bisher hatten wir einfach nur Glück gehabt, doch es wird uns nicht ewig hold sein. Wir sollten uns sammeln und dieses Pack, noch bevor es einen Fuß auf die Insel setzt, zurück ins Meer werfen."
„Griebenow, Euch ist wohl der Satan ins Hirn gefahren!", rief ein Ritter, der neben von der Lancken saß. „Habt Ihr denn vergessen, als der Herzog Bogislaw zum Schwerte rief? Wie viele von der Insel sind dem gefolgt? Ich kann es Euch genau sagen. Zur befohlenen Musterung kamen genau siebenundfünfzig Berittene. Einfach lächerlich. Ich war im letzten Jahr dabei und dann, am sechsundzwanzigsten Tag im Juni, als der Landvoigt eine Gesamtmusterung befohlen hatte, wie haben sich die edlen Ritter dieses Gremiums mit Händen und Füßen gesträubt? Der Weg nach

Klempenow wäre zu weit, das Wetter zu schlecht. Wo sollten das Gesinde und die Pferde unterwegs verpflegt werden und so weiter. Alles Ausreden Und nun kommt Ihr Heißsporn und wollt gegen eine Armee kämpfen, die vielleicht an die vierzigtausend Mann zählt? Mit wem, frage ich Euch?"
Doch der junge Griebenow gab nicht auf. „Ein fetter Bauch kämpft nicht gut, das habe ich nun begriffen. Doch wollen wir unsere Insel wirklich diesem Katholikenpack überlassen? Ich glaube doch eher, wir sind dem Norden verbunden und das sind Christian von Dänemark, Gustav Adolf von Schweden, die Hanse und auch und vor allem die Stadt Stralsund. Wir würden denen doch in den Rücken fallen."
Das Lager der Ritterschaft war zweigeteilt. Ein Teil stimmte dem jungen Ritter zu, der andere, größere Teil schüttelte nur verächtlich die Köpfe.
Konrad von Blankenfels hatte die Diskussion mit angehört. Die Tür zum Versammlungssaal im Amtshaus stand die ganze Zeit offen. Er trat unaufgefordert in die Mitte des Raumes und erhob seine Stimme: „Eure Reden, Ihr edlen Herrn, in Ehren, doch jetzt noch eine Entscheidung zu treffen, scheint zu spät zu sein. Ich komme geradewegs von Zudar und wurde Zeuge einer gewaltigen Schiffsanlandung. So möchte ich schätzen, dass an die fünftausend Soldaten diese Insel betreten haben und wenn mich nicht mein ganzes Wissen als Offizier täuschen sollte, wird der Tross ebenso groß sein. Zum Kampf, so scheint mir, ist es jetzt bei weitem zu spät. Überlegt Euch lieber, wie Ihr den Leuten Honig ums Maul schmieren könnt, damit die Besatzung für Euch erträglicher wird."
Alle Augen waren auf Konrad gerichtet. Von der Lancken fand als erster die Sprache wieder. „Wer seid Ihr, der so unaufgefordert seine Stimme erhebt?"
Konrad verbeugte sich tief. „Entschuldigt, ich habe mich noch gar nicht vorgestellt, ein Fauxpas meinerseits. Mein Name ist Konrad von Blankenfels. Ich komme mit einem Umweg über die Halbinsel Zudar aus der Hansestadt am Strelasund. und ich habe ein Geschenk für euch mitgebracht."
Langsam nahm Konrad aus seinem Ärmel ein Schreiben heraus und händigte es von der Lancken aus. Der entrollte es und las leise für sich. Da Konrad die Augen der anderen Ritter immer noch auf sich gerichtet spürte, versuchte er zu erklären: „In diesem Schreiben ist der Wortlaut des Vertrages der Kapitulation Herzog Bogislaws XIV. von Pommern-Stettin gegenüber Oberst Hans Georg von Arnim, dem Bevollmächtigten des Generals Wallenstein, in vollem Umfang niedergeschrieben. Lest, so wird es euch von Nutze sein!"
Von der Lancken sah zu Konrad auf. „Mein lieber Freund, das ist ein Teil der Lösung unserer Situation. Wie kann ich Euch danken? Wo habt Ihr das Schreiben her?"
Immer noch sahen die Ritter abwechselnd auf Konrad und von der

Lancken.
„Ein Bote, der auch die Kunde der Verhandlungen zur Stadt brachte, hatte dieses Schreiben bei sich. Er händigte es dem Bürgermeister Krauthof aus und ich bat ihn um eine Abschrift. Deshalb auch das Siegel und seine Unterschrift, die den Text beglaubigen sollen."
Triumphierend hielt von der Lancken das Papier in die Höhe, als ein Bediensteter zur Tür hereinstürmte. „Reiter mit dem kaiserlichen Wappen und mit dem Wappen des Herzogs von Holstein reiten gerade auf dem Marktplatz ein. Schnell, meine Herren, beeilt Euch."
In diesem Moment erfasste die Ritterschaft im Saal eine hektische Unruhe. Alle stürmten zur Tür hinaus und sammelten sich auf dem Vorplatz.
Im Vorbeigehen tippte Griebenow Konrad auf die Schulter. „Verzeiht von Blankenfels, nur auf ein Wort. Euer Auftritt war gut, doch verratet mir, auf welcher Seite Ihr steht? Ihr seid Soldat, das sehe ich und ich glaube nicht, dass jemand wie Ihr die Stadt Stralsund, die doch in höchster Bedrängnis schwebt, so einfach verlassen würdet, nur um uns dieses Schreiben auszuhändigen. Was steckt dahinter?"
Konrad überlegte einen Augenblick. Auf keinen Fall konnte er dem jungen Mann sein Geheimnis verraten. „Es ist eine kluge Frage, auf wessen Seite man heutzutage steht. Ich für meinen Teil glaube, dass Gut und Böse vielleicht doch auf beiden Seiten wohnen. Wir sind alle aus demselben Holz geschnitzt."
„Weise gesprochen", betonte Griebenow, „Es hört sich jedoch fast genauso an wie die Worte dieser Feiglinge im Rat."
Konrad war stehengeblieben und packte den jungen Mann am Kragen. „Merkt Euch gut, wenn eine Schlacht von vornherein aussichtslos ist, sollte man sie doch erst gar nicht schlagen. Wichtiger ist dann, sich zurückzuziehen und auf einen besseren Augenblick zu warten. Dann ist das Kriegsglück auch oft mit einem. Ich habe schon viele Köpfe wie den Euren gesehen, die nur wegen eines falschen Wortes in den Korb gerollt sind. Hütet Eure Zunge und wartet ab, bis Ihr gebraucht werdet." Damit ließ Konrad Griebenow stehen und wandte sich den Reitern zu.
Griebenow röchelte nur leicht und befühlte seinen Hals. „Das war mehr als klug gesagt."
Die Reiter blieben auf ihren Pferden sitzen und schauten auf die Ritterschaft hinab. Einer, der keine Fahne trug, rollte ein langes Pergament auf und begann zu lesen: „Heute um die Mittagszeit landete der Herzog Adolf von Holstein von kaiserlichen Gnaden mit seinem Regiment von Musketieren und Oberstleutnant Gebhard von Stramer mit dem halben Regiment Niedersachsen, getreu dem Befehl unseres geliebten Kaisers, auf dieser Insel. Da Rügen den kaiserlichen Truppen treu ergeben ist, wie wir in Erfahrung gebracht haben, so verlangen wir Quartier entsprechend dem Rang, ausreichende Verpflegung in guter Qualität und das Befolgen

sämtlicher von Herzog Adolf oder den von ihm beauftragten Offizieren gegebenen Befehlen. Der Herzog wird hier in dieser Stadt sein Quartier nehmen und als Inselkommandant fungieren. Die Quartiermeister folgen uns auf dem Fuß und werden das Notwendige einleiten."
Als der Bote seine Nachricht verlesen hatte, trat von der Lancken aus dem Kreis der Ritterschaft vor. „So sei dem großen Herzog und seinen Begleitern von uns ein herzlicher Empfang bereitet. Wir werden allen seinen Wünschen, so gut es geht, entsprechen. Das teilt bitte dem Herzog mit. Wir, die Rügensche Ritterschaft, freuen uns auf seinen Besuch und bieten dem von kaiserlichem Wohl gesegneten Herzog unsere bescheidene Gastfreundschaft an."
Dann nahm von der Lancken das Pergament in die Hand. „Bevor Ihr die Grüße an den Herrn Herzog ausrichtet, so möchte ich Euch doch noch an die Einhaltung des Vertrages des Herzogs Bogislaw von Pommern-Stettin mit dem kaiserlichen Abgesandten Oberst von Arnim erinnern."
Als er die überraschten Gesichter der Boten sah, fuhr er mit einer kleinen Verbeugung fort: „Im Vertrag, der mir vorliegt, ist festgelegt, dass die herzoglichen Residenzstädte und Güter, die adligen Besitzungen, die Häuser der herzoglichen Beamten, der Professoren, Geistlichen, Bürgermeister, Ratsherren und Stadtschreiber von jedweder Einquartierung verschont werden. Bitte seid so gut und richtet das dem hohen Herrn aus."
Dabei verbeugte er sich so tief, wie er konnte.
Die Reiter wendeten ihre Pferde und preschten davon.

KAPITEL 16

Immer wieder sah Hannah sich um, doch bis auf das Geräusch krächzender Raben war nichts zu vernehmen. Der Fußmarsch war nicht beschwerlich. Nach kurzer Zeit hatte sie den umgestürzten Baum, der quer über dem schmalen Waldweg lag, erreicht. Sie setzte sich darauf und sah hinüber zur uralten Eiche mit dem geteilten Stamm. Unvermittelt erinnerte sie sich an die zurückliegenden Erlebnisse und Abenteuer. Wie sie durch den Baum ging und dabei im Jahr 1607 Anna kennenlernte. Wie sie später an der Eiche ihre so lange vermisste Tochter gefunden hatte, ohne sie gleich wiederzuerkennen. Der Weg nach Bergen zum Kloster, um ihre Enkelin in der alten Zeit zu suchen. Die Befreiung der Äbtissin aus der Hand des Putbussers und die Wiederbeschaffung des Grimoires, nachdem es auf Befehl des alten Putbussers von einer skrupellosen Söldnerbande gestohlen worden war. Ihre Gedanken schweiften auch zu Sigrun, die diese ganze vertrackte Geschichte erst ins Rollen gebracht hatte. Aber das lag alles schon lange zurück.

Unbewusst strich sich Hannah über ihren Rock und spürte das kleine Ledersäckchen, das an einer Schlaufe unter ihrem Rock hing. Sie war sich unsicher, doch vor allem auch neugierig. Als sie das Pulver gestern in ihrem Kräuterzimmer probiert hatte, sah sie Farben von so großer Intensität vom Grimoire aufsteigen, wie sie noch nichts Vergleichbares in ihrem Leben gesehen hatte. Die ganze Nacht träumte sie von diesen hellen Farbstrahlen, die von der Klarheit her vergleichbar gewesen waren mit Sonnenstrahlen, die durch ein Prisma fallen.

Es war ein so großes, gewaltiges Erlebnis, das es ihr nicht möglich machte, das Gesehene korrekt beschreiben zu können.

Sie war aus ihren Träumen plötzlich hochgeschreckt. Lange hatte sie danach wach gelegen und über die nächsten Schritte nachgedacht. Dann kam ihr eine Idee. Wenn das Buch schon solche Kraft ausstrahlt, wie müsste es dann erst mit dem Tor zur anderen Zeit sein? Mit diesen Gedanken war an Schlaf nicht mehr zu denken.

Hannah malte sich aus, was sie vielleicht sehen würde und je mehr sie darüber nachdachte, umso aufgeregter wurde sie. Wenn ein Tor von einem Kraftfeld oder etwas Ähnlichem umschlossen wird, davon ging sie aus, müssten wahrscheinlich auch Strahlen ausgesendet werden. Sie spann den Gedanken weiter. Es wäre ihr damit möglich, auch andere Tore zu finden, die es nach Meinung Walburgas geben soll. Noch glaubte sie nicht ganz an die Geschichte, aber wenn es gelingen würde, hielte sie den Schlüssel der Zeit in den Händen.

Hannah bekam bei diesen Gedanken eine Gänsehaut. Ein Kribbeln überfiel ihren Körper. Sie atmete dreimal tief durch und stand vom Baumstamm auf.

Noch konnte sie zurück. Nein, sie schüttelte den Kopf. Es war so bestimmt. Sie sollte das Geheimnis lüften. Mit einem geübten Handgriff holte sie das kleine Säckchen unter ihrem Rock hervor. Der dünne Strick, mit dem es zugebunden war, ließ sich schwer öffnen. Ihre Hände zitterten voller Ungeduld und auch vor Angst. Dann hatte sie endlich den Strick gelöst. Vorsichtig nahm sie etwas Pulver zwischen Daumen und Zeigefinger. Bevor sie die Prise in den Mund steckte, legte sie den kleinen Beutel vor sich auf den Weg. Dann holte sie noch einmal tief Luft, schloss die Augen und streute sich die gemörserten Kräuter direkt in den Mund.

Kaum hatte das Kräutergemisch ihre Zunge berührt, setzte augenblicklich die Wirkung ein. Es ging alles viel schneller als beim ersten Mal. Hannah hatte mit Vielem gerechnet, doch war sie in diesem Moment von dem Lichtblitz, der grell aufleuchtete, zutiefst überrascht. Trotz geschlossener Lider musste sie ihr Gesicht zum Schutz mit der Hand bedecken. Mühsam versuchte sie zu blinzeln, doch die Helligkeit tat ihr weh. Nur allmählich gewöhnte sie sich daran, doch dauerte es noch eine ganze Weile, bis sie klar sehen konnte. Die gespaltene Eiche strahlte solch ein intensives weißes Licht aus. Plötzlich überkam sie wieder dieses Gefühl des Eingeschnürtseins, welches ihr beinahe den Atem nahm.

Dieser Zustand verging so schnell, wie er gekommen war. Sie bekam wieder Luft. Das Licht zog sie magisch an. Erst jetzt erkannte sie, dass es direkt aus dem gespaltenen Baumstamm leuchtete. Nein, sie wollte nicht durch die Zeit gehen. Es begann in ihr ein Kampf zu toben – ein Kampf zwischen der Anziehung an das magische Licht und ihrem Willen, dem standzuhalten.

KAPITEL 17

November 1627

Die Stelle war gut gewählt, der Boden weich, ohne feucht zu sein. Die alte Eiche mit dem gespaltenen Stamm stand an einer der Giebelseiten, keine fünf Schritte von der Hütte entfernt. Eine versteckte Tür führte in diese Richtung. Der Haupteingang befand sich an der gegenüberliegenden Seite. Die Hütte war groß geworden. Die Seitenlänge betrug nahezu zehn, die Breite fast fünf Schritt. Die Pfosten hatten Peter, Cunrad und Thomas in den Boden gegraben. Die Deckenbalken waren grob durch Holznägel mit den Stützbalken verbunden. Das Dach hatten sie flach gehalten. Dünne Baumstämme gaben ihm einen gewissen Halt und dienten als Auflage für die Schilfeindeckung.

„Einen schweren Sturm wird es bestimmt nicht aushalten", meinte Cunrad und klopfte mit der Hand auf das Schilf.

Peter musterte seinen Sohn und dann das Dach. „Es wird uns vor Regen und Schnee schützen und auch einen Windstoß aushalten."

Die Wände waren aus Weidenzweigen geflochten. Die Frauen hatten die Weidenruten geschnitten und in mühevoller Arbeit zu diesem Flechtwerk zusammengesetzt. Als die Wände standen, wurden sie beidseitig mit Moos, Lehm und auch Schlamm aus den umliegenden Tümpeln abgedichtet. Außer der Eingangstür und dem kleinen Fluchtverschlag zur Eiche hin war als Öffnung nur noch ein Loch im Schilfdach zu finden. Hier zog der Rauch von der kleinen Feuerstelle ab. Der große Innenraum war auf dem Fußboden mit dünnen Zweigen und Unmengen von altem Laub ausgelegt. Die so schnell zusammengezimmerte Hütte bot der Familie einen Platz zum Schlafen - wenn auch beengt.

Cunrad war stolz auf den Bau und Peter ebenso.

„Komm wir holen deine Mutter!", sagte Peter. „Ich hoffe, der Bau

entspricht ihren Vorstellungen."
Cunrad nickte. „Ja", sagte er. „Ich hoffe auch, dass Mutter dieses Mal nicht recht hat und wir die Hütte nicht als Versteck brauchen werden. Für das Wildern ist sie ideal."
Sie suchten ihr Handwerkszeug zusammen, verstauten es und traten den Heimweg an. Kaum hatten sie den Waldrand erreicht, hörten sie das Schnaufen eines Pferdes, welches sich schnellen Schrittes näherte, sowie das Rumpeln eines Wagens.
Cunrad und Peter traten auf den Waldweg hinaus. Was sie dann sahen, verschlug ihnen die Sprache. Anna saß allein auf dem Kutschbock und dirigierte das Pferd und den Wagen.
Peter konnte sich nicht daran erinnern, seine Frau schon jemals so gesehen zu haben. „Was um alles in der Welt tust du da, Weib?", fragte Peter, während er geschickt die Zügel des Tieres ergriff. Er sah seine Frau an, die mit den Tränen zu kämpfen hatte.
Anna schluchzte. „Es ist schlimmer, als ich es mir jemals hätte vorstellen können. Heute ist ein Trupp Soldaten in unser Dorf eingefallen und hat geplündert. Ich hatte ja zu unserem Glück schon den Wagen mit allen notwendigen Dingen für unseren Unterschlupf beladen. Das Pferd hatte ich auch schon von Johann, dem Bauern, geholt. Gott sei es gedankt. Ich war gerade dabei, es einzuspannen, als der Söldnerhaufen am Dorfrand erschien. Ich hörte sie johlen."
Peter rieb sich über sein Kinn. „Dann lass uns geschwind abladen. Bestimmt braucht Johann sein Gespann recht schnell zurück."
Doch Anna blieb bewegungslos auf dem Kutschbock sitzen.
Peter überlegte, ob seine Frau die Aufforderung nicht verstanden hatte. Dann hörte er, wie Anna anfing, laut zu weinen. Ihr ganzer Körper bebte.
„Bauer Johann braucht das Pferd nicht mehr, genauso wenig wie seinen Wagen!", schluchzte sie.
Peter verstand erst nicht, was sie meinte. „Warum braucht er das Gespann nicht mehr?", wollte er wissen.
Anna nahm alle Kraft zusammen. „Er hat sich den Plünderern in den Weg gestellt. Ein Säbelhieb spaltete seinen Schädel. Er war sofort tot. Sein Gehöft brennt lichterloh. Das Durcheinander habe ich ausgenutzt und bin gefahren." Mit dem Ärmel wischte sie sich über ihr Gesicht.
Cunrad war an den Wagen herangetreten und half seiner Mutter vom Kutschbock herunter. „Du hast also in allen Dingen recht behalten!" Er nahm sie fest in den Arm und drückte sie an sich.
Peter stand unschlüssig und ratlos neben den Zweien. Als Cunrad seine Mutter los ließ, legte er ihr beide Hände auf die Schultern. „Wir haben die Hütte fertig. Ich werde den Wagen in den Wald lenken und dann das Pferd ausspannen. Ich hoffe, der Gaul trägt mich. Dann reite ich zu Martha und ihrer Familie, danach zu Margarete. Sie müssen mit ihren Familien jetzt

hierher kommen."
„Was ist mit unseren anderen Kindern?", wollte Anna wissen.
„Peter und Luise sind im Norden der Insel noch relativ sicher, genau wie Gunda auf Jasmund. Sie können wir etwas später immer noch holen. Jetzt mach ich mir erst einmal um Martha und Margarete mehr Sorgen."
Anna nickte. „Sei vorsichtig!"

KAPITEL 18

Als Hannah wieder zu sich kam, lag sie vor der Eiche auf dem Waldboden. Ihr Oberkörper war nackt. Tannennadeln stachen ihr in die Brust. Hannah schüttelte den Kopf. Ihre Gedanken wirbelten herum und sie hatte das Gefühl, ihren Herzschlag ganz laut zu hören. Schweiß stand ihr auf der Stirn, doch sie lächelte.
Ihre Bluse fand sie zerrissen an dem umgestürzten Baum, wo sie noch vor einem Moment gesessen hatte. Dann erschrak sie. Die Dämmerung hatte schon eingesetzt. Es mussten also Stunden vergangen sein. Sie nahm die in Fetzen hängenden Reste ihrer Bluse und legte sie, so gut es ging, um ihre Schultern. Sie schämte sich nicht. Um diese Zeit war hier niemand unterwegs und ihr Grundstück grenzte fast an den Wald. Sie hatte einen Erfolg errungen. Jetzt galt es nur noch, alles andere bei diesem Vorgang in den Griff zu bekommen. Jedes Mal eine Bluse dabei zu opfern, ging ins Geld. Sie hoffte, noch mehr Kontrolle bei künftigen Versuchen zu erlangen.
Nachdem Hannah den Hund versorgt und mit ihm noch ein wenig gespielt hatte, zog sie sich in ihr Kräuterzimmer zurück. Sie musste überlegen und das war einfach der beste Ort dafür.
Schon beim Betreten dieses kleinen Zimmers spürte sie eine fast übernatürliche Kraft, die sie nutzen wollte. Hannah setzte sich an den großen, hölzernen Apothekenschreibtisch, den sie beim Umbau der Samtenser Apotheke käuflich erworben hatte. Sein Vorteil lag in den vielen verschieden großen Schubfächern. Sie wusste, wonach sie suchen musste. In einem der oberen Fächer lag eine Rügenkarte verstaut. Diese zog sie heraus und faltete sie auf.
Es war nicht mehr die neueste Karte, das war ihr anzusehen. Die Ränder begannen bereits leicht zu vergilben und an vielen Punkten befanden sich handschriftliche Notizen.

„Wo würde ich diese Tore vermuten?“, fragte sie laut in den Raum hinein. Dabei strich sie mit dem Finger über die Karte.
Es müssten sicher besondere Plätze sein, die dafür in Frage kamen. Und wenn die alten germanischen Stämme oder die ihnen bei der Besiedlung nachfolgenden Slawen im Besitz des Wissens über diese Zeitübergänge waren, dann hatten sie diese entweder verschwiegen oder als heilige Stätten umbaut. Hannah stellte sich Tempelanlagen vor, Opfersteine oder dergleichen. Doch wo sollte man mit der Suche beginnen?
Der bekannteste Opferstein der Insel befand sich in Quoltitz auf einer kleinen Anhöhe nördlich von Neddesitz. Doch die Gelehrten stritten darüber, ob es wirklich ein Opferstein war oder die als Blutrinnen bezeichneten Vertiefungen nur deshalb vorhanden waren, da unsere Vorfahren in mühseliger Handarbeit aus diesem riesigen Findling Mühlsteine herausarbeiten wollten. Der Opferstein auf dem Weg zur Herthaburg in dem Stubnitzer Buchenwald war bekanntermaßen dorthin gebracht worden. Das war in viel späterer Zeit und auch nur, um den Touristen eine zusätzliche Attraktion zu bieten. Auch er kam nicht in Frage.
Hannah fielen die Hügelgräber und die Großsteingräber ein, die sich verstreut auf der ganzen Insel befanden. Das schönste Hügelgräberfeld befindet sich bei Patzig, dachte sie. Doch warum sollte man an heiligen Plätzen Gräber errichten? Auch das erschien ihr unwahrscheinlich.
Dann stoppte ihr Finger auf der Karte im Norden, in Altenkirchen. Das war eine Möglichkeit, dachte sie.
Der dänische König Waldemar der Große und der Bischof Absalon von Roskilde hatten nach der Christianisierung der Insel und der Eroberung des Hauptheiligtums 1168 mehrere Kirchen errichten lassen. Der Rügener Adel war auch nicht untätig dabei gewesen. Die meisten Kirchen wurden nach der Bekehrung und Missionierung und der damit einhergehenden Zerstörung der alten Götterbilder auf den heiligen Kultplätzen errichtet. Das war eine heiße Spur.
Hannah nahm ein altes Buch aus dem Regal. Es war eine Art Kirchengeschichte der Insel und enthielt eine Landkarte, die alle Kirchen um das Jahr 1300 beinhaltete. Sie sagte die Orte leise vor sich auf: „Altenkirchen, Wiek, Bobbin, Jasmund, Rappin, Schaprode, Gingst, Patzig, Bergen, Rambin, Garz, Kasnevitz, Vilmnitz und Lancken. Dazu kommen noch die Kapellen Waase, Altefähr und Middelhagen.“
Hannah zählte nach. Es waren siebzehn an der Zahl. Diese alten Gotteshäusern und Kapellen wollte sie sich näher anschauen.
Heilige Stätten, ging es ihr durch den Kopf. Wo hatten die Slawen nachweislich heilige Stätten? Sie überlegte. Bekannt waren ja nur die Hauptburg Arkona mit dem hölzernen vierköpfigen Gott Svantevit und die Burg Charenza mit dem Gott Rugivit.
Die Lage von der Burg Arkona war klar. Jedes Kind auf der Insel kannte

das nördliche Kap. Wenn man die Straße durch Putgarten hinauf ging, fielen schon von weitem die zwei Leuchttürme zur linken auf. Der kleinere, rechteckige Backsteinbau war nach Plänen von Schinkel erbaut. Auf der rechten Seite kurz vor dem Burgwall ragte der alte Signalturm in die Höhe.
Hannah überlegte, wann sie das letzte Mal auf Arkona war. Es war sehr lange her. Seitdem die Gemeinde angefangen hatte, auf Massentourismus umzustellen, um so den Besuchern in kurzer Zeit viel Geld aus den Taschen zu ziehen, hatte sie das Interesse an diesem Ort verloren. Die Vertreter dieser Gemeinde handelten ihrer Ansicht nach sehr kurzsichtig. Irgendwann würde das große Erwachen kommen, wenn die Touristenströme ausblieben.
Hannah versuchte, sich wieder auf die alte Burg zu konzentrieren. Ein Großteil war unwiderbringlich verloren und wurde jedes Jahr weiter zerstört. Die Naturgewalten nagten am Kliff und das gab Stück für Stück nach. Doch Hannah hatte eine Idee. Sie würde es auf Arkona versuchen. Schließlich war es das Hauptheiligtum der Ranen. Wenn ein Tor existierte, dann sicher dort.

Am nächsten Morgen nach dem Hundespaziergang packte Hannah einige Sachen zusammen. Neben einer dicken Decke und einem Windschutz, den sie normalerweise nur bei ihren seltenen Strandausflügen verwendete, durfte natürlich der Beutel mit dem Pulver nicht fehlen. Nachdem alles sorgfältig im Auto verstaut war, tätschelte sie dem schwarzen Mischlingshund noch den Kopf. „Pass schön auf, mein Guter, ich bin bald zurück."
Sie stieg ins Auto und fuhr los. Im Rückspiegel sah sie noch die treuen Hundeaugen auf sich gerichtet. Asko würde hinter dem Zaun bleiben, da brauchte sie keine Angst zu haben.
Nach gut anderthalb Stunden Fahrt bog sie auf einer kleinen Kreuzung noch vor dem Ort Putgarten nach rechts ab. Ein Schild zeichnete diesen Weg als Wanderroute nach Nobbin aus. Ein Verkehrszeichen verbot die Zufahrt. Doch Hannah ignorierte es, da sie schnell vorwärts kommen und, so nah wie es ging, mit dem Auto an den Strand heranfahren wollte.
Vor Nobbin ging ein schmaler Weg zum Fischerdorf Vitt. Das war ihr Ziel. Irgendwann parkte sie dann ihr Auto auf dem mit Gras bewachsenen Streifen, der ein Rapsfeld begrenzte, nahm ihre Sachen und machte sich auf den Weg.
Sie gelangte an eine kleine, runde, weiß gestrichene Kapelle. Von da aus ging es bergab zum Dorf. Vitt schien immer noch dieser kleine, von der Zeit vergessene Ort zu sein. Es war schon früher so. Hannah hatte beim Gang durch das Dorf immer den Eindruck, in einem begehbaren Museum zu wandeln. Doch heute hatte sie keine Augen dafür. Aufgrund der Jahreszeit waren nur vereinzelte Besucher und Touristen hier unten, das

kam ihr sehr entgegen. Es war ein sonniger Novembertag. Auch das passte zu einhundert Prozent in ihren Plan.
Mit schnellen Schritten erreichte sie den kleinen Hafen. Es roch nach Tang und Teer. Die Fischer, die hier noch vom Fischfang lebten, konnte man an einer Hand abzählen.
Als Hannah den steinigen Strand betrat, schaute sie sich einen Moment um, bevor sie nach links weiter ging. Dort vorn, auch wenn sie es noch nicht sehen konnte, waren auf dem Kreidefelsen über ihr die Reste der alten Jaromarsburg.
Mit dem Windschutz unter dem Arm marschierte sie los. Das Vorwärtskommen über die Steine war schwierig, doch es ging. Es dauerte nicht lange und sie konnte von ihrem Standort aus die abgebrochenen Wälle der Burg erkennen. Der Strand war ein begehrter Ausflugsort, doch um diese Jahreszeit lag er unberührt vor ihr.
Hannah steckte die schmalen Stäbe des Windschutzes zwischen die Steine unterhalb des Kreidefelsens. Dann breitete sie die Decke hinter der Stoffbahn auf dem steinigen Grund aus. Sie setzte sich darauf und zog ihre Bluse über den Kopf. Auch ihren BH legte sie vorsorglich zur Seite. Jeder Wanderer, der hier vorbei käme, würde sie für eine Sonnenbaderin halten. Auch wenn die Sonne nicht mehr ihre volle Kraft entfaltete, würde sie nicht besonders auffallen. Vorsichtig legte sie sich zurück. Unter sich die Steine spürend, ergriff Hannah den kleinen Beutel, öffnete den Strick und nahm eine Prise des Pulvers zwischen Daumen und Zeigefinger. Kurz zögerte sie, sah sich noch einmal nach allen Seiten um und streute sich die Kräuter auf die Zunge.
Die Wirkung war fantastisch. Rundherum tanzten Farben. Nicht sehr grell, doch sie tauchten Hannah in ein eigenartiges, grünlich schimmerndes Licht. Hannah sah sich um. Alles um sie herum war klar, das Meer, die Steine und der Kreidefelsen, nur viel bunter als normal. Dann sah Hannah nach oben und erschrak. Da, wo der Felsen sich aus dem Meer erhob, leuchtete oberhalb der Kante ein grelles Licht. Hannah sah das Tor, das wie in einem Märchen in der Luft zu schweben schien. Es war ein fantastischer Anblick. Hannah konnte sich nicht daran sattsehen.
Als sie wieder zu sich kam, fand sie sich immer noch hinter dem Windschutz wieder. Sie setzte sich auf und blickte neugierig über den Stoff hinweg. Die Farben und auch das Leuchten in der Luft waren verschwunden. Das Meer, die Steilküste und der Strand mit seinen Millionen Steinen lagen genau wieder so vor ihr, wie sie es in Erinnerung hatte. Noch war weit und breit keine Menschenseele zu sehen. Die Decke war etwas zerwühlt und ihr taten Ellenbogen und Knie weh, aber sonst war alles in Ordnung. Ihre Bluse und ihr BH lagen säuberlich zusammengelegt übereinander. Erleichtert schmunzelte sie. Hannah hatte das Gefühl, die Situation langsam unter Kontrolle zu bekommen.

Nun versuchte sie, das Erlebte zu verarbeiten und Erklärungen dafür zu finden. Nach einigen Minuten des Nachdenkens erschien ihr die plausibelste Erklärung, dass der heilige Platz mit dem Tor schon vor Jahren durch Erosion ins Meer gerutscht war. Der noch vorhandene Wall war nur ein kleines, übrig gebliebenes Fragment einer riesigen Anlage. Das Tor befand sich demnach noch immer an seinem angestammten Platz, jetzt jedoch nicht mehr zugänglich. Es hing einfach in der Luft. Dass diese Stelle heilig war und voller Magie steckte, hatte sich durch dieses Farbenspiel, wie es auch beim Grimoire in ihrer Kammer gewesen war, bewiesen. Hannah hatte die Bestätigung ihrer Theorie gefunden.
Plötzlich hörte sie Stimmen. Eine junge Familie mit zwei Kindern sammelte Steine. Hannah zog ihre Bluse über und steckte den BH ein. Sie lächelte den Kindern zu, baute den Windschutz ab und ging langsam und sehr nachdenklich zurück in Richtung des kleinen Fischerdorfes.

Als Hannah am Abend wieder in ihrem Kräuterzimmer am Schreibtisch saß, faltete sie eine Landkarte von Rügen auf. Mit einem Bleistift fuhr sie die einzelnen Punkte ab, die sie als interessant und lohnenswert für ihre Suche hielt. Das Tor auf Arkona war nach den Kliffabbrüchen weit über dem Meer unerreichbar für sie. Sie musste sich also ein anderes Ziel aussuchen. Hannah überlegte. Dann hatte sie plötzlich eine Idee. Sie klopfte mit dem Stift auf die Stelle der Karte, wo der Name des Ortes Gingst stand. Es war wie eine Eingebung. Hannah nickte und lächelte dabei. Das war ihr nächstes Ziel, sie hatte es gefunden. Wenn sie erfolgreich sein wollte, dann bestimmt dort. Hannah hatte ihren Entschluss gefasst.
Sie stand auf und ging zu ihrem Bücherregal. Sie musste nicht lange suchen und zog ein zum Teil abgegriffenes, altes Buch hervor. Es enthielt eine Aufstellung sämtlicher Orte der Insel mit einer kurzen historischen Beschreibung. Schnell hatte sie Gingst gefunden, überflog den Text und erfuhr, dass der Ort Gingst 1232 das erste Mal urkundlich erwähnt wurde, noch unter dem Namen Ghynxt, der wahrscheinlich wesentlich älter war. Er wies auf einen alten Thing Platz hin, einem Ort, an dem früher Recht gesprochen wurde oder Versammlungen stattfanden. Hannah erfuhr im Text, dass bei Ausgrabungen Gefäße, Scherben und Pfähle einer Pfahlbausiedlung aus dem Neolithikum, der Jungsteinzeit, gefunden worden waren. Ein Beweis dafür, dass die Gegend schon vor mindestens 6.000 Jahren besiedelt war.
Der Bau der St.Jacobi Kirche als zweitgrößte Kirche der Insel begann um 1300. Als Standort wählte man hier ebenso wie bei vielen anderen alten Kirchen der Insel einen heiligen Platz unserer Vorfahren aus. Hier wollte sie weiter suchen.
Glücklich über diese Erkenntnis öffnete Hannah eine Flasche Rotwein, schenkte die Flüssigkeit in ein dickbauchiges Weinglas und ließ sich

zufrieden in ihren großen Sessel fallen.

KAPITEL 19

Dezember 1627

Der Wind kam eisig aus Nordost. Noch hatte es nicht geschneit. Konrad von Blankenfels zog die dicke Decke um seine Schultern fester zusammen. Die drei Wochen der Besetzung durch die herzoglich kaiserlichen Truppen hatten den Inselbewohnern mächtig zugesetzt. Bei allem Gejammer war die Situation Ende November noch halbwegs erträglich gewesen.
Der Herzog von Holstein hatte mit seinem Hofstaat Quartier in Bergen bezogen. Die meisten seiner Truppen lagen südlich von Bergen und waren auf die Höfe der Dörfer und die Stadt Garz verteilt.
Anfang Dezember änderte sich die Lage schlagartig. Zu den fünfzehn Kompanien Musketiere des Herzoges kamen nun noch das Kürassierregiment unter dem Oberst Hans von Götz und das halbe Musketierregiment des Oberst Freiherr Heinrich von San Julian auf die Insel.
Konrad schätzte die Anwesenden auf fast siebentausend Soldaten. Das stellte schon eine unheimliche Belastung für die Insel in Bezug auf Unterkunft und Verpflegung dar. Doch zu diesem Heer an Soldaten waren durch die Inselbevölkerung noch mehr Münder aus dem Tross zu versorgen. Dazu zählten Weiber, Kinder und unnützes Gesindel. Allein die mitziehende Zahl der Soldatenhuren ging in die Hunderte.
Konrad beobachtete genau, was auf Rügen vor sich ging. So oft es möglich war, schrieb er an den König von Schweden Depeschen, die von Fischern nach Stralsund gebracht wurden und von da weiter nach Schweden gingen. Doch das Versenden dieser Nachrichten gestaltete sich von Mal zu Mal schwieriger. Die Herzoglichen hatten, um den Handel mit der Hansestadt Stralsund zu unterbinden, die alte Fähre besetzt. So waren sie in der Lage, die immer dichter auf die Stadt vorrückenden kaiserlichen Truppen zu

unterstützen. Einigen Fischern war es noch gestattet, hinauszufahren. Aber auch sie wurden von Land aus genauestens beäugt. Nur wenige wagten es, die Fahrt nach Stralsund zu unternehmen. Konrad bezahlte für diese Dienste Unmengen an Thalern.
Er versuchte weiterhin, enge Beziehungen zur Rügener Ritterschaft aufzubauen. Aber auch das stellte sich als kein leichtes Unterfangen dar. Es war eine feste Gemeinschaft und Konrad fiel es somit sehr schwer, dort anerkannt zu werden. Er selbst begründete es mit dem norddeutschen Misstrauen allem Fremden gegenüber.
Ab und zu gelang es ihm, an den Sitzungen in Bergen teilzunehmen. Was er dort erfuhr, ließ ihn erschaudern. Die kaiserlichen Soldaten führten sich auf der Insel auf wie Eroberer. Plünderungen und Vergewaltigungen standen auf der Tagesordnung. Besonders schwer traf es den Süden der Insel. Hier war kein einziger Ort verschont geblieben. Das Schriftstück, das Konrad den Rittern übergeben hatte, war das Pergament nicht wert, auf dem es geschrieben war.
Nebenbei erfuhr er, dass allein der Herzog von Holstein mit seinem Hofstaat und den drei Stäben, die sich in Bergen häuslich eingerichtet hatten, täglich einen halben Ochsen, ein halbes Schwein, zwei Schafe und ein Kalb forderte. Dazu kamen noch riesige Mengen gedörrtes Fleisch, Eier, Fisch und anderthalb Tonnen Bier. Das stand in keinem Verhältnis zum ausgehandelten und von Herzog Bogislaw unterschriebenem Vertrag.
Die Soldaten in den Dörfern sahen davon nichts. Sie versorgten sich auf eigene Faust bei den Bauern und Bäuerinnen.
Die Ritterschaft klagte und flehte, doch alles umsonst.
Es rumorte gewaltig unter den Rügener Adligen. Sie hatten kurz nach der Anlandung der Truppen unter dem Befehl des Obersten Hans von Götz erfahren, dass sich besagter Oberst mit seinem Stabe im Schloss Putbus bei der Baronin Sabine Hedwig einquartiert hatte. Das nun verstieß eindeutig gegen das Pergament. Die Aufregung war groß, doch etwas dagegen unternehmen, konnten sie nicht.
Konrad hörte bei den Zusammenkünften schweigend zu.
So oft es nur ging, sah sich von Blankenfels die hastige Bautätigkeit der kaiserlichen Truppen an. Als einfacher Bauer verkleidet, bot er seine Dienste bei den Soldaten im Süden der Insel an. Für ein Stück Brot und einen Krug Dünnbier verdingte er sich beim Aufbau von Befestigungsanlagen, den sogenannten Schanzen.
Konrad spürte die Angst der kaiserlichen Soldaten, dass eines Tages die Armeen der Dänen oder die der Schweden anlanden würden. Er sah auch deren Übermut, den sie an den Tag legten, um sich mit dem Nötigsten zu versorgen. Die Offiziere ließen sie machen, wussten sie doch, dass hungrige Mäuler nicht zum Kampfe taugten und eine zentrale Verpflegung genauso ausblieb wie der Sold. Dieser war schon viele Monate überfällig.

Ihren Unmut ließen die Söldner an der Bevölkerung aus. Doch das schreckte Konrad nicht unbedingt ab. Die schwedischen Truppen würden ebenfalls so verfahren, obwohl da wenigstens die Bezahlung des Soldes mehr oder weniger funktionierte.
Immer, wenn Konrad sich bei den Schanzarbeiten verdingte, machte er sich gedanklich Notizen. Spät abends dann brachte er sie auf Papier. Da bei den Arbeiten an den Befestigungsanlagen ständig neue Leute aus den umliegenden Dörfern unentgeltlich helfen mussten, fiel es niemandem sonderlich auf, dass Konrad von einer Baustelle auf die nächste wechselte. So kam es mit der Zeit, dass er an den Schanzarbeiten in Altefähr genauso wie in Grahl, am Drigger Ort und bei der neuen Fähre in der Nähe von Prosnitz beteiligt war. So langsam fügte sich ein Stein zum anderen. Konrad erkannte das System. Die Befestigungsanlagen sollten seiner Einschätzung nach zwei Dinge bewerkstelligen: zum einen die Hansestadt Stralsund von den Versorgungstransporten aus dem Norden abschneiden und zum anderen wahrscheinlich die Landung eines Stralsunder Söldnerheeres auf der Insel verhindern.
Da die kaiserlichen Truppen zurzeit jedoch nur aus Musketieren und Kürassieren bestanden, war für Konrad klar, dass noch weitere Truppen auf der Insel anlanden mussten.
Die Notlage der Stralsunder Bevölkerung kannte er genau. Die Verteidiger der Stadt brauchten die Lebensmittel, die auf der Insel produziert wurden. Sie waren davon abhängig. So, wie sich die Lage in der Stadt gestaltete, unterschied sie sich in keiner Weise von der Situation, die auf der Insel herrschte. Selbst der Adel der Insel musste Hunger leiden. Noch schwerer traf es die Bauern und die restliche Bevölkerung. Ihnen drohte der Hungertod. Das von der letzten Ernte aufgesparte Saatgut war längst in den hungrigen Mägen der Söldner verschwunden. Eine Bestellung der Felder im nächsten Frühjahr war somit unwahrscheinlich geworden. Der jetzige Hunger war also nur ein Vorgeschmack auf eine bevorstehende, viel größere Hungersnot.
Wie man bei den Schanzarbeiten erzählte, fraß das Landvolk schon Gras, Baumrinde und Knospen, um sich halbwegs zu ernähren. Rinder, Schafe und Geflügel gab es im Süden der Insel schon lange nicht mehr. Und das Fleisch, welches von Wittow nach Bergen gebracht werden sollte, kam dort oft überhaupt nicht an.
Bei seinen Erkundungen musste Konrad vor allem auf seinen Zossen achtgeben. Hätte die Soldateska ihn erwischt, wäre es um die gute Seele des Tieres geschehen gewesen. Das durfte nicht sein. Nur mit dem Pferd war er in der Lage, sich über solch große Entfernungen relativ zügig zu bewegen und der Schwarze war auch die Rückversicherung für eine etwaige Flucht nach Norden.
Da die kaiserlichen Soldaten die Wälder mieden, war es ein Leichtes, den

Gaul darin zu verstecken. Lichtungen mit Gras waren noch zu finden. Solange kein Schnee fiel, würde es so gehen müssen. Schließlich hatte sich Konrad ein Lager tief im Wald südlich von Bergen auf halben Weg nach Kassnevitz gebaut. Hier war er relativ sicher und doch mitten zwischen der feindlichen Streitmacht.
Wenn der Winter einbrach, würde er sich um ein ordentliches Nachtquartier kümmern müssen.

KAPITEL 20

Der junge Arzt mit dem weißen Kittel und dem Stethoskop um den Hals hörte geduldig zu.
„Glauben Sie mir doch, Herr Doktor, ich bin wirklich kerngesund und im Vollbesitz meiner geistigen Kräfte." Hannah wurde laut. Noch mehr regte sie auf, dass dieser Mann bei allem, was sie sagte, schwieg und noch intensiver durch seine dicke Brille auf sie herabblickte.
Hannah stieg das Blut in den Kopf. Ihr Tonfall wurde noch energischer: „Lassen Sie mich endlich hier raus. Ich entlasse mich auch selbst und auf meine eigene Verantwortung!", schnaubte sie ihn an.
Nach einer ganzen Weile räusperte er sich leicht. „Sehen Sie, da ist unser Problem. Sie sind aggressiv und wir beide wissen immer noch nicht, was Ihren Anfall auf dem Gingster Marktplatz verursacht hat. Ich habe vorhin mit Ihrem Sohn telefoniert. Er müsste bald hier sein. Ihre Tochter hat ihn gleich nach dem Vorfall angerufen, wie er mir erzählt hat. Er hat mir auch eindeutig nahegelegt, dass ich Sie hier behalten soll, bis alles geklärt ist. Er hat von Ihnen eine Vollmacht, erinnern Sie sich? Diese liegt mir schon als Email vor. Schließlich haben Sie, bewusst oder unbewusst, zwei Menschen erheblich verletzt. Das bedeutet, dass Sie sich in diesem Falle nicht selbst entlassen können. Sollten Sie nochmals so einen Anfall bekommen, könnten dadurch noch weitere Personen verletzt werden. Damit stellen Sie eine Gefahr für die Öffentlichkeit dar. Und das wollen wir doch beide nicht oder?"
Nach einer kurzen Pause, in der Hannah grimmig dreinschauend schwieg, fuhr der Arzt fort: „Sie können froh sein, dass die Polizisten ihre Situation, in der Sie, sagen wir es mal ganz vorsichtig, nicht so richtig bei sich waren, erkannt und auf weitere, strafrechtliche Maßnahmen verzichtet haben. Sie könnten genauso gut jetzt nicht bei mir, sondern in einer Zelle sitzen. Denken Sie darüber einfach mal nach!"

Bei den letzten Worten klang seine Stimme erheblich schärfer.
Nach einer weiteren kurzen Pause, in der er seine Worte auf Hannah wirken lassen wollte, fuhr der Arzt in ruhigem Ton fort: „Jetzt müssen wir nur rausbekommen, woher der Anfall kam. Also bitte ich Sie, mit mir zusammenzuarbeiten. Ich werde Ihnen jetzt Blut abnehmen. Sie brauchen keine Angst davor zu haben, es ist nur ein kleiner Pikser."
„Hören Sie, junger Mann", entgegnete Hannah mit einer Stimme, die Kampf bedeutete, „Wenn Sie glauben, irgendetwas in meinem Blut zu finden, irren Sie sich gewaltig. Ich weiß am besten, was mit mir ist und was nicht. Ich habe schon mit Kräutern geheilt, da haben Sie sich noch auf dem Wickeltisch eingeschissen. Also nehmen Sie die verdammte Nadel weg und geben mir meine Sachen wieder, sonst passiert hier ein Unglück, das verspreche ich Ihnen."
Hannahs Augen funkelten ihr Gegenüber bedrohlich an und der Ton ihrer Stimme nahm noch weiter an Schärfe zu. „Und dann noch etwas. Reden Sie mit mir nicht wie mit einem kleinen Kind. Ich könnte Ihre Großmutter sein. Gott sei Dank bin ich es nicht. Ich würde Ihnen jetzt noch den Arsch versohlen."
Der Arzt sah sie wieder geduldig an. „Das ist gut, lassen Sie ihre Aggression heraus. Das hilft, glauben Sie mir."
In diesem Moment sprang die Tür auf. Martin und Martina, Hannahs Kinder, stürzten ins Zimmer. Frank Widukin folgte ihnen. Martin hielt einen großen Blumenstrauß roter und gelber Nelken in der Hand. Nach einer herzlichen Umarmung machte er ein strenges Gesicht. „Was hast du angestellt?"
„Nichts, mein Junge. Ich weiß nicht, was dieser Quacksalber von mir will."
Martin blickte zum Arzt und gab ihm die Hand. „Danke, Herr Doktor, dass Sie uns sofort informiert haben. Wir sind so schnell wie möglich gekommen. Ich bin der Sohn Ihrer Patientin. Das sind", dabei zeigte er auf Martina und Frank, „Hannahs Tochter und ihr Verlobter." Dabei zwinkerte er Frank zu.
„Also, was gibt es Herr Doktor? Sie wollten es mir am Telefon nicht so deutlich sagen."
„Schön, dass Sie kommen konnten. Ihre Mutter ist eine, wie soll ich sagen, nicht ganz so einfache Patientin. Aber erst mal zu den Fakten. Gestern Abend wurde Ihre Mutter von einer Polizeistreife beobachtet, wie sie sich auf dem Marktplatz von Gingst, genau vor dem Eingang der Kirche, die Bluse vom Körper riss und, sagen wir mal, eigenartige Bewegungen vollzog. Fast krampfartige Bewegungen. Die beiden Beamten stiegen aus ihrem Fahrzeug aus und wollten helfen. Ihre Mutter war nicht ansprechbar. Als die Beamten sie anfassen wollten, schlug sie um sich. So jedenfalls wurde es durch die Männer beschrieben. Das Ergebnis war ein Rippenbruch durch einen Faustschlag ihrer Mutter. Der nächste Schlag traf den anderen

Polizisten am Kopf und brach ihm das Jochbein. Beide sind noch in Behandlung. Sie sagten aus, dass die Augenlinsen ihrer Mutter bei der Tat stark vergrößert waren, als ob sie unter Drogen stand. Und mit Drogen meine ich nicht nur das Rauchen einer Tüte. Jetzt würde ich gern einen Bluttest machen, doch ihre Mutter widersetzt sich dem vehement."
Die Stille, die nach den Ausführungen des Arztes nun für einen Augenblick im Zimmer herrschte, war schon fast bedrohlich.
Hannah hatte das erste Mal von den schweren Verletzungen der Polizisten gehört. Bis dahin hieß es nur, dass jemand zu Schaden gekommen wäre, aber niemand hatte etwas Konkretes gesagt.
Martina brach als erste das Schweigen. „Mutter, wenn der Doktor einen Aderlass durchführen will, so lass es doch geschehen."
Der Arzt sah Martina etwas verwundert an. „Na ja, Fräulein, von einem Aderlass würde ich nicht sprechen. Ich brauche ja nur dieses kleine Röhrchen voll für das Labor."
Nach langem Zureden ließ Hannah es über sich ergehen. Auch wenn sie davon überzeugt war, dass die einzelnen Kräuter keinerlei rauschfreisetzende Substanzen enthielten, war sie doch recht unsicher, was die Laborergebnisse ans Licht bringen würden. Vielleicht machte es die Mischung. Die Wirkung dieses Pulvers war ja absolut keine Einbildung.
Als der Arzt das kleine Krankenzimmer verließ, setzten sich ihre Kinder auf das Bett. Frank zog sich den Stuhl, der in der Ecke stand, heran.
„Was hast du dir dabei nur gedacht?", flüsterte Martin. „Martina hat mir soweit alles berichtet. Auch, dass ihr ein Rezept oder so etwas Ähnliches in dem alten Buch gefunden habt. Jetzt mal im Ernst, hast du irgendwelche Drogen genommen, von denen wir wissen sollten?"
Hannah schüttelte den Kopf. „Nein oder eher nicht so, wie ihr euch das vorstellt. Ich habe das Geheimnis gefunden. Es liegt in dem Pulver." Dann sah sie Martin an. „Wo ist eigentlich das Säckchen mit dem Pulver?"
Martin blickte verständnislos. „Erzähle bitte, was du genommen hast. Was für ein Pulver? Und warum hast du dich auf dem Marktplatz versucht auszuziehen?"
Hannah zögerte. Dann gab sie ihrem Drang nach und erzählte den Kindern von dem Kräuterrezept und dessen Wirkung. So gut es ging, beschrieb sie das fantastische Spiel der Farben, das irgendwie nicht zu erklären war. Sie sprach von dem Buch, bei dem es ihr als erstes aufgefallen war, von dem Tor im Wald, wo sie das Pulver das erste Mal bewusst ausprobiert und wie sie das Tor in der Luft über dem Strand der Burg von Arkona gefunden hatte. Sie sprach immer schneller, so aufgeregt war sie, alles endlich den Kindern mitzuteilen. Sie hatte einen Weg gefunden, andere Tore zu sehen.
„Auch an der Kirche in Bergen ist solch ein Durchgang und in Gingst. Es tut mir schon leid, dass ich die beiden armen Polizisten so zugerichtet habe, aber glaubt mir, das habe ich nicht gemerkt, nicht bewusst wahrgenommen

und vor allem nicht gewollt."
Die Kinder hörten verständnislos zu. Martin schüttelte nur den Kopf. „Ach Hannah, du machst Sachen." Er überlegte kurz. „Und warum hast du in Gingst versucht, dich auszuziehen?"
„Ich weiß es, ehrlich gesagt, auch nicht. Ich bin ja noch beim Ausprobieren und Testen. Es ist solch starkes Gefühl, dass in dem Moment, wenn ich das Pulver genommen habe, die Sachen auf dem Leib anfangen zu stören. Man fühlt sich beengt, eingeschnürt in eine Unnatürlichkeit. Ich hatte gedacht, mit Hilfe der Menge des Pulvers könnte ich es regulieren, aber dieser Drang ist immer gegenwärtig. Er hat mich jetzt schon drei Blusen gekostet."
Hannah schwang ihre Beine über den Bettrand. „So, meine Lieben, das ist also die Geschichte. Nichts, über was ihr euch Sorgen machen müsstet. Jetzt holt mir bitte meine Sachen und dann gehen wir nach Hause. Wenn ihr nun schon alle hier seid, kann ich uns auch einen schönen Kuchen backen, aber vorher würde ich jedoch gern ins Krankenhaus fahren und mich bei den beiden Polizisten entschuldigen."
Mit sanfter Gewalt drückte Martin seine Mutter wieder zurück ins Bett. „So schnell kommst du uns nicht davon. Wir werden jetzt erst mal den Befund vom Arzt abwarten und die Laborergebnisse. Du wirst dich fügen. Wenn alles in Ordnung ist, bringen wir dich zuerst ins Krankenhaus und dann nach Hause. Dann sehen wir weiter. So lange bleibst du hier. Wenn das nicht geht, lassen wir dich festbinden. Also, was ist? Versprochen?"
Martina hatte die Hand ihrer Mutter ergriffen und streichelte sie zärtlich. „Bitte sag ja. Wirst sehen, dann kommst du auch ganz schnell heim."
Hannah standen die Tränen in den Augen. Sie wusste, dass ihre Kinder es nur gut mit ihr meinten. Sie nickte nur verlegen.

KAPITEL 21

März 1628

Das alte Jahr hatte im Sterben gelegen, genau wie die Bevölkerung der Insel. Die Einquartierung der kaiserlichen Truppen hatte ein Maß angenommen, das die Zahl der Soldaten und den dazugehörigen Weibern und Bälgern die Einwohnerzahl der Insel fast erreicht hatte.
Die ersten wärmenden Sonnenstrahlen taten gut. Der Winter war lang und hart gewesen. Konrad hockte auf der kleinen Lichtung im Wald und strich über das frische Grün des erwachenden Frühlings hinweg.
Mit einem kurzen Blick sah er zu seinem Pferd, welches sich unweit von ihm am frischen Gras labte. Es war sichtlich dünner geworden, so wie er auch. „Lass dir Zeit, mein Alter", sagte er sanft und trat einen Schritt auf den Schwarzen zu. „Wir haben uns eine kleine Pause verdient."
Sein Pferd schien ihm zuzunicken, bevor es wieder die frischen Halme abzupfte und verschlang.
Konrad von Blankenfels gönnte seinem Zossen noch eine Stunde, dann wollte er wieder aufbrechen, um die Schanzarbeiten, die auf allen Baustellen beinahe abgeschlossen waren, genauestens zu begutachten. Noch war keine Artillerie vorhanden, doch das würde sich bestimmt in der nächsten Zeit ändern.
Nach einem stundenlangen Ritt erreichte er auf Umwegen die alte Fähre. Den diensthabenden Soldaten war er bekannt. Sie winkten ihm zu, als er sich zu Fuß der Baustelle näherte.
„Gott zum Gruße", rief er der Wachmannschaft zu.
Gerade als er mit den Soldaten ein zwangloses Gespräch führen wollte, erschien ein Offizier. Er war herausgeputzt, in bunte Gewänder gekleidet und trug an seinem Hut eine große Feder.
„Was steht er da so rum? Wir teilen das letzte Brot nicht für Gaffer. Also

beweg er seinen Arsch! Die Mauern an der Westseite müssen noch weiter verstärkt werden. Von dort könnte der Feind mit Schiffen die Schanze artillerieren. Noch sind sie eine Schwachstelle."
Konrad verbeugte sich tief vor dem Mann, der genau bei ihm stehen geblieben war und ihn mit vorwurfsvollem Blick musterte.
Die Wachmannschaft hatte eine stramme Haltung angenommen. Konrad musste sich ein Lächeln verkneifen. Dann eilte er an die Seite der Schanzmauer, wo noch ein großer Berg Steine lag. Er ergriff sich eine der herumstehenden Karren und begann mühsam, die Steine darauf zu stapeln. Innerlich fluchte er über die schwere Arbeit. Doch sie fiel ihm leichter als vor ein paar Monaten.
Was ihm Kraft spendete, war der Gedanke, dass er nach Beendigung der Schanzarbeiten versuchen wollte, wieder nach Schweden zu kommen. Er musste Gustav Adolf berichten.
Wenn die schwedischen Truppen einen Landungsversuch unternehmen sollten, dann wäre der Osten oder der Süden der Insel weit trefflicher dafür geeignet als dieser Teil, an dem sich die Befestigungsanlagen befanden.
Das hölzerne Rad des Karrens ächzte unter der schweren Last. Schweiß trat auf Konrads Stirn, als er sich der westlichen Mauer der Schanze näherte. Dort arbeiteten schon mehrere Inselbewohner gemeinsam mit den kaiserlichen Soldaten.
Plötzlich rief einer der Bauern: „Schaut mal, dort sind Schiffe, die auf Stralsund zuhalten."
In diesem Moment stoppten alle Arbeiten. Jeder, der den Ruf gehört hatte, drängte sich zur Mauer und blickte auf die See hinaus. Wahrlich, drei große, zweimastige Koggen schoben sich zwischen Insel und Festland auf den Stralsunder Hafen zu.
Konrad blieb der Mund offen stehen. Was er sah, konnte er kaum glauben. Am Heck zweier Schiffe wehten klar ersichtlich die dänischen Flaggen. Bei dem dritten Schiff, welches etwas weiter hinten fuhr und auch kleiner war als die anderen, wehten am Heck die schwedischen Farben.
Hatten sich also doch die zwei großen Herren im Norden, Christian der IV. von Dänemark und Gustav Adolf von Schweden im Angesicht der drohenden Gefahr zusammengeschlossen? Die Jahrhunderte alten Streitigkeiten dieser Häuser schienen erst einmal beiseitegeschoben, um gegen den gemeinsamen Feind zu Felde zu ziehen. Beinahe wäre ihm ein Freudenschrei entwichen, doch er besann sich noch rechtzeitig.
Der Offizier, der ihn vorhin so angetrieben hatte, war zu ihnen getreten. Gedankenverloren strich er sich über den üppig stehenden Bart. Dann sah er zu den Männern. „Da seht ihr es. Die können von Glück reden, dass hier noch keine Kartaunen stehen. Sonst würden wir sie in die Tiefen des Meeres schicken." Er spuckte verächtlich in Richtung der Schiffe aus. „Diese Ketzer liebäugeln mit dem Satan. Brennen sollten sie. Was gafft ihr

da? Los, schert euch wieder an die Arbeit! Die Mauern wachsen bestimmt nicht von allein."

Es war später Nachmittag geworden, als die Arbeiten für diesen Tag eingestellt wurden. Erschöpft vom Tagwerk blickte Konrad noch einmal über den Sund zu der Stadt. Deutlich sah er die drei dickbäuchigen Schiffe im Hafen liegen. Die Segel waren eingeholt und nur noch die Masten mit den Rahen schwankten leicht vor dem Hintergrund der hohen Stralsunder Kirchtürme. Noch immer wehten wie eine Warnung die übergroßen Fahnen der nordischen Königreiche.

Konrad überlegte bei dem Anblick kurz. Alles was herauszubekommen war, hatte er fein säuberlich aufgeschrieben. Seitdem die Soldateska der Kaiserlichen mit erhöhter Brutalität auf der Insel wütete, war an die Übermittlung der Botschaften nicht mehr zu denken. Die Briefe über Truppenstärken, Befehlsstände und Strukturen der Besatzung sowie die Skizzen der Befestigungsanlagen lagerten fein säuberlich verstaut in seinem Versteck im Wald. Dann fasste er einen Entschluss. Als niemand auf ihn achtete, rannte er, so schnell er konnte, den schmalen Weg entlang. Danach immer tiefer in den Wald hinein. Mittlerweile kannte er sich aus, achtete auf jede noch so kleine Veränderung.

Sein schwarzer, schwerer Hengst graste verträumt auf der kleinen Lichtung. Ein kurzer Pfiff genügte, um ihn herantraben zu lassen. „Komm alter Junge, ich will nach Hause." Damit schwang er sich auf den Rücken des Tieres und gab ihm die Sporen.

Es dämmerte schon, als er an dem Versteck ankam. Schnell suchte er die in Leder eingewickelten Papiere zusammen und ritt zurück in Richtung der alten Fähre. Es war nicht leicht, einen der Fischer zu überreden, ihn jetzt noch über den Sund zu bringen. Die Führung der Wallensteinischen Truppen hatten es unter Androhung von Strafe verboten, sich als Zivilist der Stadt zu nähern. Doch der Glanz eines in Aussicht gestellten Goldstücks und das Geschenk des schwarzen Pferdes verscheuchte all die Furcht. Leise tauchten die Ruder in die spiegelglatte See. Fast ohne einen Laut schob sich der Bug des kleinen Kahnes immer weiter hinaus auf das Wasser. Erst nach einer ganzen Weile konnte Konrad beruhigt aufatmen. Dicke Wolken verdunkelten den Himmel. Niemand der wachhabenden Soldaten hatte das Boot bemerkt.

Als Konrad die Mole des Hafens erkletterte und dem alten Fischer zum Abschied zuwinkte, spürte er plötzlich den Stich von etwas Spitzem in seinem Rücken. Vorsichtig drehte er sich um. Zwei Soldaten mit Hellebarden, die auf ihn gerichtet waren, standen vor ihm.

„Wer seid Ihr?", zischte der eine.

„Wahrscheinlich ein Spion der Papsttreuen", wollte der andere wissen.

Konrad schüttelte nur den Kopf. „Lasst mich durch, ihr Tölpel! Ich stehe im Dienste unseres Königs Gustav Adolf und will zu den Meinen."

Der größere der beiden strich sich über den Bart und ließ dabei seine Waffe leicht sinken. „Das kann jeder sagen. Habt Ihr Beweise?“
Konrad zögerte etwas. Die beiden sahen nicht so aus, als ob sie die Depesche des Königs lesen könnten. Dann griff er in die kleine Tasche seines Wamses und zog den goldenen Siegelring hervor. Ohne ihn aus der Hand zu geben, hielt er ihn dem Großen unter die Nase.
„Was soll das sein?“, fragte dieser und besah sich den Ring.
„Das Siegel seiner Majestät. Und nun lasst mich meines Weges ziehen!“
Konrad wollte sich gerade an den beiden vorbei schieben, als er wieder die Spitze der Hellebarde an seinen Rippen spürte.
„Nicht so eilig, mein Freund. Ihr müsst schon verzeihen, aber es sind unruhige Zeiten. Da kann man nicht vorsichtig genug sein. Was habt Ihr da in Eurem Beutel?“
Konrad öffnete vorsichtig das Leder und zeigte die Papiere. Er merkte schnell, dass die Soldaten auf etwas anderes aus waren. Konrad griff erneut in sein Wams und holte das letzte ihm verbliebene Geldstück hervor. „Das sucht ihr doch. Kann ich jetzt gehen?“
Die beiden betrachteten die Münze. „Wir sind aber zwei und das ist nur eine Münze!“
„Aber mehr habe ich nicht bei mir.“
„Wenn das so ist“, sagte der Große, „dann müssen wir dich einsperren lassen. Soll der Rat sich morgen mit dir befassen.“
Ohne ein weiteres Wort zu sagen, trieben die beiden Soldaten Konrad mit ihren spitzen Waffen vorwärts durch die Stadt zum Rathaus hin und sperrten ihn in den aus roten Backsteinen errichteten Gewölbekeller ein.

KAPITEL 22

März 1628

Mucksmäuschenstill war es vor der selbstgebauten Hütte im Wald. Die Kinder, die sonst herumtollten und spielten, saßen schweigend auf einem Baumstamm, der vor dem Eingang lag. Martha trat durch die grobgezimmerte Tür ins Freie. Sie atmete tief durch. Ihre Arme waren bis zu den Ellenbogen mit Blut beschmiert. Sie spürte die neugierigen, aber auch ängstlichen Blicke der Kinder auf sich gerichtet und suchte mit ihren Augen Hannes, den Mann ihrer Schwester. Dann sah sie ihn. Er stand mit dem Rücken an einen Baum gelehnt, knapp zehn Schritte vom Eingang entfernt und kaute nervös auf einem Holzstück herum.
Martha musste lächeln. In dieser Beziehung waren alle Männer gleich. Wenn es zum Geburtsvorgang ging, halfen ihnen ihre Kraft und Stärke kein Stück weiter. Sie wurden hilflos wie kleine Kinder und da machte auch Hannes keine Ausnahme.
„He, Hannes", rief sie. „Du kannst reingehen. Es ist ein strammer Junge."
Sofort spuckte Hannes das Holzstück aus und rannte auf sie zu.
„Sind sie gesund? Sind sie wohlauf?" Dabei umgriff er die Schultern seiner Schwägerin und drückte vor Aufregung etwas fester zu.
„Ihnen geht es soweit gut. Jetzt brauchen beide viel Ruhe, aber geh nur hinein." Sie trat einen Schritt zur Seite. Hannes riss die Tür auf und stürmte in die Hütte.
Als Martha die Kinder anblickte, musste sie lachen. Dann legte sie ihren Finger auf den Mund und sagte: „Haltet jetzt etwas Ruhe. Der Kleine muss schlafen."
„Warum schreit er dann?", wollte Marthas jüngste Tochter Johanna wissen.
„Er hat Hunger und er will euch und die Welt kennenlernen, aber jetzt braucht er erstmal viel Ruhe und Wärme. Also ab mit euch und sucht

trockenes Feuerholz.“
Als die Kinder verschwunden waren, ging sie langsam zu dem Wasserloch, welches sich unweit der Hütte befand, um sich ihre Hände und Arme zu säubern. Plötzlich trat ihr Vater Peter hinter einem der Bäume auf sie zu.
„Hat alles geklappt?“, fragte er. „Junge oder Mädchen?“
Martha nickte ihm zu. „Es geht beiden gut und es ist ein Junge.“
Ihr Vater verzog keine Miene. „Wo ist deine Mutter?“, fragte er.
„Sie ist noch in der Hütte bei Margarete und dem Kind.“ Martha sah ihren Vater an, als sie in die Knie ging und ihre Hände in das kalte Wasser tauchte. Peter wirkte sehr nachdenklich, doch er schüttelte nur den Kopf und ging langsam in Richtung Hütte davon.
Martha machte sich Sorgen und blickte ihrem Vater nach. Irgendetwas Schwerwiegendes musste ihn beschäftigen! Schnell wusch sie sich die Hände und Arme, erhob sich vom Tümpel und eilte Peter nach. Sie war noch ein ganzes Stück von der Hütte entfernt, als sie ihre Mutter sah, die langsam zur Tür heraus trat. Ihr Vater war schon fast bei ihr. Martha blieb stehen und versuchte, dem sich nun entwickelnden Gespräch zu folgen.
„Anna“, begann Peter eindringlich. Als Anna, die sehr müde aussah, ihn anblickte, fuhr er fort: „Der Kleine muss so schnell wie möglich zu einem Pfaffen. Er braucht den göttlichen Segen und die Taufe. Also sollten wir den Jungen in eine Kirche bringen oder den Pfaffen herholen.
„Du weißt genau wie ich, dass so etwas nicht in Frage kommt“, sagte Anna sehr ruhig und setzte sich vor die Hütte auf den Baumstamm, auf dem vorher noch die Kinder gesessen hatten.
Peter blickte zu ihr herab, zog die Stirn in Falten und ließ sich neben seiner Frau nieder. Anna legte ihre Hand auf Peters Knie. „Es geht wirklich nicht. Das Kind ist zwar kräftig, doch den Weg nach Gingst würde es in diesen Zeiten nicht schaffen. Außerdem braucht es jetzt ständig die Milch und die Wärme seiner Mutter. Einen Schwarzkittel her holen, können wir auch nicht. Ich bin froh, dass niemand weiß, wo wir sind. Um unserer Sicherheit willen bitte ich dich, darüber nicht nachzudenken.“
Peter sah Anna nachdenklich an. „Was geschieht, wenn der Kleine es nicht übersteht? Gott behüte uns davor. Er muss aber getauft werden. Die kleine Seele wird sonst für eine Ewigkeit herumirren und das kannst du doch nicht wollen.“
„Nein, mein Peter, das will ich auch nicht“, sagte Anna und strich ihrem Mann über die wenigen, noch verbliebenen Haare.
„Wie sollen wir es dann machen?“, wollte Peter wissen. „Wir versündigen uns!“
Anna war viel zu müde, um mit Peter zu streiten.
Martha hatte bis dahin nur zugehört. Sie überlegte kurz und trat dann an ihre Eltern heran. „Ich werde nach Gingst gehen und den Pfarrer um Wasser aus dem Taufbecken bitten. In diesen Zeiten und mit ein paar

Münzen wird er dir, Vater, sicher gestatten, die Taufe allein vorzunehmen. Ich habe so etwas schon öfter gehört. Wenn der Pfarrer unabkömmlich ist, erlaubt die Mutter Kirche solch Vorgehen."
Anna lächelte erst ihrer Tochter, dann ihrem Mann zu. „Wärst du damit einverstanden?"
Peter dachte kurz nach und nickte leicht.

KAPITEL 23

März 1628

Die Nacht auf dem steinigen Fußboden war kalt gewesen. Konrad zitterte erbärmlich, als er den Schlüssel in der Tür vernahm. Mit einem Satz sprang er die wenigen Stufen zum Eingang des Kellers nach oben. Als er dann den alten Mann mit der Schüssel Grütze in der Hand sah, wurde ihm klar, dass so schnell noch keine Hilfe zu erwarten war und seine Gefangenschaft noch andauern würde.

Ein Schauer lief ihm über den Rücken. Diese vergeudete Zeit im Kerker brauchte er nun weiß Gott nicht.

Mit einer schnellen Handbewegung griff er nach dem Mann und ehe dieser auch nur ahnte, was passierte, rollte er bereits die Stufen zum Gewölbe hinunter. Konrad wusste nicht, ob der Eingang zum Keller, der außerhalb des Rathauses auf dessen Rückseite lag, bewacht wurde. Er musste es versuchen. Mit aller Kraft, die er hatte, rannte er los.

Er hatte Glück. Ein kurzer Rundblick reichte, um sich zu orientieren. Nirgends waren Wachen zu sehen. Sein Ziel stand fest. Er musste, so schnell es ging, den Hafen erreichen und dort auf die schwedische Kogge gelangen. Das Siegel, welches er in seiner Tasche mit sich trug und auch das königliche Schreiben würden ihm hoffentlich den Weg öffnen.

Je näher er dem Hafen kam, desto unruhiger wurde Konrad. Der Tag war noch nicht alt und doch drängten sich schon viele Menschen durch die schmalen Gassen der Stadt. Auch ihr Ziel schien der Hafen zu sein.

Als er sich mit der Menge unauffällig treiben ließ und so am Hafen anlangte, erschrak er. Die Masten der Schiffe waren verschwunden. Sie mussten ausgelaufen sein. Konrad blickte über die Leute hinweg nach Norden. Da sah er die aufgeblähten, weißen Segel am Horizont. Er war zu spät gekommen.

Eine unbändige Wut auf die zwei Wachsoldaten überfiel ihn. Sie sollten ihm nur in die Finger kommen. Auspeitschen würde er sie lassen, bis die Haut in Fetzen von ihren Kadavern herunter hing.
Die Menschen drängten ihn unweigerlich weiter nach vorn. Er hatte keine Chance, sich dagegen zu wehren. Nur mühsam verrauchte sein Zorn.
„Da sind sie, seht ihr sie?“, ertönte eine Männerstimme. „Es stimmt. Diese Bastarde sind gelandet.“ Konrad nahm die Kopfbewegung der Leute wahr. Dann sah auch er es. Auf der kleinen, zwischen Rügen und Stralsund liegenden Insel mit dem Namen Dänholm waren Leute zu sehen. Sie trugen Fahnen mit sich. Es musste sich um Soldaten handeln.
In diesem Moment wich die Menschenmasse auseinander und es bildete sich ein schmaler Korridor. Konrad sah, wie der Bürgermeister Krauthof mit wallendem Mantel, gefolgt von den Ratsherren und einigen Offizieren, schnellen Schrittes durch die Menschenansammlung lief.
An der Mauer angekommen, schützte Krauthof seine Augen und blickte zu der kleinen Insel hinüber.
„Es ist wahr“, hörte Konrad den Bürgermeister sagen. „Das alles ist gegen unsere Vereinbarung. Wie konnten sie es wagen?“
Von Blankenfels erkannte unter den Offizieren, die den Rat begleitet hatten, Giesbert von Knappstein. Er drängte sich durch die Menschen und gelangte nach einiger Kraftanstrengung zu dem Hauptmann, der ihn mit großen Augen verwundert ansah. „Von Blankenfels, was macht Ihr denn hier? Ich dachte, Ihr seid schon wieder bei den Euren?“
„Ja“, erwiderte Konrad, „so sah mein Plan auch aus. Allein zwei Büttel der Stadt haben es zu verhindern gewusst. Doch sagt, Knappstein, was geht hier vor sich?“
Giesbert zeigte zu der Insel hinüber. „Heute in aller Frühe kamen Fischer herüber und berichteten, dass die Kaiserlichen den Dänholm besetzt hätten und sie gerade noch fliehen konnten. Und das ist gegen jede Abmachung mit Feldmarschall von Arnim.“
Konrad überlegte kurz. „Hatte der Rat dem Wallensteiner Arnim nicht einen ganzen Batzen Geld versprochen?“
„Das ist wohl wahr“, sagte von Knappstein, „die Antwort Arnims war jedoch mehr als enttäuschend. Er wolle das angebotene Geld gern nehmen, aber um eine Besatzung käme die Stadt nicht herum. Das letzte Wort jedoch war noch nicht darüber gesprochen und jetzt seht selbst. Die Kaiserlichen machen keine halben Sachen. Der Dänholm gilt als Tor zur Stadt. Zwischen der kleinen Insel und unserer Stadt ist, sozusagen, nur noch ein Wassergraben übrig.“
In diesem Moment begann die Menschenmenge laut zu johlen. Ein flaches Boot, ein Prahm, schob sich vom Norden der Stadt ins Meer hinaus in Richtung der Insel Dänholm. Deutlich war die Kartaune am Bug des Bootes zu erkennen. Auch Leute mit Musketen waren darauf. Schnell

machte es bei dem günstigen Wind Fahrt.
Konrad sah, wie der Bürgermeister sich vor Schreck die Hände auf den Mund legte.
Gespannt verfolgten die Umstehenden das Schauspiel. Es dauerte eine Weile, bis das Boot in die Nähe der Insel kam. Dann ertönte ein Donnerschlag. Das Boot war für einen kurzen Augenblick in eine weiße Rauchwolke gehüllt. Nur wenige Minuten später war das Geknatter der Musketen zu vernehmen.
Vom Dänholm schoss man zurück.
Die Entfernung zwischen dem Boot und der Insel war jedoch so groß, dass die Kugeln des Musketenfeuers glücklos im Wasser versanken, ohne Schaden anzurichten. Ein zweiter Kanonenschuss wurde von der Prahm abgegeben, bevor sie wieder nach Stralsund zurückkehrte.
Der Bürgermeister und auch die umstehenden Ratsherren hatten sämtliche Farbe aus dem Gesicht verloren.
„Welcher Dummkopf hat diesen Befehl erteilt? Los, zurück in den Saal!", brüllte der Bürgermeister aufgeregt. „Wir müssen uns versammeln und beraten."

Noch am selben Tag erfuhr Konrad von Giesbert, dass sich der Rat der Stadt Stralsund für den Überfall auf die kaiserlichen Truppen in aller Form entschuldigt hatte. Der junge Offizier spuckte voller Verachtung auf den Weg, bevor er weiter berichtete: „Es wäre ja ohne ihr Wissen geschehen, so sagten sie. Außerdem hatte man zugesichert, dass die Kaiserlichen die Insel behalten könnten und man hatte noch eine Summe von dreißigtausend Thalern dazugegeben. Das müsst Ihr Euch mal vorstellen, Blankenfels!"
Konrad schüttelte über so viel Feigheit nur den Kopf. „Wer sein Fähnlein nur immer in den Wind hängt, für den kann plötzliche Windstille zum Tode führen!", sagte er leise.
„Wohl gesprochen", bekräftigte Giesbert. „Aber ich glaube, das war noch nicht alles. Der Rest wurde hinter verschlossenen Türen beraten. Ich weiß es nicht, aber es macht mir Angst. Was werdet Ihr nun unternehmen, Blankenfels?"
Konrad überlegte. „Ich glaube, ich kehre wieder zur Insel zurück. Auch wenn mein Auftrag erfüllt ist, werde ich mich weiter umsehen, den Kopf unten halten und versuchen, zu gegebener Stunde eine Gelegenheit zu ergreifen, um zum König zu kommen. Du, mein Freund, kannst in der Zwischenzeit diese Schreiben aufbewahren. Wenn das nächste Schiff aus Schweden kommt, übergib sie bitte dem Kapitän. Sie sind gesiegelt, er müsste das Wappen erkennen."
„Warum wartest du nicht selbst hier? Das nächste Schiff kommt bestimmt. Die Stadt ist den Schweden viel zu wichtig, um sie den Päpstlichen zu überlassen. Außerdem brauchen wir Schießzeug, um bestehen zu können

und das weiß Gustav Adolf.“, sagte Giesbert.
„Dein Vorschlag klingt mehr als vernünftig. Doch hier wäre ich zum Warten verdammt und nutzlos für die Sache. Glaub mir, es ist die beste Entscheidung.“
Sie verabschiedeten sich herzlich, dann ging Konrad zum Hafen. Er musste einen Fährmann finden, der ihn nach Rügen übersetzen würde.
Es war nicht weiter schwierig, jemanden auszumachen, zumal Giesbert Konrad mit etwas Geld ausgeholfen hatte. Der Fischer, der sich anbot, ihn zu fahren, war jedoch nicht bereit, in der dunklen Nacht überzusetzen. Am anderen Morgen stand er dafür gern zu Diensten, so sagte er. Also blieb Konrad nichts anderes übrig, als sich ein Nachtlager zu suchen und noch vor Sonnenaufgang aufzubrechen.
Konrad spürte die Müdigkeit in jeder einzelnen Faser seines Körpers. Es war Zeit, langsam das Weite zu suchen. Die ständige Gefahr nagte an seiner körperlichen Verfassung.

Lange vor der Morgendämmerung war er, tief in seine Gedanken versunken, fast bis zum Hafen gelangt, als er einige zwielichtige Gestalten sah, die sich an irgendetwas zu schaffen machten. Schnell verbarg er sich hinter einer Hausecke. Zwei dieser Gesellen schoben einen großen Karren vor sich her. Doch zu Konrads Verwunderung machte das Gefährt keinerlei Geräusche, als es über das holprige Pflaster rollte.
Vorsichtig schlich er näher heran. Dann erkannte Blankenfels, dass man die eisenbeschlagenen Räder des Karrens mit Stoff umwickelt hatte. Die vermummten Männer waren an der Mauer des Hafens stehen geblieben und bauten einen großen Dreibock auf, dessen Teile bis zu diesem Moment noch auf dem Gefährt gelegen hatten. Aus seinem Versteck konnte Konrad das Treiben gut sehen. Ohne ein Wort zu sprechen, umbanden sie die erste der dort stationierten Kanonen, die bis zu diesem Zeitpunkt drohend die Stadt zum Meer hin geschützt hatten, an ein Seil und hievten sie aus ihrer Verankerung. Geschickt schoben zwei der Gestalten den Wagen darunter und verstauten das Feuerrohr mitsamt seinem Gestell darauf. Gleich danach machten sie sich an einem zweiten Geschütz zu schaffen.
Plötzlich wurde Konrad von hinten unsanft angestoßen.
„Was macht er hier so früh?“
Konrad fuhr herum und erkannte den Nachtwächter, der einen großen Spieß mit sich führte.
„Das solltet Ihr nicht mich fragen!“, antwortete er. Dabei zeigte er mit einem Kopfnicken um die Ecke.
Der Nachtwächter stellte seine Laterne auf den Boden und lugte um die Hauswand. Als er erkannte, was sich da zutrug, erhob er seine Stimme. Laut schallte sie durch den noch nicht erwachten Tag. Es dauerte nicht lange, bis die ersten Bewohner aus ihren Häusern strömten. Schnell waren die

Kanonendiebe umzingelt und zur Rede gestellt.
Mit flehenden Gesten versuchten sie, den drohenden Fäusten zu entkommen. Plötzlich rief einer dieser Gesellen, dass sie im Auftrag des Rates handeln würden. Der Rat der Stadt hätte die Kanonen den Kaiserlichen verkauft. Sie hatten nur den Befehl, sie abzubauen und an die Stadtmauer zu bringen.
Konrad holte tief Luft. Das konnte nicht sein. Es waren Schafe, die den Wolf um Gnade anflehten. Jetzt waren Konrads letzte Zweifel an der Wahrhaftigkeit von Giesberts Erzählungen verflogen. Das also wurde hinter den verschlossenen Rathaustüren verhandelt.
Konrad wollte gerade weiter zu dem kleinen Boot gehen, welches bestimmt schon auf ihn wartete, als er zwei Ratsherren sah, die vorsichtig das Treiben beobachteten. Er hörte, wie einer zum anderen sagte: „Dann lieber die kaiserliche Einquartierung als den eigenen Pöbel auf dem Leib.“
Mit schnellen Schritten ging Konrad nun zum Steg.
Das Boot war schon ein ganzes Stück vom Ufer entfernt, als ein derbes Klatschen zu ihm herüber wehte.
Eine tiefe Stimme schrie: „Übergeben wir die Kartaunen der See. Das ist hundertmal besser, als sie dem päpstlich katholischen Raubzeug zu überlassen.“

KAPITEL 24

Franks Wagen hielt vor dem Haus. Martin stand aus dem großen Sessel, der sonst immer Hannahs Stammplatz war, auf. Er legte ein altes Buch, das er mehr zufällig aus einem der Regale genommen hatte, um nur darin ein wenig zu blättern, auf den kleinen Stubentisch.

Auch Asko, der schwarze Mischlingshund, hatte das Auto bemerkt. Schwanzwedelnd stand er vor der Tür, nach dem Aufmachen sofort bereit, nach draußen zu stürmen. Irgendwie hatte er es mitbekommen, dass sein Frauchen wohl wieder nach Hause kam.

Martin blickte noch einmal durch das Fenster. Er sah, wie seine Schwester neben der Wagentür stand und Hannah beim Aussteigen half.

Frank war um das Auto herumgegangen. Er ergriff Hannahs kleine Tasche und öffnete das Gartentor.

„Ich komme ja schon", sagte Martin, als er den ungeduldigen Blick des Hundes wahrnahm. „Sie ist ja wieder da."

Er drückte die Klinke der Tür nach unten. Noch ehe er das Türblatt hatte richtig öffnen können, schob sich schon die große Hundeschnauze durch den schmalen Spalt.

Mit schnellen Sprüngen war der schwarze Riese bei Hannah. Seine Freude war ihm buchstäblich auf die Schnauze geschrieben. Hannah ging in die Knie und liebkoste den Großen. Dann sah sie zu ihrem Sohn auf. „Da bin ich wieder. Die Ärzte im Krankenhaus sind eine Plage. Und ich habe es dir von vornherein gesagt, sie werden nichts feststellen. Man kann auch nichts feststellen, was einfach nicht da ist." Damit küsste sie ihren Sohn auf die Wange und betrat, fröhlich ein leises Lied singend, das Haus.

Martin blickte seine Schwester an, die nur leicht verwundert die Schultern nach oben zog, während Frank seinen Kopf schüttelte.

„Sei froh, dass du nicht mit im Krankenhaus warst", zischte Frank in Richtung Martin. „Man hätte fast glauben können, Hildegard von Bingen

wäre persönlich erschienen. Ich glaube, die Ärzte und Schwestern haben drei Kreuze gemacht.“
Martin legte beschwichtigend seine Hand auf Franks Schulter. „Das glaube ich nur zu gern. Ich bin mal gespannt, was uns noch so erwartet.“
Asko schien nicht mehr von Hannahs Seite weichen zu wollen. Immer wieder stupste er sie mit seiner großen Schnauze an, um seine, in den letzten Tagen ausgebliebenen Streicheleinheiten einzufordern.
„Ich werde uns allen erst einmal einen Kaffee zubereiten“, unterbrach Martina das einsetzende Schweigen.
„Das ist eine gute Idee“ Martin zeigte auf den Stuhl an der Stirnseite des Tisches und forderte Hannah auf, sich zu setzen. „Ich glaube, wir müssen reden!“
Hannah befolgte die Anweisung ihres Sohnes etwas widerwillig. Wegen seiner energischen Art, die sie bei ihm so nicht kannte, umspielte jedoch auch ein leichtes Schmunzeln ihren Mund.
„Mutter, was hast du dir dabei nur gedacht? Wir haben uns riesige Sorgen gemacht.“
Hannah senkte leicht den Kopf. „Ich pass schon auf.“
„Nein, tust du eben nicht!“ Damit griff er in seine Jackettasche und legte ihren Lederbeutel auf den Tisch. „Und was ist das?“
„Ein Lederbeutel, mein Lederbeutel“, antwortete sie nicht ohne Trotz in der Stimme.
„Das meine ich nicht!“, auch Martin wurde zorniger. „Es geht nicht um den Beutel, sondern um das Pulver darin. Den Beutel habe ich bei der Gingster Kirche gefunden. Was wäre passiert, wenn zum Beispiel Kinder ihn gefunden hätten und sich davon eine Prise in den Mund gesteckt hätten? Könntest du das verantworten?“
Hannah sah ihn verständnislos an. „In dem Beutel sind nur gemörserte harmlose Kräuter. Es ist vollkommen ungefährlich. Koste doch, wenn du magst!“
In diesem Moment wollte Martin Hannah eine Reaktion entlocken. Er öffnete den Beutel an den Schnüren und griff hinein. Provokativ führte er seine Finger langsam zum Mund, immer in der Erwartung, dass Hannah ihn bremsen würde. Doch zu seiner Verwunderung blieb sie ganz ruhig.
Martina hatte sich mit der Kaffeebüchse in der Hand zu ihnen herumgedreht.
„Na weiter“, sagte Hannah. „Du wirst sehen, es passiert nichts.“
Nach diesen Worten schob sich Martin das Pulver, das er zwischen Daumen und Zeigefinger hielt, in den Mund.
Martina hatte die Blechbüchse auf den Küchenschrank gestellt und hielt sich beide Hände vor das Gesicht.
Frank schaute Martin mit weit aufgerissenen Augen an, doch nichts geschah. „Was ist?“, fragte er neugierig.

Martin schluckte das Pulver hinunter und drehte dabei seine Handflächen nach oben. „Nichts. Es schmeckt etwas bitter und ist staubtrocken. Aber ich spüre keine Veränderung bei mir und hab auch nicht den Willen, mir meine Klamotten vom Leib zu reißen oder Streifenpolizisten zu verprügeln.“
Dann sah er zu Hannah. „Warum funktioniert es nicht und was hast du damit wirklich bezweckt?“
Hannah wurde verlegen. „Ich habe es nur vermutet, dass das Pulver bei dir nichts bewirkt. Warum es bei mir anders ist, weiß ich nicht. Vielleicht hängt es einfach auch damit zusammen, dass ich durch das Tor gehen kann und du nicht. Ich habe wirklich keine Ahnung.“
Martina war an den Tisch heran getreten. „Dann sollte es doch auch bei mir wirken?“
„Das glaube ich auch“, entgegnete Hannah. „Deshalb möchte ich auch nicht, dass du es ausprobierst.“
Schnell ergriff sie den Beutel und schnürte ihn wieder fest zusammen. „Was ich danach sehe“, fuhr sie fort, „ist unbeschreiblich. Es ist ein Meer aus Farben, tanzenden grellen Farben. Dinge, die sonst ganz normal sind, wie das Grimoire, leuchten plötzlich in einem wunderbaren hellen Licht. Wenn ich es nehme, sehe ich die Energie fließen.“
„So hast du die Tore entdeckt?“, wollte Martin wissen. „Du hattest ja im Krankenhaus davon gesprochen. Wo führen sie hin?“
„Das zeigt mir das Pulver nicht. Ich kann nur diese Farben sehen. Je intensiver sie sind, desto gewaltiger ist die Energie. Am hellsten leuchten die Tore. Ich glaube jedenfalls, dass es alles Pforten in andere Zeiten sind, so, wie die alte Eiche im Wald, aber es muss nicht immer zwingend ein Baum sein. Am Kap Arkona schwebte ein solches Lichtphänomen frei über dem Wasser.“
Martin versuchte ein Lächeln. „Und kein Schild an den Toren. Hier geht's ins Jahrtausend vor Christi. Aber Spaß beiseite. Warum hast du dir dann die Bluse vom Körper gerissen?“
Hannah wurde leicht rot. „Wenn ich die Farben sehe, fühle ich mich frei, frei wie ein Vogel. Dann stört alles beengende, alles, was nicht natürlich ist. Nur so kann ich es mir erklären. Es geschieht unbewusst. Ich kann es nicht verhindern.“
Immer noch nicht ganz überzeugt von der Aussage, strich sich Martin über sein Gesicht. „Was hast du jetzt vor?“
Hannah zögerte mit der Antwort. Innerlich wog sie ab, ob es klug wäre, ihre Kinder und ihren eventuellen Schwiegersohn in weitere Pläne einzuweihen.
„Na gut, ich will es euch sagen. Ich werde durch eines dieser Tore hindurchgehen und sehen, was auf der anderen Seite ist. Walburga hat mir mal gesagt, dass es sehr viele dieser Übergänge gibt, dass sie aber bisher nur

durch Zufall gefunden wurden. Die weisen Frauen sind ja dabei, eine Art Karte anzulegen. Wenn es mir nun gelungen ist, diese Sachen zu sehen, könnte ich da einen riesigen Beitrag leisten."

Martin rollte die Augen und blickte zur Decke. „Das ist alles nicht wahr. Überlege doch mal, wie gefährlich es sein könnte. Was passiert, wenn du durch das Tor gehst und kommst gerade in die Zeit, als die Pest wütete oder du kommst in eine Epoche, in der es noch keine Menschen gab. So ein fleischfressender Dinosaurier war wesentlich größer als du und auch schneller, glaube ich wenigstens."

„Ich verstehe deine Angst." Hannah legte ihre Hand auf seinen Unterarm. „Und doch werde ich gehen. Ich weiß nicht, warum ich diese Gabe habe, aber ich habe sie nun mal. Es wäre frevelhaft, sie nicht zu nutzen. Es ist ein Drang, den ich fühle. Vielleicht habe ich so die Möglichkeit zu erfahren, warum ich, Martina, deine Tochter Susanne und wahrscheinlich auch die kleine Johanna diese Fähigkeit haben und die Macht besitzen, durch die Zeit zu gehen. Ihnen bin ich Antworten schuldig und dafür bin ich auch bereit, ein kleines Risiko einzugehen."

Martin zog seinen Unterarm unter ihrer Hand hervor. „Kleines Risiko. So nennst du das also. Bei unserem ersten Gang in die Vergangenheit mussten wir meine Tochter befreien, da gab es keine Diskussion. Als ihr das zweite Mal durch die Zeitbarriere gegangen seid, ging es nur um ein gestohlenes Buch. Und jetzt, um was geht es jetzt? Nur um eine Antwort, für die noch gar keine Frage formuliert wurde? Das glaubst du doch wohl selber nicht!"

Es entstand eine lange Pause, in der jeder schweigend seinen eigenen Gedanken nachhing. Dann setzte Martin erneut an. „Ich weiß, wie stur du bist. Ein Esel ist manchmal viel vernünftiger. Ich weiß auch, dass ich dir das Vorhaben nicht ausreden kann, egal wie fusselig ich mir den Mund rede. Also gut, in Gottes Namen, geh, aber ich werde dich begleiten. Sollte es dabei brenzlig werden, trage ich dich eigenhändig zum Tor zurück."

Martina hatte es nun endlich geschafft, Kaffee anzusetzen. Sie wandte sich auch an ihre Mutter. „Ich würde nie wagen, so mit dir zu sprechen, wie es Martin gerade getan hat. Aber ich will dir sagen, dass ich euch auf jeden Fall begleiten werde, egal, wohin ihr dann kommt. Ich werde mitgehen, denn wenn auch ich in der Lage bin, dieses Tor zu öffnen, wie du sagst, braucht ihr mich, wenn etwas schief gehen sollte."

Dabei blickte sie Frank erwartungsvoll an.

„Was ich in dieser Familie alles schon erlebt habe, reicht schon fast für zwei Leben. Jetzt, wo ich zu euch dazu gehöre, kann ich meine zukünftige Braut nicht einfach ziehen lassen. Ich komme mit. Auch wenn ich die Idee als absolut verrückt einschätze. Urlaub habe ich noch genug. Es bedarf also nur eines Anrufes in Stralsund und schon kann es losgehen."

„Das möchte ich nicht!", erklärte Hannah nach einer Weile. „Ihr wisst doch gar nicht, auf was ihr euch da einlasst."

Martin lachte laut auf. „Hört, hört. Jetzt hat die alte Dame Angst um uns, aber alleine will sie in die Fremde ziehen. Entweder wir alle oder keiner!“ Hannah schien noch zu überlegen, als Frank sich räusperte. „Was ziehen wir an? Einem Säbelzahntiger oder Steinzeitmenschen in Jeans gegenüberzutreten, kommt bestimmt nicht so gut.“

KAPITEL 25

März 1628

Die Morgendämmerung hatte noch nicht eingesetzt und durch die vielen Wolken drang das Licht des Mondes nur spärlich, als Konrad von Blankenfels, wieder als einfacher Bauer gekleidet, den Boden der Insel Rügen betrat. Nördlich der entstandenen Schanze bei der alten Fähre war er an Land gegangen. Schon nach kurzer Zeit bereute Konrad seinen Entschluss, zurück gekommen zu sein. In Stralsund hätte er ein bequemes Lager gehabt, ein Bett oder wenigstens einen Strohsack in einem Haus oder Stall. Alles wäre besser gewesen, als in völliger Dunkelheit an dem schmalen, schilfbewachsenen Strand zu stehen. Es war sinnlos, sich vor der Dämmerung durch das Gestrüpp der Wälder zu schlagen. Er musste einfach noch warten, bis es heller wurde.

Ginge er nach Süden, zur Schanze hin, würde er sich verdächtig machen. Die Wachen waren zwar nicht sehr aufmerksam, doch eine Entdeckung war nicht auszuschließen. Mit welcher Erklärung sollte er dann aufwarten? Man würde ihn einsperren, vielleicht sogar umbringen. Das galt es auf alle Fälle zu vermeiden.

Vorsichtig tastete er sich den kleinen, sandigen Abhang nach oben. Ein paar Meter hinter der ersten Baumreihe ließ er sich nieder, wickelte den Mantel fest um seinen Körper und versuchte, noch etwas zu schlafen.

Der Morgen kam und mit ihm ein leichter Nieselregen. Blankenfels streckte seine müden Glieder. Er setzte sich auf und blickte sich um. In seinem Rücken wucherte ein dichter Wald voller Unterholz. Vor sich jedoch sah er friedlich den Sund liegen, diese schmale Meerenge zwischen Stralsund und Rügen. Konrad wusste, weiter im Norden liegt die Insel Hiddensee wie ein Bollwerk, langgestreckt mit einem nicht unerheblichen Hügel am nördlichen Kopf, vor der großen, zerklüfteten Hauptinsel. Vielleicht sollte

er sein Glück dort versuchen. Von dem großen Berg im Norden würde er schon frühzeitig die weißen Segel der Schwedischen Armada sehen. In seinen Gedanken sah er sich in einem kleinen Ruderboot der Flotte Gustav Adolfs nähern.
Schnell verwarf er diese Idee wieder. Noch blieb Zeit für einen anderen Plan. Außerdem war es Wunschdenken, so schnell wie möglich hier weg zu kommen. Der König, selbst wenn er eine Anlandung planen würde, um der alten Hansestadt am gegenüberliegenden Ufer Entsatz zu bringen, würde bestimmt nicht im Hafen der Stadt ankern wollen. Konrad überlegte. Das würde nichts bringen. Nein, um der Stadt wirksam zu helfen, müsste die Insel von kaiserlichen Soldaten befreit werden. Hier auf Rügen müsste er anlanden.
Gedanklich hatte Konrad sein nächstes Ziel ins Auge gefasst. Was wäre besser, als die verbleibende Zeit auf dieser Insel zu nutzen, um eine geeignete Stelle für ein solches Landungsunternehmen zu finden?
Frisch und voller Tatendrang machte Konrad sich auf den Weg. Es gab einiges zu bedenken. Als erstes benötigte er ein Pferd. Nur so konnte er beweglich sein. Dann war der Rest beinahe ein Kinderspiel.
Es dauerte nicht lange, bis Konrad vor der Tür des alten Fischers stand, dem er seinen schwarzen Rappen überlassen hatte. Als sich die Holztür nach einem kurzen Klopfen einen Spaltbreit öffnete und Konrad den Mann erkannte, brachte er seinen Wunsch zum Ausdruck, sein Pferd wieder zurückzunehmen. Er wollte dafür bezahlen, auch wenn ihn das sein ganzes Geld kosten würde.
Doch so einfach war der alte Fischer nicht zu überzeugen. „Was will er hier? Wir haben nichts, was wir entbehren könnten."
Konrad lächelte ihn an. „Ich will nur mein Pferd zurück. Ich gebe Euch dafür dieses Säckchen Münzen." Er griff an seinen Rock und hielt den Beutel in die Höhe.
In diesem Moment wurde von innen die Tür ganz aufgerissen und das Gesicht einer zahnlosen alten Frau erschien. „Geh er, sonst rufe ich die Soldateska. Wir haben selbst nichts mehr. Die Soldaten waren schon drei Mal hier. Behaltet Euer Geld, davon kann man nicht satt werden. Nicht mal Gold könnte uns ernähren. Gebt uns Brot und ein Stückchen Fleisch. Wenn Ihr das nicht könnt, verschwindet auf der Stelle."
„Was ist mit dem Pferd?", wollte Konrad wissen.
„Was für ein Pferd?", keifte die Alte. „Wir haben kein Pferd und nun fort mit Euch und wagt es nicht, wiederzukommen. Er bringt uns sonst noch in des Teufels Küche."
Konrad wollte noch einen Einwand vorbringen, doch die schwere Tür schlug vor seiner Nase zu. Enttäuscht machte er sich zu Fuß auf den Weg.
Es dauerte lange, doch sein Glück ließ ihn auch dieses Mal nicht im Stich. Die Frühlingssonne hatte noch nicht ihren höchsten Stand erreicht, als

Konrad die Gelegenheit bekam, auf einem Fuhrwerk mitzufahren, welches Lebensmittel an den Hofstaat Herzog Adolfs von Holstein bringen sollte.
Das Ziel war Bergen. Konrad war sich im Klaren darüber, dass, wenn es noch irgendwo Pferde gab, er mit der höchsten Wahrscheinlichkeit dort eines bekam.
Der Kutscher war ein ruhiger, einfältiger Insulaner. Seine Kleidung schien ihm bei weitem zu groß geraten zu sein. Doch sein Blick strahlte Würde aus. Konrad versuchte, ein Gespräch anzufangen. „Ja, es ist schwer, was uns der Kaiser so aufbürdet."
Der Kutscher schien über die Worte lange nachzudenken. Doch dann schüttelte er entschieden den Kopf. „Das glaube ich wohl nicht. Die kaiserliche Majestät fährt zwar in der goldenen Kutsche, aber die Fürsten hocken auf dem Dienersitz und beanspruchen das Privileg, die Macht in ihren Händen zu halten. Wie der Herzog, dem ich diese Waren bringe. Doch wohin die Pferdchen laufen, bestimmt der Kutscher, denn der lenkt sie und der bestimmt auch die Geschicke der Kutsche. Und wenn alle Kutscher zusammenhalten würden, könnten sie auch die Geschicke des Landes bestimmen."
„Da sollt ihr wohl recht behalten, guter Mann", entgegnete Konrad gedankenversunken. An dieser Sichtweise war eine ganze Menge dran.
Die Frühlingssonne stand nicht mehr sehr hoch über dem Horizont, als die Kutsche in Bergen über den Marktplatz ratterte. Der Kutscher zügelte seine Pferde, bis sie mit einem lauten Wiehern zum Stehen kamen.
„Bis hierher kann ich Euch mitnehmen", sagte der Kutscher. „Alles andere wäre nicht sehr ratsam. Wenn der Herzog sieht, dass Fremde beim Proviant sitzen, ahnt er vielleicht Gift und Verrat. Und glaubt mir, auch wenn die Zeiten schlecht sein mögen, es lohnt sich nicht, sein Leben sinnlos zu opfern. Schon gar nicht, wenn der Herr einen noch nicht selbst zu sich gerufen hat."
Konrad lächelte. „Ja, das verstehe ich. Möge der Tag noch in langer Ferne liegen, bevor du von dieser Welt abberufen wirst. Gott mit dir, guter Mann."
Der alte Kutscher lächelte von Blankenfels kurz zu und schnalzte dabei mit der Zunge. Augenblicklich begannen seine beiden Pferde wieder zu laufen und das Fuhrwerk setzte sich gemächlich in Bewegung.
Konrad sah sich um. Das Leben in dieser Stadt hatte sich verändert. Nur mühsam schlichen die wenigen, von großem Leid geprägten Menschen durch Bergen. Konrad erschrak über diesen Anblick. Alles schien in dieser kurzen Zeit zum Stillstand gekommen zu sein. Ein junger Mann, dem die Wangenknochen stark aus dem Gesicht traten, der jedoch trotz der abgemagerten Gestalt den Kleidern nach zu urteilen zum Adel gehören mochte, schlurfte sichtlich ermattet an Konrad vorbei.
„So wartet einen Augenblick, mein Herr!", kam es Konrad über die Lippen.

„Wo finde ich die Edlen der Ritterschaft?“
Trotz des eingefallenen Gesichtes leuchteten ihm helle, große Augen entgegen. „Ihr sucht die einst Mächtigen der Insel?“ Er spuckte verächtlich aus. „Sie waren durch ihre Unentschlossenheit nicht in der Lage, uns vor diesen Mordbrennern zu bewahren. Aber bitte, wenn Ihr das Gesindel sehen wollt, im Saale tagt es gerade. Später, so sagt man, soll auch der Herzog dazu kommen, aber das weiß niemand so genau. Von dem ewigen Verhandeln wird man auch nicht satt. Das habe ich begriffen. Jetzt ist sich jeder selbst der Nächste.“
„Wo wollt ihr hin?“, fragte Konrad mitfühlend.
Sein Gegenüber verzog den Mund zu einer Grimasse, sodass man seine Zähne sah. „Was glaubt Ihr?“ Und nach einer Weile fuhr er fort. „Ich gehe dahin, wo man mir noch ein Stück Brot gibt. Was bleibt einem sonst anderes übrig? Hört Ihr die Trommeln? Das ist der Werber. Ich lasse mich für die Fähnlein anmustern.“ Damit drehte er sich um und schlurfte weiter.
Schockiert stand Konrad auf dem Markt und blickte dem Mann hinterher. Wann würde dieser Wahnsinn nur ein Ende nehmen?
Blankenfels musste sich aus seinen Gedanken losreißen und wieder an den ursprünglichen Plan denken. Er brauchte ein Pferd und das bekam er vielleicht bei der Ritterschaft. Er wusste aber auch, dass er äußerst vorsichtig sein musste.
Vor dem Saal hatten sich einige zerlumpte Menschen neugierig versammelt. Konrad drängelte sich hindurch, war mit schnellen Schritten die breite Treppe nach oben gegangen und gerade noch rechtzeitig durch die Tür geschlüpft, die von den Dienern soeben geschlossen werden sollte.
Er fiel zum Glück nicht auf, denn der Saal war übervoll. Nicht alle hatten Platz gefunden und standen dicht an dicht, mit ihren Rücken an den Wänden gelehnt. Konrad stellte sich einfach mit dazu und lauschte. Der Mann, der den Vorsitz hatte, ein Martin von Raven, hob die Hände, um für Ruhe zu sorgen.
„Wir sind hier, weil es die Lage erfordert. Das Ziel dieser Versammlung sollte es sein, eine Klageschrift an die Landstände zu verfassen. Die Situation auf der Insel ist unerträglich geworden. Nicht nur, dass die Soldateska sich aufführt wie in einem erobertem Land und nicht wie bei Menschen, die dem Kaiser und dem Papst stets die Treue geschworen und gehalten haben. Sie lassen uns nicht einmal das Nötigste zum Überleben. Es ist eine wahre Schande.“
Zustimmendes Murmeln klang durch den ganzen Saal.
Dann nahm Andreas von Normen das Wort. „Ich kann dem nur beipflichten. Wohin hat unsere Treue im Glauben uns gebracht? Und davon abgesehen, sind wir doch alle Christenmenschen, egal ob katholisch oder protestantisch. Doch wie sieht es denn wirklich aus auf unseren Straßen? Kadaver toter Bauern säumen die Wege. Der Totengräber ist nicht

mehr Herr der Lage. Einige der Dahingegangenen haben noch Grasbüschel im Maul, ihre letzte Mahlzeit. Von der Schande, die die Besatzung über unsere Frauen und Jungfrauen bringt, gar nicht zu reden. Die freche Soldateska plündert sogar uns."

Ein anderer, älterer Mann stand auf und bat mit Handzeichen um Ruhe. „Wir sollten überlegen, ob es wirklich nur um die Verkündung des wahren Glaubens bei dieser, das gesamte Reich erfassenden Rauferei geht. Wenn es nicht so ist, sollten wir eine Petition direkt an den großen Feldherren vor Stralsund richten und ihn bitten, die Truppen abzuziehen. Ich habe nicht sehr viel Sympathie für das Bauerngesindel, welches jetzt vor Hunger stirbt. Oft genug waren sie aufrührerisch, doch wir müssen an später denken! Wer soll im nächsten Frühjahr die Felder bestellen und dann im Herbst die Ernte einfahren? Schon laufen viele, die noch laufen können, in Scharen zu den Fahnen. Um der Zukunft Willen, wir müssen diesem Wahnsinn ein Ende bereiten!"

Ein Priester in schwarzer Kutte ergriff das Wort. „Diese Worte bringen mich zum Schaudern. Es ist doch unbestreitbar, dass unserem Kaiser jeder Reichsstand unbedingten Gehorsam schuldet und es zweifelt sicher auch niemand daran, dass über dem Kaiser der Wille Gottes steht, dem man zu aller oberst Gehorsam schulde. Es ist der Wille Gottes, eine Prüfung für uns alle. Es ist schon schlimm, wenn die Stralsunder Bürgerschaft fast offen mit den Ketzern paktiert. Ohne Frage geht es um den höheren Willen. Glaubt Brüder, ich flehe euch an. Nur durch den echten Glauben an Kaiser, Papst und Gott können wir bestehen."

Wieder erhob sich der alte Mann. „Das klingt schon vernünftig, doch kann es nicht Gottes Wille sein, dass seine Äcker nicht bestellt werden. Und noch ein Argument gilt es zu bedenken. Was geschieht, wenn der große Schwedenkönig hier eines Tages landen sollte? Die Gerüchte sind schon länger im Umlauf. Was dann? Man kann es doch an allen zehn Fingern abzählen. Er wird diese Insel nicht als Befreier betreten, sondern als Eroberer. Das, was uns jetzt die Horden der marodierenden Söldner antun, obwohl sie in Freundesland sind, wird harmlos sein zu dem, was dann über uns hereinbricht. Unter den Schweden wird kein Stein mehr auf dem anderen bleiben."

„Das grenzt an Blasphemie!", rief der Priester dazwischen. „Ein Heer, das unter Gottes Führung steht und den wahren Glauben auf seiner Seite weiß, ist faktisch unbesiegbar. Der Zweifel daran sollte von uns in gar keiner Weise auch nur in Betracht gezogen werden. Gott wird uns schützen und den Sieg über die Ketzer bringen."

„Wie in Jerusalem damals!", rief jemand dazwischen. Während ein Großteil der Anwesenden kurz auflachte, stieg dem Priester die Zornesröte ins Gesicht.

Konrad stand an die Wand gelehnt und betrachtete das Narrenspiel

wortlos. Plötzlich hatte er ein ungutes Gefühl. Er wusste selbst nicht genau, warum. Er sah sich um. Nur fünf Schritte neben ihm stand ein Mann, der ihn mit seinem Blick zu durchdringen gedachte. Er kannte diesen Mann, doch in diesem Moment fiel ihm nicht ein, woher. Dann erinnerte er sich plötzlich wieder und sein Herz begann, Purzelbäume zu schlagen. Der Gaukler und Spielmann aus dem Gasthaus in Stralsund. Der, der dieses freche Liedchen gesungen hatte. Es bestand kein Zweifel.
Konrad fuhr ein kalter Schauer über den Rücken. Wenn auch er ihn erkannt hatte und davon war Blankenfels überzeugt, musste er handeln. Wenn jetzt und hier herauskommen würde, dass er mit den Schweden im Bunde stand und für sie spionierte, war sein Leben keinen Pfifferling mehr wert.
So unauffällig wie möglich bewegte sich Konrad zur Tür. Er hatte das Gefühl, dass der andere ihm folgte, doch er bezwang den Drang, sich umzudrehen.
Auf dem Vorplatz standen immer noch Menschen, die auf Antworten warteten. Konrad bahnte sich einen Weg hindurch. Ein kurzer Seitenblick verriet ihm, dass sein Gefühl ihn nicht getrogen hatte. Der Mann war kurz hinter ihm. Konrad gefror das Blut in den Adern. Was sollte er bloß tun? Noch dazu ritt jetzt eine Dragonerabteilung auf den Platz. Er fühlte sich wie vom Blitz getroffen, als er das Rufen des Barden vernahm: „Da, ergreift ihn. Ein Spion der Schweden. Ich kenne ihn.“

KAPITEL 26

Unentschlossen stand Hannah vor dem alten Backsteingebäude der Stralsunder Klinik. In ihrer Hand hielt sie einen kleinen Blumenstrauß. Zum wiederholten Male hegte sie den Wunsch, die Blumen in die Hecke zu werfen und zu gehen. Was wollte sie auch hier?

Hannah biss sich fest auf die Lippen, bis es weh tat und bewegte sich zögerlich weiter. Kurz vor der Eingangstür drehte sie sich abrupt herum und ging unentschlossen einige Schritte in Richtung des kleinen Parks, der sich vor dem Gebäude erstreckte. Sie kam an einer Bank vorbei und setzte sich, von Zweifeln geplagt, unter eine majestätische Eiche. Den Blumenstrauß legte sie dabei achtlos neben sich.

Hannah lehnte sich zurück und blickte auf das Krankenhaus. Dort also war ihre ehemalige Freundin Sigrun Müller in psychiatrischer Behandlung.

Dann schloss sie die Augen. Die Bilder strömten wieder auf sie ein. Diese Sigrun Müller hatte sich im Leben von Hannah als Albtraum entpuppt. Alles begann mit der Entführung Hannahs Tochter vor über drei Jahrzehnten durch diese Frau. Sigrun wollte aus purem Eigennutz an das Geheimnis der Zeitpforte bei der alten Eiche gelangen. Hannahs Kind war in der Lage, das Tor zu öffnen und rannte hindurch. Sigrun blieb ungewollt zurück, ohne die Möglichkeit zu haben, der Kleinen, die sich plötzlich von ihrer Hand losgerissen hatte, nachzueilen. Hannahs Schmerz war grenzenlos und beinahe zerbrach sie daran. Die Suche nach ihrer Tochter blieb über Jahre erfolglos. Sie ahnte nicht, dass das Kind im Bergener Kloster aufwuchs – allerdings vierhundert Jahre vor ihrer Zeit.

Sigrun Müller verschwand danach lange Zeit aus ihrem Leben. Als sie wieder auftauchte, begann das Dilemma von neuem. Sie versuchte, Hannahs Enkeltochter zu entführen, die auch mit dem Segen oder dem Fluch ausgestattet war, die Pforte der Zeit zu nutzen. Hannah, ihr Sohn und ihre Tochter mussten unter Einsatz ihres Lebens Susanne suchen und

befreien. Der Rückweg gelang. Trotz aller Abenteuer. Sigrun Müller blieb jedoch in der Vergangenheit zurück. Von dort aus spann sie weiter ihre unheilvollen Fäden. Sie wollte in den Besitz des geheimnisumwitterten Buches kommen. Aus der alten Zeit heraus organisierte sie den Überfall auf Hannah. Fast schien das Zauberbuch verloren. Nur durch eine glückliche Fügung und die nicht vorhersehbare Unterstützung eines jungen Mannes, des Adligen Konrad von Blankenfels, der in den Diensten des alten Putbussers stand, konnte der Diebstahl verhindert werden. Sigrun gelangte wieder in Hannahs Zeit und verlor den Verstand.
Hannah schlug die Augen auf. Warum um alles in der Welt war sie nun hier? Sie holte tief Luft. Doch neben ihren berechtigten Zweifeln keimte auch ein Gedanke in ihr auf, der schnell wuchs, sich ausbreitete und festsetzte. Konnte es vielleicht sein, dass Sigrun Müller während ihrer Zeit beim alten Putbusser etwas über den Inhalt des Zauberbuches, des Grimoires, erfahren hatte? Wenn das so wäre, würde Sigrun dann ihr Wissen mit ihr teilen? Das Buch enthielt bestimmt noch weit mehr Geheimnisse. Zu verlieren hätte diese Frau ja nichts mehr. Hannah überlegte weiter. Sie blickte auf den Blumenstrauß und zweifelte, ob diese kleine Geste angebracht war. Sie entschied sich trotz allem für den Strauß. Vielleicht würde er das Eis etwas brechen, auch wenn man nie wieder von einer Freundschaft sprechen könnte.
Der Flur war nicht sehr lang. Die strahlend weißen Wände des fensterlosen Ganges wirkten steril, links und rechts von ihr befanden sich mehrere ebenso weiße Türen. Ein Stück weiter vorn, genau ihr gegenüber, war an der schmalen Seite eine etwas größere Glastür. An der Decke summten leise Leuchtstoffröhren, deren kaltes Licht den fürchterlichen Flur noch ungemütlicher machte.
Hannah kam sich fehl am Platz vor. Sie blieb stehen und sah sich um. Sie zuckte vor Schreck zusammen, als sich die Glastür öffnete und eine Krankenschwester mit weißem Kittel heraustrat.
Diese schob einen Wagen mit Medikamentenschachteln und kleinen Flaschen vor sich her. Schon von weitem schien sie Hannah zu mustern, die mit dem kleinen Blumenstrauß in der Hand hilflos wirkte.
„Darf ich wissen, wohin Sie möchten?“, fragte die Krankenschwester in einem unhöflichen Ton und blieb kurz vor Hannah stehen.
„Ich suche Frau Sigrun Müller. Sie soll hier untergebracht sein. Der Pförtner war so nett und hat mich eingelassen, nachdem er mit dem Arzt telefoniert hatte.“
„Aha, mit dem Arzt also!“, sagte die Krankenschwester. „Stehen Sie mit der Patientin in einem familiären Verhältnis?“
„Warum fragen Sie?“, bemerkte Hannah verwundert.
Die Krankenschwester musterte sie noch eindringlicher. Es entstand eine Pause, bevor sie fortfuhr: „Sie müssen wissen, Sigrun zählt, wie soll man

sagen, zu den etwas schwierigeren Patienten. Wenn sie einen guten Tag hat, mag es gehen, doch sonst ist sie recht unzugänglich. Falls Sie ein Familienmitglied sind und ein gutes Verhältnis zu ihr hatten, könnten wir mal etwas probieren. Ich müsste dazu nur den Chefarzt informieren."
Hannah schüttelte den Kopf. „Nein, wir stehen in keinem familiären Verhältnis. Wir waren einmal Freundinnen, aber das ist lange her. Ich will auch nur kurz nach ihr sehen. Wenn es nicht geht, würde ich Sie bitten, ihr wenigstens den Blumenstrauß zu geben."
Die Schwester in ihrer weißen Tracht überlegte kurz. „Selbstverständlich können Sie Frau Müller besuchen. Sie dürfen nur nicht zu viel von ihr erwarten. Bleiben Sie bitte einen Augenblick hier stehen. Ich bringe nur den Wagen ins Schwesternzimmer und dann gehen wir gemeinsam zu ihrer Freundin. Vielleicht freut sie sich ja auch, Sie zu sehen."
Hannah fühlte sich unwohl in ihrer Haut. Plötzlich schoss ihr wieder durch den Kopf, was Sigrun ihr alles angetan hatte und Hannah war sich nicht mehr sicher. Sie zögerte. Als sie sich gerade umdrehen und gehen wollte, tauchte die Krankenschwester wieder auf und hakte sich bei ihr unter. Mit der anderen Hand zeigte sie auf die große Glastür an der Stirnseite des Flures. „Dort ist unser Beschäftigungs- und Gemeinschaftsraum."
Etwas zögerlich folgte Hannah der Aufforderung. Sie traten gemeinsam durch die Tür in einen hellen, großen Raum. Etwa zwanzig Patienten saßen hier an mehreren Tischen. Einige hatten vor sich Brettspiele stehen, andere malten oder unterhielten sich einfach.
Hannah blieb neben dem Eingang stehen und sah sich um. An einem Tisch ganz am Ende des Raumes sah sie Sigrun sitzen. Sie war allein und starrte aus dem Fenster. Hannah empfand sie stark verändert. Ihr Haar war unordentlich gekämmt. Sie wirkte abwesend und teilnahmslos und war mit einem einfachen, rosa verblichenen Bademantel bekleidet. Noch einen Moment blieb Hannah stehen und musterte sie.
Als Hannah plötzlich mit einer sanften Männerstimme angesprochen wurde, fuhr sie herum und blickte in das Gesicht des Arztes, welcher auch sie behandelt hatte, als sie ihren Selbstversuch mit dem Pulver unternommen hatte.
„Oh, welch interessanter Besuch!", scherzte er. „Schwester Bärbel, Sie müssen bei unserem Gast hier sehr vorsichtig sein. Sie hat vor noch gar nicht so langer Zeit zwei Polizisten krankenhausreif geprügelt." Dabei lächelte er jedoch freundlich.
Hannah wurde puterrot im Gesicht. „Ah, Herr Doktor, Sie hier … das hätte ich nicht erwartet", stammelte sie.
Der Arzt gab ihr die Hand. „Interessant", sagte er. „Wo hätten Sie denn einen Nervenarzt vermutet? Wie geht es Ihnen? Alles wieder in Ordnung?"
Seine Stimme war überaus ruhig und ganz weich. So angenehm hatte sie Hannah gar nicht mehr in Erinnerung.

„Ich glaube, ich bin Ihnen noch eine Erklärung schuldig. Mein Benehmen war vielleicht nicht ganz das …" Hannah suchte händeringend nach Worten.
Der junge Arzt winkte nur ab. „Schon vergessen, ich habe oft recht schwierige Patienten, doch das wollte ich ja selber, sonst wäre ich wohl Orthopäde geworden – ohne meine Kollegen diffamieren zu wollen."
Er stemmte seine Hände in die Hüften. „Da die wunderhübschen Blumen sicher nicht für mich sind, darf ich Sie fragen, wen Sie damit erfreuen wollen?"
Nickend zeigte Hannah auf die Frau am Fenster. „Hätte ich gewusst, dass Sie hier arbeiten, wäre ich mit zwei Sträußen gekommen. So ist es leider nur einer geworden. Ich will zu Sigrun Müller."
„Darf ich weiter fragen, in welchem Verhältnis Sie zu meiner Patientin stehen? Verwandtschaft? Sie bekommt sonst nie Besuch."
Hannah schüttelte den Kopf. „Nein, wir waren vor langer Zeit einmal befreundet, aber das ist Geschichte. Ich wollte einfach mal nach ihr sehen."
Der junge Arzt ging mit Hannah auf den Tisch zu, an dem Sigrun saß. Das wurde von einigen Patienten argwöhnisch beobachtet. Als Hannah vor ihr stand, streckte sie Sigrun den Blumenstrauß entgegen. „Hallo Sigrun", sagte sie leise.
Sigrun drehte langsam ihr ausdrucksloses Gesicht zu ihr herum. Doch ihre Mimik änderte sich blitzartig, als sie Hannah erkannte. Die Hautfarbe wurde aschfahl und ihre Augen riesengroß. Sie holte mehrmals tief Luft, als ob sie sich aufpumpen wollte. Ihr Gesicht schwoll an. Keifend und spuckend schrie sie auf: „Die Hexe!" Sie zeigte auf Hannah. „Da ist die Hexe, sie hat das Zauberbuch!"
Hannah trat entsetzt einen Schritt zurück, doch Sigrun reagierte blitzschnell und schlug Hannah den Blumenstrauß aus der Hand.
Mit zittriger, weinerlicher Stimme fuhr Sigrun fort: „Sie ist die Hexe und wird Tod und Leid über uns bringen! Bringt euch in Sicherheit!"
Der Doktor und die Krankenschwester waren zu Sigrun getreten und hielten ihre Arme fest.
„Es gehört mir, das Grimoire gehört mir. Nehmt sie fest, sie ist die Hexe. Sie hat euch alle verhext. Mögest du in den Flammen schmoren. Wenn ich hier rauskomme, verbrenne ich dich eigenhändig, du Hexe!"
Der Arzt und die Schwester schoben die sich wild wehrende Sigrun langsam in Richtung Glastür. Sie hatten diese noch nicht ganz erreicht, als zwei kräftige Pfleger hereinstürmten, Sigrun etwas unsanft packten und hinausführten.
„Sie kann durch die Zeit gehen! Sie ist eine Zeitenwanderin und sie hat mein Buch gestohlen!", hörte Hannah noch ihre ehemalige Freundin schreien.
Der Arzt strich sich durch seine Haare, als er auf die kreidebleiche Hannah

zutrat. Dann bückte er sich und hob den Blumenstrauß vom Fußboden auf. Hannah sah ihm in sein junges Gesicht. „Behalten Sie den Strauß. Es wäre schade, wenn er verdirbt."
Der Arzt zuckte nur leicht mit den Schultern. „Ich hatte gedacht, sie wäre stabil. Dieser Ausbruch ist mir unverständlich. Es tut mir leid."
Hannah versuchte ein Lächeln. „Ist schon gut, es war ein Versuch." Damit drehte sie sich um und ging. Als sie im Flur an der letzten Tür vorbei kam, bemerkte sie, dass diese einen Spalt offen stand. Sie sah, wie die Pfleger große Mühe hatten, die strampelnde und um sich schlagende Sigrun am Bett zu fixieren.

KAPITEL 27

März 1628

Blankenfels drehte sich um und sah, wie der Spielmann mit ausgestrecktem Arm auf ihn zeigte.
Die Menschen um ihn herum traten einen Schritt von ihm weg, musterten ihn jedoch mit ausgesprochener Neugier.
Jetzt bahnten sich auch die Pferde der Dragoner einen Weg durch den Menschenauflauf. Auf ein Zeichen ihres Hauptmannes sprangen zwei der Soldaten von ihren Pferden und zückten die Schwerter. Mit der einen Hand die Waffe umfassend, mit der anderen die Pferde hinter sich herziehend, kamen die beiden auf Konrad zu.
Ihm war klar, wollte er seine Haut retten, dann musste er handeln und zwar genau in diesem Moment. Im Bruchteil einer Sekunde wog er gedanklich ab, was er tun konnte. Er wusste, dass ihm bei seiner Gefangennahme der sichere Tod drohte. Die Aussicht auf Rettung war minimal, aber es war keine Frage, er musste es einfach versuchen.
Mit zwei schnellen Schritten sprang er auf die verdutzten Soldaten zu. Dabei traf seine Faust den einen von ihnen genau auf der Brust. Der Schlag war so heftig geführt, dass der Soldat nach hinten taumelte und das Gleichgewicht verlor. Den zweiten Söldner setzte er durch einen Tritt zwischen dessen Beine außer Gefecht. Laut brüllend sackte dieser in sich zusammen, während die stählerne Waffe klirrend auf den Boden fiel.
Mit einem kurzen Schwung saß Konrad auf dem Pferd des Dragoners auf und stemmte dem erschrockenen Tier seine Hacken in die Flanken. Es stieg kurz mit den Vorderläufen nach oben, dann preschte es davon.
Plötzlich spürte Konrad einen zuckenden Schmerz, der über seinen ganzen Rücken lief. Er war nicht übermäßig stark, doch hatte er das Gefühl, dass sein Hemd feucht wurde. Wahrscheinlich blutete die Wunde. Darum jedoch

musste er sich später kümmern. Er hörte Kommandos aus der Richtung der anderen Soldaten. Ein kurzer Blick über die Schulter ließ ihn erschaudern. Hinter sich sah er die Dragoner, die sich jedoch nicht von der Stelle bewegten. In einiger Entfernung hatten Musketiere ihre schweren Waffen auf die stählernen Gabeln gelegt. Es waren mindestens sechs Gewehrläufe, die auf ihn gerichtet waren. Und dann hörte er den Donner dieser Musketen.
Fast zeitgleich klang ein Zischen an seinem Ohr, dann spürte er erneut einen stechenden Schmerz in seinem Rücken. Auch sein Pferd schien aufzuschreien, rannte dadurch noch schneller. Konrad wurde schwarz vor Augen. Er musste alle seine Kräfte aufbringen, um sich im Sattel zu halten.
Nach einer ganzen Weile wurde ihm klar, dass er den Schergen entkommen war, doch um welchen Preis?

KAPITEL 28

Es war Abend geworden. Das matte Licht der Straßenbeleuchtung erhellte den kleinen Marktplatz des Dorfes Gingst nur spärlich. Weit und breit war kein Mensch zu sehen, selbst die angrenzenden Gaststätten hatten schon geschlossen. Es herrschte völlige Ruhe, als läge das friedliche Örtchen im Dornröschenschlaf.

Martin lenkte sein Auto über das holprige Kopfsteinpflaster bis fast direkt an die Mauer heran, die den Kirchgarten vom Marktplatz abtrennte. Frank saß auf dem Beifahrersitz, während Hannah und Martina auf der Rückbank Platz genommen hatten.

„Da wären wir", sagte Martin leise.

Hannah umgriff beide Vordersitze und zog sich in den schmalen Zwischenraum. „Gehen wir es also noch einmal durch!" Ihre Stimme klang fest und entschlossen. „Ich werde als Erste durch das Tor gehen. Nur ganz kurz. Besser gesagt, ich werde mich nur ein wenig heraus lehnen und einen Blick riskieren. Dann komme ich zurück. Wenn keine Gefahr erkennbar ist, werden wir alle gehen. Wichtig ist es, herauszubekommen, in welchem Jahr wir landen. Wenn wir das wissen, geht es sofort zurück."

„Jawohl Mam, rein, umsehen und wieder raus, verstanden." Frank hatte seine rechte Hand zum militärischen Gruß an den Kopf gehalten.

Hannah grinste leicht. „Dann wollen wir mal."

Die Mauer, die den Kirchhof umschloss, war von zwei viereckigen Backsteinsäulen begrenzt. Hier musste sich früher einmal ein Tor befunden haben. Jetzt war der Zugang schon lange frei.

Hannah führte die kleine Gruppe an die linke Seite des Kirchenschiffes. Dann wies sie mit der Hand auf ein Stück der aus groben Steinen errichteten Außenmauer des Gebäudes. „Hier muss es sein. Hier habe ich die Farben gesehen, wie sie aus der Mauer austraten."

Ungläubig trat Martin an den grauen, kalten Stein heran und fuhr mit der

Hand darüber. Er spürte keine Besonderheit. Auch Frank war näher gekommen und betastete die alte Kirchenmauer.
„Bist du sicher?“, fragte Martin.
„Natürlich bin ich mir sicher“, fuhr Hannah herum. „Von hier drang das Licht durch eine Öffnung, grell und warm. Es gibt keinen Zweifel.“
Martin sah Frank an und zuckte mit den Schultern. „Wenn sie es sagt, wird es so sein, auch wenn ich so meine Bedenken habe.“
Frank blickte auf die Mauer und fuhr dann mit der Hand über sein Gesicht. „Hauptsache sie holt sich keine Beule, wenn sie versucht, da durchzugehen.“
„Mich würde nicht wundern, wenn diese uralten Steine unter ihrem sturen Kopf zur Seite weichen würden.“ Das hatte Martin nur geflüstert, doch er empfing augenblicklich einen strafenden Blick von Hannah.
„Es kann beginnen!“ Hannah hatte sich einen braunen, dunklen, schon stark verschlissenen Umhang um die Schultern geworfen, der ihr bis zu den Füßen reichte. Ein graues, grobes Kopftuch bedeckte ihre Haare. „So wird es hoffentlich funktionieren“, sagte sie und blickte von einem zum anderen in die ernsten Gesichter.
Martin umarmte seine Mutter. „Also gut, geh, aber wie abgemacht. Du riskierst nur einen Blick und kommst gleich zurück. Dann erst werden wir entscheiden, was wir tun.“
Hannah nickte und verzog dabei etwas den Mund. „Keine Angst, ich halte mich daran. Mal sehen, ob die Steine meinem Kopf weichen werden.“
Sie küsste Martina noch einmal auf die Wange und wollte in die alte Kirchenmauer eintauchen, doch es war so, wie Martin prophezeit hatte. Die Mauer gab nicht nach.
Hannah befühlte jeden Stein. Sie spürte nur kalten Widerstand. Martin trat an sie heran. „Also hast du dich doch geirrt“, sagte er mitfühlend.
Hannah drehte sich mit einem Grinsen zu Martin um. „Damit habe ich gerechnet. Vielleicht besteht noch die Chance für den Zugang von der anderen Seite.“ Sie griff in ihre Innentasche des Umhangs und holte einen schlüsselähnlichen Gegenstand hervor.
Martin nahm den Dietrich und sah ihn im fahlen Licht des Mondes an. „Wo hast du denn den her?“
Hannah klopfte Martin auf die Schulter. „Ich war gestern beim Küster und hatte mir den Originalschlüssel kurz ausgeborgt. Ich täuschte ein Interesse für alte Schlüssel vor. Außerdem kenne ich den Küster. So konnte er mir die Bitte nicht abschlagen. Versuchen wir es also.“ Mit diesen Worten drehte sie sich in Richtung des Kirchenportals.
Martin hielt sie am Ärmel fest. Sein Blick fiel Hilfe suchend auf Frank. „Mutter, du hast doch nicht etwa vor, um diese Zeit in die Kirche einzubrechen? Das geht nun wirklich zu weit!“
Frank schüttelte nur den Kopf. „Du weißt, dass ich Polizist bin?“

Hannah lockerte mit der anderen Hand Martins Griff. „Dann wartet ihr drei hier. Ich gehe allein."
„Kommt gar nicht in die Tüte!", sagte Martin.
Doch Hannah war schon auf dem Weg zum Kirchenportal.
„Manchmal ist sie einfach stur wie ein Esel!", flüsterte Martin leise und ging ihr nach.
Martina griff Franks Hand. „Ich würde verstehen, wenn du nicht mitkommen kannst."
Frank überlegte kurz. „Klar komme ich mit, auch wenn das im schlimmsten Fall meinen Job kosten würde. Ihr seid schon eine eigenartige Familie, aber langweilig ist es bei euch nicht."
Sie folgten Hannah und Martin.
Die schwere Eichentür der Kirche ließ sich problemlos mit dem Dietrich öffnen. Sie quietschte etwas, als sie aufschwang, sodass Hannah sie nur einen Spalt breit zur Seite schob. Nacheinander schlüpften alle vier hindurch.
Vorsichtig schloss Frank die Tür hinter sich. Innen war es stockdunkel. Hannah schaltete ihre kleine Taschenlampe ein. „Leise!", sagte sie. „Folgt mir!"
Alle vier schlichen durch den Mittelgang in Richtung Altar. Auf der linken Seite befand sich ein Durchgang im Gestühl. Hannahs Lichtkegel der Taschenlampe tanzte über die Kanzel, bevor er an der linken Seite im Mauerwerk des Kirchenschiffs zu stehen kam.
„Dort muss es sein!", flüsterte Hannah.
Martin, Martina und Frank folgten ihr.
Hannah streckte ihre Hand aus und schien durch den Stein hindurchgreifen zu können. Sie lächelte den dreien zu, gab Frank die Taschenlampe und verschwand in der Mauer.
Frank tastete nach der Stelle, doch er spürte nur den kalten Stein. „Hätte ich das jetzt nicht mit eigenen Augen gesehen, ich hätte es mein Lebtag nicht geglaubt. Das mit dem gespaltenen Baum war schon eigenartig, aber das hier ist bei weitem unvorstellbar."
Die Minuten zogen sich hin. Es schien endlos zu dauern. Doch dann, wie aus dem Nichts, erschienen zwei Arme im Stein, dann Hannahs ganze Gestalt.
„Was hast du gesehen?", stürmte Martina auf sie ein.
Martin, der sich vor die alte Mauer gesetzt hatte, erhob sich und blickte seine Mutter fragend an.
„Es ist schwer zu sagen", begann sie. „Die Kirche steht schon, sieht nur etwas anders aus. Ich fand den Turm etwas höher, aber da kann ich mich bei dem schwachen Mondlicht auch geirrt haben. Ansonsten war alles ruhig. Keine Menschenseele war zu sehen. Das Dorf, soweit ich von hier erkennen konnte, besteht aus kleinen, strohgedeckten Häusern. Aber ich

war auch nicht weit draußen. Von der Zeit her kann es alles gewesen sein, also alles vor 1726, denn da war der große Brand, der das Dorf beinahe verschluckt hatte."
Martin strich sich wieder über das Gesicht. „Weißt du, wann die Kirche erbaut wurde?"
Hannah überlegte. „Wenn ich mich recht erinnere, muss es gegen 1300 gewesen sein."
„Also reden wir über eine Zeitspanne von 1300 bis 1726", überlegte Frank laut.
Hannah schüttelte den Kopf. „Nein, wir können die Zeit, glaube ich, noch weiter eingrenzen."
„Wie kommst du darauf?", fragte Martin verwundert.
„Wie gesagt, ich bin mir nicht hundertprozentig sicher, aber ich glaube, gelesen zu haben, dass am Anfang hier nur eine kleine Kapelle gestanden hatte. Erst ungefähr Mitte des fünfzehnten Jahrhunderts wurde der Turm gebaut."
„Das hört sich doch schon besser an, auch wenn der Zeitraum immer noch sehr groß ist", Frank schaute zu Martina und lächelte, als er mit den Schultern zuckte und fortfuhr: „Leider haben wir das in der Schule nicht gehabt. Was war in dieser Zeit auf der Insel los? Weiß das jemand?"
Er blickte in die Runde. Martin schüttelte den Kopf. Martina stand nur reglos da.
„Es kann eine Menge sein", erwiderte Hannah. „Die Zeiten waren mehr als rau. Die Pest wütete auch auf der Insel. Wahrscheinlich durch Soldaten Wallensteins eingeschleppt. Diese Krankheit hatte bestimmt auch vor Gingst nicht halt gemacht."
„Wallenstein, das war doch der dreißigjährige Krieg?", sprudelte es aus Frank heraus.
Hannah nickte. „Wir sollten äußerst vorsichtig sein. Also zieht euch um, wenn ihr unbedingt mit wollt und egal, was auf der anderen Seite auf uns zu kommt, ihr überlasst das Reden mir! Wir bleiben auch in der Nähe der Kirche, sodass wir den Fluchtweg immer im Rücken haben."
Sie nahm den kleinen Sack aus Tuch, den sie vorsorglich gepackt hatte und warf ihn über die Schulter.
Als Martina, Frank und Martin halbwegs in die fast zeitlose Tracht der Bauern geschlüpft waren, musterte Hannah die kleine Gruppe. „Sieht doch echt aus. Martina, versteck noch etwas dein Haar. Denkt bitte daran, was ich gesagt habe. Ich halte jetzt das Tor offen und ihr schlüpft nacheinander durch." Alle nickten.
Hannah ging wieder zu der Mauer und stellte sich direkt in sie hinein. Es sah komisch aus, wie Martin empfand. Nur Hannahs linker Arm und ihr linkes Bein schienen aus den grauen, groben Felssteinen herauszuwachsen.
Martin sah sich noch einmal um. „Dann los, hinein ins Abenteuer!"

Frank, noch immer ungläubig schauend, gab Martin mit der Hand ein Zeichen. „Bitte nach dir."
Somit drehte sich Martin um und verschwand komplett im Stein. Auch Martina ging forschen Schrittes hindurch. Immer noch recht skeptisch folgte Frank.
Als Hannah durch die Pforte schlüpfte, fand sie die anderen auf der Erde hockend vor. Sie sahen sich nach allen Seiten um. Sie nickte nur leicht, nahm aus ihrem Umhang ein Stück Kreide heraus und malte einen großen Halbkreis auf den Stein. „Sicher ist sicher", murmelte sie vor sich hin. Dann winkte sie Martina heran. „Komm, mein Kind, versuch bitte, nochmal durchzugehen. Wir müssen sicher sein, dass du es auch kannst. Nur für den Notfall."
Martina gehorchte. Nach einigen Sekunden war sie wieder bei der Gruppe. „Es hat funktioniert. Wås tun wir jetzt?"
Es war ungewöhnlich dunkel um das Kirchengebäude herum. Nur der Mond als kleine, unbedeutende Fackel, erleuchtete schemenhaft den Ort.
„Hinter dem Chor der Kirche ist wahrscheinlich ein Friedhof. Da gehen wir hin. Dort wird uns kein Mensch entdecken. Dann sehen wir weiter."
Geduckt gingen sie einzeln zu der Stelle, die Hannah ihnen gewiesen hatte. Der Friedhofsteil des Kirchgartens lag in vollkommener Dunkelheit. An einem großen Stein machten sie Halt. Hannah fuhr mit ihrer Hand über die Oberfläche.
„Ist das ein Grabstein?", fragte Martin, der die Handbewegung Hannahs sah.
„Wer hat die Taschenlampe?", fragte sie flüsternd.
Frank reichte sie ihr. Hannah nahm die kurze metallische Lampe zwischen ihre Hände, schirmte so das Glas ab und schaltete sie ein. Es war nicht viel zu sehen, doch für Hannah reichte es.
„Gut", sagte sie im Flüsterton. „Wir können die Zeit noch weiter einschränken."
„Ist es nun eine Grabplatte?", wollte Frank wissen.
„Nicht direkt", antwortete sie. „Es ist ein Sühnestein für den Pfarrer Laurentius Krintze. Über ihn habe ich in einem Buch gelesen. Er war der erste evangelische Pfarrer in Gingst und wurde 1554 auf dem Friedhof hier erschlagen."
„Wie praktisch, einen besseren Ort gibt es dafür nicht", meinte Martin leise.
Hannah fuhr fort: „Mit dem Sühnestein hat man das verübte Verbrechen wieder gut machen wollen. Wir bewegen uns also in der Zeitspanne von 1554 bis 1726. Das grenzt die Sache schon gewaltig ein."
„Es sind aber immer noch einhundertzweiundsiebzig Jahre", gab Martin zu bedenken. „Was machen wir jetzt?"
„Wir bleiben über Nacht hier. Wenn der Morgen graut, werden wir uns richtig umsehen!" Hannahs Worte klangen bestimmend.

„Wir bleiben hier auf dem Friedhof?“, wollte Frank wissen. „Das halte ich nicht unbedingt für die beste Idee.“
Hannah schüttelte den Kopf. Man hörte die Enden ihres Kopftuches hin und her wedeln. „Nein, nicht hier. Wir gehen ein Stück nach Süden. Vor der Kirche muss der Weg nach Plüggentin entlang gehen. Wenn wir den finden, kommen wir bestimmt schnell und ungesehen aus dem Dorf heraus. Vor dem großen Krieg waren die Flächen hinter dem Dorf bewaldet. Dort warten wir das Morgengrauen ab und kommen dann als Reisende wieder hierher.“
„Das klingt nach einem Plan“, doch schwang in Martins Stimme Skepsis mit. „Wir würden uns aber damit von der Pforte entfernen und das war so nicht gedacht.“
„Aber nicht weit. Wir wissen ja, wo sie ist und wir bleiben zusammen.“ Hannah hatte das Entdeckerfieber gepackt.
Langsam, jedes Geräusch vermeidend, tasteten sie sich in völliger Dunkelheit zur Straße vor.
„Wir müssen nach links!“, flüsterte Hannah, als sie den staubigen Weg erreicht hatten.

KAPITEL 29

März 1628

Die dicken Baumwollsachen halfen recht gut gegen die kühle Morgenluft. Als Frank die Augen aufschlug und sich umsah, gewahrte er Hannah, die am Waldrand stand und zum Gingster Kirchturm schaute. „Oh, du bist schon wach?“

Neben ihm streckte sich gerade Martina. „Ist das kalt hier.“

Auch Martin war erwacht und sah zu Frank hinüber. „Gott sei Dank ist das meiner Mutter nicht mitten im Winter eingefallen. Das hätte genauso leicht passieren können.“

Hannah war an die kleine Gruppe herangetreten. „Wir werden es anders machen als geplant. In Gingst sind mir zurzeit zu viele Leute unterwegs. Es könnte leicht sein, dass man uns enttarnt. Solange wir noch nicht wissen, welches Jahr wir schreiben, besteht ganz offensichtlich die Möglichkeit, im Feuer zu landen. Wir suchen uns einen kleineren Ort aus. Seht ihr da vorn?“, Hannah zeigte von Gingst weg Richtung Südwesten, „Seht ihr das Gutshaus dort? Das muss Haidhof sein. Dort werden wir hingehen und um eine Mahlzeit nachsuchen. Vielleicht kommen wir so mit den Leuten ins Gespräch. Dann geht es nach Hause. Langsam glaube ich, dass ich für solche Nächte auf dem Waldboden einfach zu alt geworden bin. Mir tut alles weh.“

Dann kramte sie in ihrem Stoffsack und holte einen kleinen Spirituskocher hervor. Es dauerte nicht lange und sie saßen gemeinsam um die anheimelnden kleinen Flammen herum, tranken Tee und aßen die mitgebrachten, mit Wurst belegten Stullen.

Das dicht stehende Unterholz des kleinen Wäldchens bot ihnen einen ausreichenden Schutz.

Es musste so ungefähr gegen neun sein, als sich die Gruppe unter Hannahs

Führung auf den Weg machte. Die ganze Zeit hatten sie die Straße beobachtet und nichts Auffälliges bemerkt.
Gerade jedoch, als sie den Wald verlassen wollten, drangen bedrohliche Geräusche aus südlicher Richtung von der Straße her zu ihnen.
„Zurück, da kommt wer!“, flüsterte Frank und ging geduckt rückwärts wieder in den Wald hinein. Die anderen folgten schnell und so leise wie möglich. Die Geräusche wurden lauter. Es mussten mehrere Männer sein. Ihre tiefen Stimmen vermischten sich mit dem gefährlichen Klang, den man hören kann, wenn Metall an Metall schlägt. Immer tiefer zogen sie sich in den Wald zurück.
Frank hielt sich den Finger vor den Mund und blickte dabei die anderen an. Ein kurzes Nicken bestätigte ihm, dass sie verstanden hatten. Leise, fast auf dem trockenen Waldboden kriechend, schlich er vorwärts, jedes noch so kleine Geräusch vermeidend.
Die Zurückgebliebenen duckten sich tiefer in die Büsche. Unendlich langsam verging die Zeit, bis Frank wieder auftauchte. Diesmal kam er aufrecht zu ihnen herüber. „Sie sind weg in Richtung Gingst.“
„Wer war das, konntest du etwas erkennen?“, wollte Martin wissen.
Frank zuckte mit den Schultern. „Keine Ahnung. Sie sahen irgendwie recht eigenartig aus. Beinahe komisch. Es waren sechs Männer. Beim Fasching hätten sie bestimmt einen der ersten Preise erzielt, aber im Ernst, so etwas habe ich noch nie gesehen. Es waren wilde Kerle, unrasiert und bärtig. Alle trugen eine Art Jacke, die bis zur Hüfte ging. Sie wurde auf dem Bauch mit einer großen Schleife gehalten. Den Hals bedeckte ein überdimensionaler Kragen. Der stand noch weiter vor als ihre langen Bärte. Um die Brust trugen sie verschieden bunte Schärpen. Alberne Hosen hatten sie an. Die gingen nur bis zu den Knien und waren komplett aufgepludert. Bei zweien sah es so aus, als ob die Hose nur aus Streifen bestand. Auffallend waren die großkrempigen Hüte. Die trugen alle als Kopfbedeckung. Auf einem Hut steckten sogar bunte Federn. Und sie waren bis an die Zähne bewaffnet. Alle trugen Schwerter, die an der Seite hingen. Zwei von ihnen hatten riesige Gewehre und trugen eine Art Gabel mit sich, die vom Boden bis zu ihrer Brust reichte. Drei von ihnen hatten eine Art Lanze oder einen großen Speer. Bei einem war es kein richtiger Speer. Das Ding war vorn breit wie eine Axt.“
„Sicher eine Hellebarde“, meinte Martin gedankenversunken.
„Spießgesellen sind das bestimmt. Was wollen die denn hier?“, fragte Martina in die Runde.
„Was sind Spießgesellen?“, wollte Frank wissen. „Ich hatte gedacht, das ist nur so ein Begriff.“
„Nein“, antwortete Hannah. „Die Bezeichnung kommt von ihren Waffen her, also von den Spießen. Es müssen demnach Soldaten gewesen sein.“
Frank schüttelte den Kopf. „Das glaube ich nicht. Sie hatten keine

Uniformen an. Jeder von ihnen war anders gekleidet."
Wieder war es Hannah, die erklärend eingriff. „In den Büchern steht, dass es vor dem dreißigjährigen Krieg und auch darin nur wenige Heerführer gab, die ihre Söldner mit Kleidung ausgerüstet haben. Selbst die Waffen mussten sie sich oft kaufen oder gegen eine Gebühr leihen. Diese Leute kämpften einfach nur für ihren Sold und die Plünderungen, die in eroberten Gebieten erlaubt waren."
„So wie es aussah, waren sie auf dem Weg nach Gingst. Das macht unser Heimkommen etwas schwieriger!", betonte Martin nach einer kurzen Überlegung.
„Das glaube ich nicht" Alle sahen Hannah an, gespannt auf ihre Erklärung. „Wenn sie auf Beute aus sind und nur zu sechst, dann werden sie die Nacht nicht unbedingt im Dorf verbringen wollen."
„Hannah hat recht", sagte Martin. „Sie werden mehr Angst als Vaterlandsliebe haben und recht schnell verschwinden wollen. Ich jedenfalls wäre stinksauer, wenn so ein wilder Haufen kommt und mich um mein Bargeld erleichtern will. Aber das sind wirklich nur unsere Vermutungen." Dann sah er direkt zu Hannah. „Kannst du nach Franks Beobachtungen jetzt genauer sagen, in welcher Zeit wir uns befinden? Es sieht ja so aus, als ob die Insel erobert worden ist. Was sagen deine Bücher dazu?"
Alle sahen Hannah fragend an. „Ich überlege schon die ganze Zeit hin und her. Vielleicht im Nordischen Krieg, aber das kann nicht sein. Karl der XII., aber das kann auch nicht sein, da war schon Uniformität vorhanden. Wie schwedisch klang das vorhin auch nicht. Mehr wie ein Kauderwelsch aus Niederdeutsch, Fränkisch und Bayrisch. Wenn ich es so recht überlege, müssen wir uns mitten im dreißigjährigen Krieg befinden. Was du gesehen hast, müssen kaiserliche Truppen gewesen sein."
Martin erhob sich. „Das ist doch endlich mal eine gute Nachricht."
Hannah sah ihn entsetzt an. „Wie kommst du darauf?"
„Ist ganz einfach. Wir haben ein konkretes Zeitfenster. Der Krieg dauerte ja von 1618 bis 1648. Das habe ich in der Schule gelernt. Das Beste daran ist, dass unsere Insel ja immer schon kaisertreu und dem Papst verschworen war. Es sind also keine Eroberer, sondern Soldaten, die die Bevölkerung schützen sollen."
Hannah legte den Arm auf Martins Schulter. „So einfach war das damals nicht. Wir müssen sehr vorsichtig sein. Ich bezweifle stark, dass diese Leute uns wohlgesonnen sind. Wir dürfen auch nicht vergessen, dass der Aberglaube in dieser Zeit zur Hochform auflief. Hexenprozesse waren an der Tagesordnung. Lasst uns herausbekommen, ob unsere Vermutung mit dem Dreißigjährigen Krieg stimmt. Wir werden einen kleinen Umweg durch den Wald machen und dann nach Haidhof gehen. Wenn wir zurückkommen, werden die Soldaten hoffentlich verschwunden sein."

Vorsichtig gingen sie langsam durch den Wald. Wenn möglich nutzten sie die schmalen Tierpfade und achteten darauf, nicht auf verräterische, dürre Äste zu treten. Nach fast einer Stunde begann sich der Wald zu verändern. Das Unterholz verschwand und an seiner Stelle trat sumpfiges, mit hohem Gras bewachsenes und von Birken gesäumtes Gebiet.
„Wir sollten uns mehr zur Straße zuwenden", sagte Hannah in einem leicht erschöpften Tonfall. Widerspruchslos änderte die kleine Gruppe ihre Richtung. Das Unterholz nahm wieder zu und der sumpfige Untergrund verschwand allmählich. Schon nach kurzer Zeit hatten sie die unbefestigte Straße vor sich.
Vorsichtig schob Hannah die Zweige eines Busches zur Seite und spähte hinaus. Die Straße lag verlassen vor ihnen. Sie orientierte sich. Dann ließ sie die Zweige wieder in ihre ursprüngliche Position zurückgleiten und drehte sich zu den anderen um. „Wir sind schon etwas zu weit. Der Abzweig nach Haidhof liegt jetzt rechts von uns. Aber nur ein kleines Stück. Die Straße ist leer, kein Mensch zu sehen. Wir sollten sie nutzen. Auf alle Fälle kommen wir da schneller voran, als hier durch das Gesträuch zu kriechen."
Kurz darauf marschierten sie die Straße entlang, alle Sinne gespannt, doch es blieb ruhig. Der Weg nach Haidhof war schmaler als die Landstraße und genauso ungepflastert. Die Sonne hatte ihren höchsten Punkt erreicht und schickte ihre schon fast wärmenden Strahlen auf die müden Wanderer.
Der Weg wurde durch eine große Anzahl dicker Weiden gesäumt.
„Was weißt du über Haidhof?", fragte Martin Hannah.
„Ehrlich gesagt, nicht viel. Das Gutshaus existiert in unserer Zeit noch, ist in privater Hand und wurde instandgesetzt. Ansonsten hat das Dorf keine große Bedeutung mehr. Ein Bauer hat noch seine Landwirtschaft da, ich glaube, er hält Kühe."
„Wer hat früher in dem Gutshaus gewohnt?", wollte Martina wissen.
Hannah zuckte die Schultern. „Das weiß ich nicht. Das können wir aber zu Hause nachlesen. Schaut, da vorne ist es schon." Hannah wies mit ihrer Hand nach Westen.
Alle blickten in die angezeigte Richtung. Der Weg machte eine kurze Biegung. Durch die Bäume hindurch sah man die Wände und das Dach des nicht sehr großen, zweistöckigen Hauses. Kurz vor der Kurve lag ein Stapel mit Baumstämmen links neben dem Weg.
Wahrscheinlich Feuerholz für den nächsten Winter, dachte Martin bei sich. Plötzlich nahm er vor dem Haus eine Bewegung wahr, die ihn erschaudern ließ. „Da stimmt irgendetwas nicht."
Auch Frank hatte etwas gesehen und war stehen geblieben.
„Was ist?", fragte Hannah.
„Ich bin mir nicht sicher, aber ich glaube, ich habe auch dort Soldaten gesehen."
Hannah zeigte auf den Holzstapel. „Los, dahinter, schnell!" Geduckt

rannten sie vorwärts. Soweit es ging, rafften Hannah und Martina ihre Röcke. Ungesehen, aber atemlos, erreichten sie das Holz.
„Wir sind immer noch zu dicht am Weg. Seht ihr, da hinten ist noch ein Stapel. Da sollten wir hin.“ Frank zeigte auf die aufgeschichteten Baumstämme in ihrem Rücken. Diese waren zwar näher am Gutshaus gelegen, doch weiter von der Straße entfernt. Gerade als sie die Stellung wechseln wollten, hörten sie ein Schluchzen und Geräusche, als ob jemand rennen würde, dazu stoßweises, lautes Atmen.
Frank und Martin beobachteten den Weg, ohne ihre Deckung aufzugeben. Als Frank noch etwas höher über den Holzstapel schaute, um auch in Richtung Gutshaus besser sehen zu können, erschrak er plötzlich. Eine Frau rannte die Straße entlang. Sie war splitternackt, barfüßig und ihre langen Haare wehten im leichten Wind. An den Innenseiten ihrer Oberschenkel liefen Blutfäden an ihren Beinen herunter. Ihr Gesicht war verkrampft vor Angst und Panik.
Auch Hannah hatte den Blick auf die Straße gerichtet. Sie bemerkte, wie sich Franks Muskeln zum Sprung spannten und hielt ihn zurück. Als sie seinen unverständlichen Blick sah, schüttelte sie nur langsam den Kopf.
„Wir können im Moment nichts für sie tun. Hoffen wir, dass sie den Wald erreicht, dann ist sie erst mal in Sicherheit. Wir sollten so schnell wie nur irgend möglich von hier verschwinden. Es sieht nicht unbedingt gut aus.“
„Wir hätten gar nicht hier sein sollen“, murmelte Martin vor sich hin, dann fuhr er lauter fort: „Wir gehen dort hinüber zum anderen Holzstapel und warten ab. Jetzt zurück zum Wald zu laufen, scheint mir auch zu gefährlich zu sein. Die brauchen nur Pferde zu haben. So schnell können wir gar nicht rennen.“
Ohne eine Bestätigung abzuwarten, lief Martin gebückt auf die gestapelten Baumstämme zu. Die anderen folgten dicht hinter ihm, immer den Blick auf das Gutshaus gerichtet.
Kaum hatte Martin das Holz umrundet, als er plötzlich inne hielt. Martina wäre beinahe mit ihm zusammengeprallt. Auch Hannah und Frank, der den Schluss bildete, blieben abrupt stehen.
„Geh doch weiter!“, zischte Hannah. Dann sah auch sie den Grund für die Verzögerung.
Ein junges Mädchen hockte hinter dem Holz und hielt beide Hände vor das zarte Gesicht. Sie schluchzte erbärmlich, so dass sie die anderen gar nicht bemerkte. Mit einem Satz war Martin neben ihr. Erst da blickte sie auf und wollte schreien. Doch Martin war schneller. Noch bevor sie den ersten Laut über die Lippen gebracht hatte, hielt er ihr den Mund zu.
„Bleib ruhig!“, flüsterte er. „Wir wollen dir nichts tun.“
Es dauerte eine ganze Weile, bis Martin anhand ihrer Gesichtsmuskeln spürte, dass sie den ersten Schock überwunden hatte. Noch immer waren ihre Augen weit aufgerissen.

Erst als Martina sich zu ihr beugte und ihr sanft über die schulterlangen Haare strich, schien sich das Mädchen etwas zu beruhigen. Martina nickte ihrem Bruder leicht zu. Langsam löste er seine Hand von ihrem Mund. Gleichzeitig zeigte er jedoch mit dem ausgestreckten Zeigefinger auf seinen Mund. Das Mädchen verstand.
Auch Hannah hatte sich zu der Kleinen heruntergebeugt. „Was ist hier los?“
Das Mädchen begann wieder zu schluchzen. „Die Soldaten sind gekommen. Ich war im Wald, Brennholz sammeln. Als ich wiederkam, waren sie schon im Haus. Ich weiß nicht, was sie machen, doch wenn man die Schreie hört, muss es schrecklich zugehen.“
Hannah nahm das Mädchen in den Arm und drückte sie an ihre Brust. „Wie heißt du, mein Kind?“
„Ich bin die Marie. Ich arbeite bei den Herrschaften.“
Frank musterte die Kleine verständnislos. Nach seiner Einschätzung war sie nicht älter als elf Jahre. Hannah schob das Mädchen etwas von sich weg und wischte ihr die Tränen aus dem Gesicht.
„Ihr gehört nicht zu den Soldaten?“, fragte die Kleine.
„Nein, ganz bestimmt nicht“, sagte Hannah und zwang sich zu einem kleinen Lächeln. Sie spürte, dass das Mädchen langsam Vertrauen schöpfte.
„Wer sind deine Herrschaften, die dort in Haidhof wohnen?“, fragte Hannah in ruhigem Ton.
Das Mädchen schüttelte den Kopf. „Das ist nicht Haidhof. Einen Ort mit solch einem Namen gibt es hier nicht. Das dort ist Klucksevitz, so heißt er. Meine Herrschaften sind die Von der Osten. Es sind gute Menschen.“
Wieder begann sie zu weinen.
„Schon gut, höre auf zu weinen!“ Franks Stimme klang hart in diesem Moment. „Sag mir, wie sind die Soldaten auf den Hof gekommen? Waren sie zu Fuß oder haben sie Pferde mit?“
Ängstlich sah das Mädchen Frank an. „Sie kamen gelaufen, glaube ich. Ich war ja nicht im Dorf, als sie eintrafen.“
„Schon gut“, beruhigte Hannah die Kleine. „Es ist für uns nur sehr wichtig, das zu wissen.“
Ein tiefes Schluchzen kam aus dem Mund des Mädchens.
„Sag mir noch eines.“ Hannah legte beide Hände auf die Schultern der Kleinen. „Welches Jahr haben wir jetzt?“
Das Mädchen schien die Frage nicht verstanden zu haben. Sie zog ihre Stirn in Falten und blickte Hannah entgeistert an. Hannah wiederholte die Frage noch einmal ganz in Ruhe: „Bitte sag uns, welches Jahr wir gerade schreiben!“
Als die Kleine sie nur fragend anschaute, versuchte es Hannah auf einem anderen Weg. „Seit wann sind die Soldaten auf der Insel, weißt du das?“
Die Kleine nickte. „Sie kamen letzten Herbst“, stammelte sie. „Wisst ihr das

nicht? Von wo kommt ihr?"
„Das ist eine lange Geschichte. Die gute Frau vor dir wollte nur testen, ob du noch bei klarem Verstande bist.", sagte Martin belehrend.
Hannah nickte ihm zu.
So ganz schien diese Antwort das Mädchen nicht zu überzeugen. Sie zog sich etwas dichter an das Holz zurück.
In diesem Moment drang Lärm vom Gutshaus her. Erst erschien eine junge Frau im Eingang. Ihr rötlich schimmerndes Haar war zerzaust. Sie trug ein weißes Hemd, was ihr bis zu den Knien reichte. Ein Soldat mit gezogenem Schwert schubste sie vor sich her. Dann tauchte ein zweiter Söldner auf. Sie sahen denen ähnlich, die Frank im Wald gesehen und beschrieben hatte. Der Zweite zog eine andere Frau an den Haaren hinter sich her. Frank schätzte sie auf ungefähr achtzehn Jahre. Sie hatte nur einen Rock am Leib. Ihr Oberkörper war nackt. Deutlich konnte man die Spuren der Gewaltanwendung sehen. Die zweite Frau, die sich vergeblich zu wehren versuchte, war über und über mit dunklen Blutergüssen übersät.
Gewaltsam brachten die beiden Soldaten die Frauen zu einem Karren, der etwas abseits vom Eingang stand. „Da keine Pferde auf dem Hof sind, werdet ihr unsere Gäule sein!", sagte der eine von ihnen, worauf beide in wildes Gelächter verfielen. Der Soldat, der die Frau an den Haaren hinter sich her schleifte, blieb plötzlich stehen, holte aus und schlug mit der flachen Hand in das Gesicht seines Opfers. „Ich verstehe gar nicht, warum du dich so wehrst, mein Täubchen. Es hat doch Spaß gemacht und war sicher eine gute Abwechslung für dich. Endlich mal einen richtigen Mann in sich zu fühlen und nicht immer nur solch kleine Bauernschwengel." Wieder lachten beide laut auf.
An dem zweirädrigen Wagen angekommen, stießen sie die beiden Frauen in Richtung Deichsel. „Ihr wartet hier und wagt es ja nicht, euch auch nur einen Schritt fortzubewegen. Wir wollen ja noch ein wenig Spaß miteinander haben." Damit gab der größere der beiden dem anderen ein Zeichen, bevor er sich umdrehte und wieder zum Haus zurück ging. Der andere nickte nur, fuhr sich mit der Zunge über die Lippen und stützte sich auf sein Schwert, die Frauen nicht aus den Augen lassend.
Frank und Martin hatten das ganze Treiben beobachtet. „Was meinst du?", fragte Frank, „Schaffen wir ihn?"
„Wenn niemand dazwischen kommt und er uns nicht eher bemerkt, dann bestimmt. Das Schwert sieht nicht gerade wie ein Faschingsspaß aus."
„Du hast recht", sagte Frank zähneknirschend. „Wir sollten noch etwas warten."
Kurz darauf erschienen drei Soldaten. Sie hatten allerlei Hausrat in den Armen. Zielstrebig gingen sie auf den Wagen zu und legten alles, ohne große Sorgfalt walten zu lassen, darin ab. Eine ältere Frau stürmte mit erhobenen Armen hinter ihnen her und schrie die wildesten

Verwünschungen. Wie Martin vermutete, musste sie wahrscheinlich die Von der Osten selber sein.
Die Söldner störten sich anfangs nicht an dem Gezeter. Ohne ein Wort zu sagen, gingen sie wieder zurück zum Haus. Erst dort blieb einer von ihnen stehen. Er nahm die Alte am Schlafittchen und schlug ihr ins Gesicht, sodass sie nach hinten umfiel. „Halt jetzt endlich dein gottverdammtes Maul, du alte Vettel."
Doch sie war zäh. Kaum dass der Mann seinen Kumpanen durch die Tür gefolgt war, stand sie wieder auf den Beinen und rannte ihnen nach.
„Jetzt!", flüsterte Frank. Jeder nach einer Seite den Holzstapel umrundend, sprangen beide Männer geduckt vorwärts.
Sie hatten Glück. Der Soldat, der die beiden wehrlosen Frauen am Karren bewachte, hatte mehr Augen auf die bloß liegenden Brüste der Einen, als auf seine Umgebung. Als er den Schatten Franks aus seinen Augenwinkeln sah und sich umdrehte, war es bereits zu spät. Franks Faust traf ihn direkt unter die Nase. Noch im Fallen schlug Martin ihm von der anderen Seite einen armstarken Holzknüppel mit voller Wucht direkt in den Nacken. Ohne einen Mucks fiel der Mann in sich zusammen. Reglos blieb er am Boden liegen. Frank und Martin ergriffen die Handgelenke der beiden Frauen, zogen sie auf die Füße und deuteten auf den Weg. Ohne ein Wort zu sagen, verstanden sie. So schnell ihre nackten Füße sie tragen konnten, rannten sie den Weg entlang in Richtung des schützenden Waldes.
Frank und Martin beeilten sich, wieder in den Schutz der Baumstämme zu gelangen. Als sie diese erreicht hatten, sahen sie, dass das junge Mädchen verschwunden war. „Sie ist auch zum Wald, hinter den anderen her", erklärte Hannah und deutete mit fragendem Blick auf das Schwert in Franks Hand.
„Nur ein Andenken von den bösen Jungs", erklärte er.
Martin blickte über das Holz zu der nach wie vor reglos am Boden liegenden Gestalt. „Wir wissen immer noch nicht genau, welches Jahr wir schreiben, aber das ist jetzt auch egal. Wir sollten uns schleunigst auf den Weg machen. Wenn die Jungs feststellen, dass sie ihre Beute jetzt allein fortschleppen müssen und obendrein einer von ihnen noch mächtige Kopfschmerzen hat, dann werden sie nach den Übeltätern suchen. Los, laufen wir."
Hannah und Martina rafften wieder ihre Röcke, so hoch sie konnten und rannten los. Martin folgte ihnen auf dem Fuß. Frank kam als Letzter. Er trug immer noch das Schwert in seinen Händen. Kurz überlegte er, es einfach wegzuwerfen, doch diesen Gedanken schob er schnell zur Seite. Die stählerne Waffe in der Hand verlieh ihm eine Art Sicherheit.
Sie überquerten die Straße nach Gingst. Unentdeckt erreichten sie den nahen Waldrand. Hannah war am ersten Baum stehen geblieben. Sie umfasste ihn mit beiden Händen und atmete keuchend. „Ich bin wirklich zu

alt für solchen Scheiß!“ Als sie wieder Luft bekam, sagte sie in die Runde: „Martin, was du vorhin gesagt hast, ist so nicht richtig. Wir wissen jetzt dank des Mädchens ganz genau, in welchem Jahr wir uns befinden.“
Erstaunt blickten alle auf Hannah. Sie holte tief Luft und fuhr fort: „Wir befinden uns inmitten des Dreißigjährigen Krieges. Mit ziemlicher Wahrscheinlichkeit ist es das Jahr 1628. Im Jahr 1627 landeten die Kaiserlichen auf der Insel.“

KAPITEL 30

März 1628

Hannah stand immer noch an den Baum gelehnt und rang nach Luft, als Martin auf sie zusprang, ihren Arm umfasste und sie weiter ins Gebüsch zog. Verstört blickte sie Martin an. Der deutete nur auf die Straße nach Süden und flüsterte: „Da kommt ein Reiter."
Im Nu waren Hannahs Kräfte wieder bei ihr. Frank hatte das Pferd auch schon gehört. Er kauerte sich ganz tief auf den Waldboden und zog Martina fest zu sich heran.
Die Zeit verging, ohne dass etwas geschah.
„Bist du dir sicher, ein Pferd gehört zu haben?", fragte Hannah und blickte zu Martin.
„Nicht nur gehört, ich habe es auch kommen sehen."
„Dann müsste es doch schon längst hier vorbei sein, egal ob der Reiter nach Haidhof oder nach Gingst wollte." Hannah versuchte, sich nach vorn zu schieben, um eine bessere Sicht zu haben.
Martin drückte ihre Schulter nach unten und hielt sie so fest. „Vielleicht hat er uns auch gesehen und sucht nun nach uns."
„Dann wäre es unklug, hier zu bleiben!", sagte Frank im Flüsterton.
„Du hast recht. Ich werde nachschauen." Martin erhob sich und ging geduckt zur Straße vor. Alle blickten ihm gespannt nach.
Kurz darauf kam Martin schon zurück. „Er liegt auf der Straße und hat immer noch die Zügel in der Hand. Er muss vom Pferd gefallen sein. Was machen wir jetzt?", wollte Martin wissen.
„Wir können ihn ja schlecht dort liegen lassen." Hannah stand auf. „Ich werde ihn mir ansehen. Ihr wartet auf mein Zeichen. Ich weiß nicht genau wann, aber in dem großen Krieg damals wurde das Land und auch unsere Insel durch die Pest heimgesucht. Sie ist hochgradig ansteckend. Also

wartet unbedingt hier!"
„Und du?", fragte Martina.
„Keine Angst, mein Kind, ich bin vorsichtig. Ich weiß, was ich mache."
Damit war Hannah schon auf der Straße. Im Gehen raffte sie ihren Rock ein kleines Stück nach oben und riss einen Streifen aus ihrem Unterrock heraus. Umständlich band sie den Stofffetzen vor Mund und Nase, während sie vorwärts eilte.
Keine zwanzig Meter entfernt lag der Mann auf dem Bauch. Das Pferd stand still neben ihm. Irgendetwas stimmte an dem Bild nicht. Es dauerte eine Weile, bis Hannah merkte, was es war. Das Pferd passte nicht zu dem Mann, der auf der Straße lag. Es war stämmig, kraftvoll und doch elegant, nicht wie die Arbeitstiere der Landarbeiter und ein Bauer musste es sein, der da auf dem Boden lag, jedenfalls der Kleidung nach zu urteilen. Dann sah Hannah das Hemd. Es war vom Schulterblatt bis zu den Nieren aufgeschlitzt. Erst hatte sie gedacht, es wäre zweifarbig. Oben hellgrau und quer nach unten rötlich, doch nun erkannte sie, dass die rote Farbe Blut sein musste.
Schnell war sie bei ihm und fühlte seinen Puls. Er lebte. Vorsichtig zog sie sein Hemd am Schlitz zur Seite und betrachtete den Rücken. Die Verwundung musste von einem Messer oder von einer Hiebwaffe herrühren. Der Schnitt war nicht sehr tief, doch der Mann hatte viel Blut verloren. Dann sah Hannah die zwei Einschusslöcher. Kreisrund und rot. Eines direkt am linken Schulterblatt, das zweite etwas darunter. Komischerweise bluteten sie nicht. Das Blut, welches beim Eindringen der Kugeln in den Körper geflossen war, war längst getrocknet.
„Kommt her und helft mir, schnell!" Hannahs Stimme war nicht sehr laut, doch sie selbst hatte das Gefühl, geschrien zu haben. Noch im selben Augenblick rannten Martin, seine Schwester und Frank auf sie zu.
Hannah drehte den Mann um und legte dabei ihre Hand in seinen Nacken. Der Mann stöhnte auf. Sie zog ihm das Hemd aus der Hose und schob es nach oben über seine Brust. Nichts war zu sehen. Die Geschosse hatten also den Körper nicht durchdrungen. Der vor ihr Liegende öffnete seine Augen. Trotz des durch Schmerzen verzogenen Mundes, sah Hannah in seinen Augen ungläubiges Erstaunen.
„Hannah, was macht Ihr denn hier? Träume ich oder bin ich schon bei unserem Schöpfer?"
Jetzt sah Hannah ihm bewusst ins Gesicht. Er kam ihr irgendwie vertraut vor, doch sie konnte nicht gleich sagen, wo sie ihn schon einmal gesehen hatte. Er war, so schätzte sie, Mitte oder Ende vierzig, vielleicht auch etwas älter. Er trug einen krausen Bart, langes lockiges Haar, das an einigen Stellen schon ergraut war und hatte freundlich lächelnde Augen.
So sehr sich Hannah auch anstrengte, sie konnte sich beim besten Willen nicht an ihn erinnern.

Die beiden Männer waren hinzugetreten. Martina folgte ihnen. Als sie bei Hannah angekommen war, beugte sie sich zu dem Verletzten hinunter und schrie plötzlich auf.
„Konrad?", fragte sie verwundert. „Das ist Konrad von Blankenfels. Er hat uns doch geholfen, erinnert ihr euch?"
Jetzt erkannte auch Hannah den Blankenfelser wieder. „Ja, du hast recht, er ist es."
Unter Schmerzen hob Konrad seine rechte Hand und strich durch Martinas Haar. „Ich wollte dich noch einmal wiedersehen. Davon habe ich so viele Jahre geträumt. Es ist ein Traum. Du bist es und du bist so schön wie damals."
Hannah fasste sich als Erste. „Wir müssen von der Straße runter. Die Soldaten werden vielleicht die Frauen suchen. Los, Martin, wir nehmen ihn und Frank nimmt das Pferd."
Frank sah den großen Hengst an und seine Beine begannen zu zittern. „Muss das sein?"
Martina hatte seinen Blick bemerkt. „Schon gut, gib mir die Zügel. Du bist wesentlich stärker als ich. Kümmere dich bitte um Konrad."
Mit vereinten Kräften hoben sie den Verletzten auf die Beine. Jeder der Männer übernahm eine Seite. Hannah nickte und schritt vorneweg, direkt auf den Wald zu. Martina folgte, das riesige Pferd hinter sich herziehend. Immer tiefer gingen sie in den Wald hinein.
„Wenn das Pferd wiehert, sind wir vielleicht verraten", sagte Hannah gedankenversunken. Dabei suchte sie einen Pfad durchs Unterholz.
Nach einer halben Stunde, die ihnen mehr als doppelt so lange vorkam, hielten sie an einer kleinen Lichtung an. Vor ihnen lag eine Wiese, die auf der gegenüberliegenden Seite wieder von Bäumen umgeben war. Dahinter schien sich ein schmaler Weg an einen kleinen Bach entlang zu schlängeln.
„Hier sollten wir ruhen und uns um seine Wunden kümmern!" Hannah war stehen geblieben und musterte das Gelände. Auf den letzten Metern hatte Konrad von Blankenfels das Bewusstsein verloren. Frank und Martin hatten ihn das letzte Stück getragen.
Vorsichtig legten sie ihn ab. Im gleichen Moment war Hannah bei ihm und zog ihm das zerfetzte Hemd über die Schultern. „Er hat sehr viel Blut verloren", sagte sie und betastete vorsichtig die Stellen der Einschusslöcher.
„Wird er durchkommen?" Martina war zu ihrer Mutter getreten. Immer noch hielt sie die Zügel des Pferdes in der Hand.
Hannah verzog den Mund. „Ich weiß es nicht. Es ist schwer zu sagen. Er ist zäh." Nach einer Weile fuhr sie leiser fort: „Wenn er eine Chance hat, dann nur bei uns zu Hause. Hier im Wald, fürchte ich, wird er sterben."
„Kannst du nichts für ihn tun?" Martinas Augen wurden feucht.
„Doch, vielleicht ein wenig. Wir müssen dafür sorgen, dass sich die Wunden nicht entzünden. Martina, binde das Pferd fest und dann such bitte

die Wiese nach Wegerich und Blättern von der Schafgarbe oder vom Beinwell ab. Vielleicht gelingt es uns damit, den Prozess etwas zu verlangsamen."
Sofort tat Martina, was ihre Mutter ihr aufgetragen hatte.
„Martin!", sagte Hannah im Befehlston. „Wir brauchen halbwegs sauberes Verbandszeug. Dein Unterhemd, zieh es aus und du Frank, bring mir bitte unser restliches Mineralwasser."
Nach einer kurzen Zeit kam Martina zurück. In ihrer Hand hielt sie einen Strauß frischer grüner Kräuter. Hannah nahm einige der Stängel und Blätter in die Hand und zerrieb sie unter Zuhilfenahme von etwas Wasser. Den so entstandenen Brei strich sie vorsichtig über Konrads Wunden. Immerfort wiederholte sie den Vorgang, bis alles bedeckt war.
„Er muss unbedingt zum Arzt!", flüsterte sie, während ihre Hände über seine Haut fuhren.
„Wie stellen wir das an?", fragte Frank. „Wir wissen ja noch nicht einmal, wie es in Gingst aussieht. Vielleicht hausen die Soldaten dort genauso, wie sie es in dem kleinen Dorf gemacht haben."
„Das ist ein Problem." Hannah zerriss Martins Unterhemd in fast gleich große Streifen und verband damit Konrad. „Seine Blutung ist fürs erste gestoppt. Die Wunden sind nicht sehr tief. In seinem Rücken stecken jedoch zwei Bleikugeln, die unbedingt raus müssen und das ganz schnell. Bleibt er hier, wird er unweigerlich sterben."
„Zwei Bleikugeln?", fragte Martin schockiert.
„Ja", antwortete Hannah. „Man kann sie fühlen. Er muss schon einen gewissen Abstand zum Schützen gehabt haben, als dieser abdrückte. Sie haben nur die Haut durchschlagen. Die obere wurde wahrscheinlich durch das Schulterblatt gestoppt, die andere dürfte im Muskelgewebe sitzen. Soweit ich sehen kann, sind keinerlei inneren Organe betroffen."
„Und die lange Wunde auf dem Rücken?", wollte Martina wissen.
„Da müssen wir ihn selber fragen, wenn er es schafft. Für mich sieht sie aus wie ein Schwerthieb. Aber das ist nur Spekulation."
Von Zeit zu Zeit stöhnte Konrad nur leise auf, ohne aus seiner Bewusstlosigkeit zu erwachen. Martina kullerten Tränen über die Wangen. Hannah legte ihre Hand auf Martinas Unterarm. „Er ist zäh, er wird es schaffen."
Frank, der Martinas Reaktion bemerkt hatte, stellte sich etwas abseits. Noch gut hatte er ihren Blick damals im Wald in Erinnerung, als sie sich von dem jungen Konrad von Blankenfels verabschiedet hatte. Jetzt, nicht mal eineinhalb Jahre später war Konrad ein alter Mann geworden. Seit damals waren in Konrads Zeit beinahe zwanzig Jahre vergangen. Es war ein überaus komischer Gedanke. Leise, fast unmerklich, stieg ein leichtes Gefühl von Eifersucht in ihm auf, aber nein, dieses Gefühl wollte er nicht zulassen. Plötzlich riss ihn ein Geräusch aus seinen Gedanken. Er blickte

nach links. Da war eine Bewegung. Noch weit entfernt, doch er hatte sie bemerkt. Er ließ sich auf den Boden fallen und robbte zu den anderen zurück.
„Was ist los?“, fragte Martin, der auch sofort in die Hocke gegangen war.
Frank zeigte mit dem Finger in die Richtung, aus der er die Bewegung wahrgenommen hatte. „Dort hinten kommt jemand.“
Martin sah an Franks Finger vorbei. „Es sind viele, zwanzig, dreißig vielleicht. Was machen wir jetzt? Wir sitzen hier wie auf dem Präsentierteller.“
Frank beugte sich etwas nach oben und blickte durch das alte, vorjährige Gras. „Wir müssen in den Wald zurück, jedenfalls etwas tiefer unter die Bäume. Bis jetzt scheint uns ja noch niemand bemerkt zu haben.“

KAPITEL 31

März 1628

Sie pressten sich mit aller Macht auf den kühlen Waldboden und beobachteten die schaurige Szene. Ungefähr zwanzig oder fünfundzwanzig Männer und Frauen, die ihrer Kleidung nach einfache Bauern waren, rannten, so schnell sie konnten, über die Wiese.
Dann erschienen Reiter. Säbelschwingend machten sie Jagd auf die Flüchtigen. Wer nicht schnell genug war, wurde gnadenlos über den Haufen geritten oder erhielt einen tödlichen Streich mit den blanken, scharfen Waffen. Ab und zu brach ein Schuss mit höllischer Lautstärke.
Martina schlug ihre Hände vor Augen und Mund und drehte den Kopf zur Seite.
Einige der Flüchtenden schlugen Haken wie Hasen, um den Schwerthieben zu entgehen. Nur wenige erreichten den schützenden Wald.
Frank sah gebannt auf das Geschehen. „Das kann doch nicht sein. Die Menschen dort sind unbewaffnet. Das ist kein Kampf, das ist primitive, barbarische Metzelei."
Martin stimmte ihm mit bebender Stimme zu. „Und hier stehen Christen gegen Christen und fechten für den wahren Glauben. Welch Ironie steckt dahinter, welch unbeschreiblicher Wahnsinn."
„Alle Kriege sind Wahnsinn!" Hannah hatte ihre Hand um Martinas Schulter gelegt. „Es ist heute wie damals. Warten wir noch einen Moment, dann schauen wir mal, was wir tun können."
Martin schüttelte den Kopf. „Hier können wir nicht viel tun. Wir müssen zusehen, dass wir so schnell wie nur irgend möglich durch das Tor kommen. Nur so…", und er zeigte auf Konrad, „können wir wenigstens einen retten. Seht, die Reiter ziehen sich zurück."
Kaum waren die Soldaten verschwunden, krochen die überlebenden

Flüchtlinge zwischen den Bäumen hervor. Vielen standen Tränen in den Augen. Manch einer suchte bei den am Boden Liegenden seine Angehörigen. Eine junge Frau schlug neben einem Toten die Hände vor ihr Gesicht und sank schreiend neben ihm nieder.
Es war ein entsetzlicher Anblick. Schweigend hoben Martin und Frank den immer noch bewusstlosen Konrad von Blankenfels auf den Pferderücken. Dann übernahm Martina die Zügel und führte das Pferd vorsichtig über die Wiese. Hannah, Frank und Martin folgten ihnen. An toten, durch grenzenlose Brutalität verunstalteten Körpern vorbei schritten sie schweigend dahin. Die Überlebenden nahmen von ihnen keine Notiz.
Ein Junge, vielleicht neun wie Martin schätzte, ging suchend über das Gras. Auch Hannah hatte ihn bemerkt. Mit einigen wenigen Schritten war sie bei ihm. Sie blickte in die von Tränen verquollenen Augen des Kindes.
„Was war hier los?“, fragte sie in einem ruhigen Ton, der ihr sichtlich schwer fiel.
„Die Soldaten, diese maroden Brüder, kamen in unser Dorf und plünderten alles, was sie nur in ihre Finger bekommen konnten.“
„Das Dorf Gingst?“, fragte Hannah.
Der Junge nickte und schmierte seinen Rotz an den Ärmel seines schmutzigen Hemdes. „Wir haben es uns nicht gefallen lassen. Wir sind über sie hergefallen und haben ihnen eine Abreibung verpasst. Kurz darauf kamen die Reiter.“ Ihm versagte die Stimme und er begann laut zu schluchzen.
Hannah, der selbst die Tränen in die Augen traten, fuhr dem Jungen durch das kurze blonde Haar, unfähig, Worte des Trostes zu finden.
Schweigend bahnte sich die kleine Truppe weiter ihren Weg. Es dauerte fast eine Stunde, bevor sie die ersten Häuser des Dorfes sahen. Was sie erblickten, war nicht zu glauben und erzeugte bei allen nur noch mehr Unsicherheit und auch unermessliche Wut. An vielen Stellen des in der vergangenen Nacht so friedlichen Dorfes stiegen schwarze Rauchwolken in den Himmel. Einige dieser dunklen, Unheil verkündenden Wolken schienen sich im Himmel zu vereinen und die Sonne zu verdunkeln. Noch waren sie ein ganzes Stück entfernt und doch schlug ihnen beißender Brandgeruch entgegen.
Frank zeigte auf einen Obstbaum, der in ihrer Nähe stand. Seine ersten Äste begannen nur einen Meter über dem Boden aus dem Stamm zu wachsen. „Ich werde hinaufklettern. Vielleicht kann ich irgendetwas erkennen.“
Ohne eine Antwort abzuwarten, erklomm er flink den Baum. Doch soweit er sich auch reckte, es war nicht möglich, etwas vom Geschehen im Dorf mitzubekommen. Doch dann blickte er am Kirchturm vorbei und sah die Straße, die nach Bergen führen musste. Eine Staubwolke erhob sich auf ihr und sie entfernte sich vom Dorf. Er musste seine Augen mit den Händen

vor der Sonne schützen. So konnte er sogar die Umrisse der Pferde mit ihren Reitern und die abrückenden Soldaten erkennen.
Beinahe hätte er vor Freude aufgeschrien, doch im letzten Moment wurde ihm ihre Situation wieder bewusst. Schnell kletterte er nach unten. Den letzten Meter sprang er.
Hannah, Martin und Martina schauten ihn nur fragend an.
„Ich glaube, die Reiter sind weg. Ich weiß nicht, ob sie alle fort sind, aber auf jeden Fall ein Teil von ihnen. Sie sind in Richtung Bergen geritten."
Martin klopfte Frank anerkennend auf die Schulter. „Das ist doch ein Anfang. Jetzt müssen wir nur noch rausbekommen, ob von dem Gesindel noch irgendjemand im Dorf ist. Vielleicht haben wir Glück und sie sind alle fort."
„Darauf würde ich nicht wetten!", sagte Hannah nachdenklich. „Wir sollten auf alle Fälle sehr vorsichtig sein!"
Frank sah die anderen entschlossen an. „Wisst ihr, bei aller Vorsicht - wir wissen nicht, ob und wann diese Mordbrenner eventuell wieder kommen. Wir müssen jetzt handeln. Ich werde vorgehen und sehen, was ich rausbekomme. Wenn sie weg sind, beeilen wir uns und gehen nach Hause."
Martina ergriff seinen Hemdsärmel. Vorsichtig befreite er sich von ihrer Hand. „Es muss sein oder hat jemand eine bessere Idee?"
Martin trat einen Schritt auf ihn zu. „Ja, ich gehe mit dir. Zu zweit können wir bestimmt etwas mehr ausrichten, wenn es brenzlig werden sollte."
Martina hielt die Zügel des Pferdes fest in der Hand. Sie blickte abwechselnd in die Augen ihres Bruders und ihres Freundes. „Das ist doch viel zu gefährlich. Was ist, wenn sie euch entdecken und gefangen setzen?"
Martin küsste sie auf die Wange. „Keine Angst, Schwesterchen. Uns wird niemand sehen, wir sind ganz vorsichtig."
Martin glaubte selbst nicht ganz an seine Worte. Vorsichtig mussten sie schon sein, doch das Risiko, entdeckt zu werden, bestand immer. Er fühlte sich in diesem Moment nicht wohl in seiner Haut. Heimlich bewunderte er das konsequente und mutige Handeln Franks. Ihm war keine Angst anzusehen. Martin jedoch schlotterten die Beine.
„Also dann", sagte Frank, „Wir machen uns auf den Weg. Ihr haltet euch bitte etwas abseits und wartet, bis wir wieder da sind." Frank küsste Martina auf die Lippen, dann rannten beide Männer los.
Hannah nickte wortlos. In diesem Moment brach das ganz große Schuldgefühl ihrer derzeitigen Lage über sie herein. Sie hatte leichtfertig mit dem Leben der anderen gespielt. Warum auch, in Gottes Namen, musste sie nur ihre Neugier befriedigen und durch das verdammte Tor gehen? Warum nur besaßen sie und ihre Familie diese Gabe, die sich langsam zu einem Fluch entwickelte? Heimlich faltete sie ihre Hände vor der Brust.
„Es geht alles gut, wirst es sehen", flüsterte Hannah leise. Es klang so, als wollte sie sich selbst damit Mut zusprechen. Martina nickte nur.

Es dauerte nicht lange und die beiden Männer kamen keuchend zurück.
„Ist der Weg frei?“, fragte Hannah gespannt. Ihre Anspannung wechselte mit Enttäuschung, als sie Franks Kopfschütteln deutete.
„Nein“, sagte er nach einer Weile, als er wieder zu Puste gekommen war. „Die Reiter sind fort, doch die Fußsoldaten, die uns auf dem Weg begegnet sind, sind noch im Ort. Zu allem Übel stehen die auch noch vor der Kirche. Der Weg zum Portal ist dadurch versperrt. Wir können nur warten, bis sie weg sind. Das wird sicher geschehen, wenn es dunkel wird. Die haben bestimmt Angst vor den Dorfbewohnern.“
„Was machen sie vor der Kirche?“, wollte Hannah wissen.
Martin zuckte die Schultern. „So genau konnten wir das nicht sehen, wir waren zu weit weg. Aber sie haben den Pfarrer in der Mangel.“
Martina zog den Kopf des Pferdes leicht an ihre Schulter herunter und streichelte das Tier. „Wenn wir noch länger warten, stirbt Konrad.“
Es entstand eine kurze Pause. Dann holte Frank hörbar Luft. „Martin und ich haben das schon durchgesprochen. Vielleicht gibt es einen Ausweg, aber der ist nicht ganz ungefährlich.“
Hannah blickte auf. Auch in Martinas Augen sah er diesen fragenden Blick.
„Wir trennen uns. Martin und ich versuchen, die Soldaten abzulenken. Von den Dorfbewohnern sind nur noch einige Alte da und die werden von den Soldaten in Ruhe gelassen, so scheint es jedenfalls. Wir würden also auffallen. Wir beschimpfen sie oder irgend so etwas. Wenn sie abgelenkt sind, dann reitest du mit Konrad durch die Pforte. Hannah bleibt hier und versteckt sich. Nachts, wenn die Soldaten weg sind, kommen wir nach und Hannah bringt uns sicher durch das Tor.“

KAPITEL 32

März 1628

Die Diskussion des Planes hatte sich etwas hingezogen. Noch immer waren nicht alle Einzelheiten geklärt. Mit dem, was die Männer vorschlugen, hatten sie eine gute Chance, den Rückweg zu schaffen, aber es war auch nicht ungefährlich.

Doch Hannah hatte Bedenken. „Was geschieht, wenn sie euch erwischen? Ihr hattet gesagt, dass im Dorf wahrscheinlich nur noch Alte sind. Es wird euch niemand helfen können und auch gar niemand helfen wollen. Ich finde, wir sollten uns irgendwo verstecken und abwarten. Die Soldaten können nicht ewig bleiben."

In diesem Moment stöhnte Konrad auf. Er hatte die Augen ein wenig geöffnet. Martina beugte sich sanft zu ihm hinunter und benässte seine Lippen mit dem letzten Tropfen Wasser aus ihrer Flasche. Sie sah den verschwommenen Blick und strich Konrad über das Haar. Dann schaute sie zu Hannah und schüttelte leicht den Kopf.

Hannah verstand. Wenn sie nicht augenblicklich handelten, würde Konrad sterben. Sie blies ihre Wangen auf. „Und wie stellt ihr euch das vor?"

Frank zeigte auf das Pferd. „Meinst du, das Tor oder die Tür nach Hause ist groß genug für den Gaul mit Reiter?"

„Das meine ich schon", nickte Hannah. „Bei der Höhe der ausgesendeten Strahlen, die ich gesehen habe, glaube ich es."

Frank fuhr fort: „Dann sollten wir Konrad auf dem Sattel festbinden. Martina setzt sich dahinter und hält ihn fest. Es gibt einen Weg von hinten auf den Kirchenfriedhof. Wenn wir vorn anfangen, Lärm zu machen, reitet Martina los. Normalerweise sind sie fast bis zum Schluss durch das Gemäuer der Kirche verdeckt. Es dürften nur ein oder zwei Sekunden vergehen, wo die Soldaten das Pferd mit seiner Fracht sehen könnten."

Martin nickte. „In dieser Zeit müssten sie aber gerade voll und ganz mit uns beschäftigt sein. Sie dürften es also gar nicht mitbekommen. Hannah bleibt die ganze Zeit hier am Dorfrand, durch die Häuser geschützt."
„Und weiter!", forderte Hannah ihren Sohn zum Weitersprechen auf.
„Nichts weiter" Martin zuckte die Schultern. „Wir sehen ja, wie alles abläuft. Wenn das Pferd im Tor verschwunden ist, machen wir uns aus dem Staub. Wir laufen immer noch schneller als diese Kasperköpfe mit ihren weiten Hosen."
„Was ist mit ihren Gewehren?", noch immer war Hannah nicht ganz überzeugt.
„Wir schreiben das Jahr 1628, hast du uns gesagt." Martin lachte kurz auf. „Die Schießprügel steckten damals noch in den Kinderschuhen. Treffer auf einzelne Personen, die sich bewegen, waren mehr Zufall als Können. Gegen eine Reihe im Gleichschritt marschierender Angreifer sicher wirkungsvoll, aber nicht gegen uns."
„Mutter", begann Martina, die die ganze Zeit nur schweigend dem Gespräch gelauscht hatte.
Hannah drehte sich zu ihr um.
„Ich werde es versuchen. Ich kann reiten, das ist nicht das Problem. Du musst mir nur sagen, was ich zu Hause mit Konrad machen soll. Wie kann ich ihn heilen? Der Schnitt in seinem Rücken ist nicht sehr tief, muss aber behandelt werden. Und dann sind die beiden Kugeln, die immer noch in seinem Fleisch stecken. Wie bekomme ich sie raus ohne deine Hilfe?"
„Neben dem Telefon liegt das kleine Telefonbuch. Dort steht unter dem Buchstaben B eine Beatrice. Sie ist eine Ärztin, praktiziert aber nur noch gelegentlich. Ruf sie bitte an und bestelle ihr Grüße von mir. Sag, es ist ein absoluter Notfall und sie möchte bitte ganz schnell kommen. Erzähle ihr, dass sie das Nähzeug mitbringen soll und Sachen für eine örtliche Betäubung und etwas gegen hohen Blutverlust. Sie weiß dann schon, was sie einpacken muss. Ich vertraue ihr. Sag ihr aber bitte auch, dass sie Konrad auf keinen Fall ins Krankenhaus bringen kann. Ich werde ihr alles erklären, wenn ich zurück bin."
Martina nickte. „Ich werde alles so machen, wie du sagst. Und jetzt müssen wir nach einem Strick suchen."
Frank gab Martin ein Zeichen. „Gut, damit ist alles geklärt. Martin, da vorn war ein kleiner Stall. Vielleicht ist da so was wie ein Strick drin."
Es dauerte nicht lange, bis Martin zurück kam. „Fehlanzeige, da war kein Strick."
Martina winkte ab. „Legt ihn wieder quer über den Pferderücken, ich kann ihn schon irgendwie halten."
Als Martin sich zu Konrad herunterbeugte und ihn nach oben ziehen wollte, öffnete er wieder die Augen.
„Ich weiß nicht, was ihr vorhabt, aber ich kann reiten", brachte er mit

gequälter Stimme hervor.
„Na umso besser. Setzen wir ihn aufs Pferd!“ Martin griff zu und auch Frank war an seiner Seite. Martina stand mit dem Rücken zum Tier und hatte die Hände zur Räuberleiter ineinander verschränkt. Konrad stemmte seinen Fuß in Martinas Hände und konnte so mit einem lauten Stöhnen und einem vor Schmerz verzerrten Gesicht den hohen Rücken des Pferdes erklimmen.
Konrad war kraftlos, er spürte es selbst. Mit aller Macht hielt er sich in der langen Mähne des Pferdes fest. Auch wenn er nicht verstand, was um ihn herum geschah, hielt er den winzigen Funken der Hoffnung am Glimmen. Dass Martina ihm in dieser schweren Stunde des Todes noch einmal so nah und so jung wie damals begegnet war, musste ein Zeichen sein, ein himmlisches Geschenk. Vielleicht wurde doch noch alles gut. Seine Hände verkrampften sich in den Haaren des Tieres.
Als Martina aufstieg und ihren Körper dicht an seinen schmiegte, waren die Schmerzen in seinem Rücken vergessen. Von fern spürte er die Umarmung. So also sah der Tod aus. Er kam in Form einer hübschen Frau, seiner Frau, die ihm so oft in seinen Träumen begegnet war. Er schloss wieder die Augen, sich nur diesem Gefühl hingebend.
Martina ließ sich die Zügel des Pferdes reichen. Bevor das Tier den ersten Schritt machte, drückte sie ihre Hand auf den Mund und zeigte danach die Handfläche zu Frank. „Ich liebe dich. Ich liebe euch. Passt auf euch auf und kommt schnell nach.“
Frank warf ihr den Kuss zurück. „Wenn wir mit heiler Haut davon kommen, heirate ich dich. Das verspreche ich.“
Martin riss die Augen auf und grinste. „Ich nehm dich beim Wort und wehe, du machst meine Schwester nicht glücklich.“
Martina trabte los. Hannah stand noch immer wie vom Blitz getroffen und sah dem Pferd nach.
„So Alter, jetzt sind wir dran.“ Martin gab Frank einen Klaps auf die Schulter. Dann drehte er sich zu seiner Mutter um. „Hannah, bitte warte hier. Wir haben nachher bestimmt keine Zeit, dich irgendwo zu suchen.“

KAPITEL 33

März 1628

Hannah sah ihrer davonreitenden Tochter und den beiden Männern nach, die langsam vom Rauch der brennenden Hütten verschluckt wurden. In ihr nagten Selbstvorwürfe. Durch ihre Sturheit waren sie alle in diese vertrackte Situation gelangt.
Plötzlich spürte sie in ihrem Nacken einen Atemhauch und fast gleichzeitig eine Hand auf ihrer linken Schulter. Entsetzt drehte Hannah sich um, bemüht, einen Schrei zu vermeiden. Zu ihrem Erstaunen blickte sie in das Gesicht einer jungen Frau, deren Züge ihr irgendwie vertraut waren.
„Tut mir leid, dich erschreckt zu haben. Das wollte ich nicht." Die junge Frau hielt kurz inne, dann fuhr sie unsicher fort: „Du bist doch die Hannah oder irre ich mich? Aber es ist komisch, du siehst viel jünger aus, als da, wo ich dich das letzte Mal gesehen habe. Ist das Zauberei? Bestimmt ist es das, wie könnte sowas sonst geschehen?"
Die beiden Frauen standen sich einige Sekunden schweigend gegenüber. Plötzlich dämmerte es Hannah. „Du bist Martha, Annas Tochter!"
Als diese nickte, nahm Hannah die junge Frau in die Arme und drückte sie fest an sich. Erst nach einer ganzen Weile ließ sie Martha los.
„Wie hast du mich gefunden?"
Über das Gesicht der jungen Frau huschte ein kleines Lächeln. „Ich war mir nicht sicher, sonst hätte ich dich schon längst angesprochen. Ich hatte euch das erste Mal gesehen, als ihr euch um den Reiter gekümmert habt. Von da an bin ich euch gefolgt. Jetzt, wo du allein bist, habe ich meinen ganzen Mut zusammen genommen und dich angesprochen. Was für ein Zauber ist das? Du bist doch schon so alt und siehst doch noch so jung aus?"
Hannah erschrak, als ihr die Tragweite dieses Zusammentreffens bewusst wurde. Sie drückte leicht ihre Hand auf den Mund der jungen Frau. „Falls

ich schon tot sein sollte, bitte sage es mir nicht! Genauso wenig, wenn ich irgendwie krank bin. Kannst du mir das versprechen?“ Damit nahm sie die Hand von Marthas Mund.
„Das verspreche ich dir, aber du wirst bestimmt hundert“, scherzte sie. „Sag mir bitte, warum bist du hier? Und warum so jung? So hatte ich dich doch als Kind in Erinnerung.“
Hannah dachte nach, wie sie es Martha erklären konnte. Nach einem kurzen Zögern versuchte sie es. „Es ist etwas kompliziert und schwer zu verstehen. Ich habe noch andere Tore zwischen den Zeiten gefunden.“
„Du meinst noch mehr Bäume wie die alte Eiche im Wald hinter Pansevitz?“, fragte Martha interessiert.
„Ja, so ähnlich, aber es sind nicht nur Bäume. Ein Tor endet in Gingst. Wenn man hindurch geht, kommt man in diese eure Zeit. Ich kann also durch den Baum gehen und zu dir kommen, so wie du mich kanntest, als du ein Kind warst oder ich benutze dieses Tor und du siehst mich so, wie ich hier vor dir stehe.
Sie sah an Marthas Augen, dass sie es nicht verstand.
„Doch sag mir, mein Kind, wie ist es euch in dieser schwierigen Zeit ergangen?“
Martha schüttelte nur den Kopf. „Aber das weißt du doch. Ihr helft uns immer mit Lebensmitteln, die deine Tochter durch den Baum bringt.“
Als Hannah sie, ohne ein Wort zu sagen, immer noch fragend ansah, fuhr sie fort: „Uns geht es soweit recht gut. Wir sind alle am Leben. Wie die Soldaten hausen, hast du ja selbst gesehen. Niemand ist vor ihnen mehr sicher. Sogar der Norden der Insel leidet schon unter diesem Joch. Die Lebensmittel sind aufgebraucht. Nun hungern die Menschen und auch die Soldaten, da es nichts mehr von Wert zu rauben gibt. Und wenn wirklich irgendwo etwas zu wachsen beginnt, fressen es diese Mordbrenner, bevor es auch nur die Chance hat, groß zu werden. Die Leute aus den Dörfern fangen langsam an, sich zu wehren. Was dabei raus kommt, hast du ja im Wald gesehen. Die ganze Situation ist hoffnungslos. Wir beten jeden Abend, dass die Greul endlich vorbei geht. Aber das weißt du ja alles. Eure Gaben helfen uns zu überleben. Dafür möchte ich dir unendlich danken.“
Hannah dachte kurz nach und seufzte. Bestimmt würde sie ihrer alten Freundin Anna helfen, doch das lag ja für sie noch in weiter Ferne. Bis dahin mussten noch zwanzig Jahre vergehen. Dann schüttelte sie nur leicht den Kopf. „Nein, mein Kind, das weiß ich nicht. Das alles ist in meiner Zeit noch nicht geschehen. Erzähle mir also von den deinen. Wie ist es euch ergangen?“
Marthas Gesicht wurde nachdenklich, bevor sie leicht abwinkte, als ob sie sich keine Mühe mehr machte, es verstehen zu wollen. Es war ein Wunder, das stand fest, vielleicht sogar Zauberei, aber die junge Hannah war nun einmal da und stand vor ihr, also begann sie Hannahs Frage zu

beantworten: „Mutter hatte es irgendwie vorausgesehen. Noch bevor die Soldaten des Herzogs über unsere Insel herfielen, hat sie Vater, meinen Bruder Cunrad und später auch meinen Mann gedrängt, eine Schutzhütte im Wald zu errichten. Also bauten wir heimlich in der Nähe des Baumes, also des Tores zu dir, einen Unterschlupf. Nicht sehr bequem, aber eben ein Dach gegen Regen und eine Feuerstelle. Dort wohnen wir nun oder hausen, egal wie man es nennen will. Es ist primitiv, doch es lässt sich aushalten. Nachts sitzen wir um das Feuer herum und wie schon gesagt, haben wir dank euch genug zu essen. Mutter leidet unter der ständigen Kälte, doch bald wird es bestimmt wärmer. Dann geht es besser. Du hattest uns auch angeboten zu dir zu kommen, doch das möchte Mutter noch nicht. Wir passen ständig auf und wollen den Baum benutzen, wenn wir dort entdeckt werden. So ist es mit dir und Mutter abgesprochen."

Hannah hatte aufmerksam zugehört. „Und wie geht es dir? Du sagtest, du bist verheiratet?"

„Ja, das bin ich", sagte die junge Frau nicht ohne einen gewissen Stolz. „Ich habe auch schon zwei Kinder geboren und es sollen noch viele werden, wenn die Zeiten wieder besser sind. Mein Mann Thomas hat eine Anstellung auf dem Gut Rahlow und ich bin auch dort beschäftigt. Die Herrschaften sind nett und großzügig, jedenfalls sind sie es gewesen. Auch für sie sind die Zeiten schlecht geworden. Wie es weitergeht, wissen wir ja nicht. Nun leben wir im Wald. Manchmal ziehen die Männer los und verdingen sich bei den Soldaten für ein Stück Brot. Sie bauen Befestigungsanlagen, als ob diese Mordbrenner sich für immer hier niederlassen wollen."

Hannah nahm die junge Frau ganz fest in den Arm und drückte sie an sich. „Ja", sagte sie und musste ihre Tränen unterdrücken. „Ja, ihr könnt bestimmt jederzeit durch den Baum kommen. Da wird sich nichts daran ändern." Dann schob sie Martha ein Stück von sich weg. „Aber was machst du dann hier? Es ist gefährlich. Wir haben vorhin selber gesehen, wie die Soldaten junge Frauen geschändet haben. Du musst sofort in den Wald zu deinen Kindern."

Ein Schmunzeln huschte über Marthas Gesicht. „Das tun sie, aber auch dabei haben sie Angst. Schau her!" Damit griff sie unter ihren Rock und holte ein kleines, braunes Glasfläschchen hervor. „Erinnerst du dich? Das hattest du mir gegeben. Es ist frischer Saft vom Schöllkraut. Macht man sich diesen auf die Haut, entstehen große rote Flecken und auch Blasen. Es juckt und brennt etwas, aber das geht auch ganz schnell wieder weg. Es hilft, so lassen einen die Soldaten in Ruhe. Sie haben Angst vor Krankheiten. Ich musste es selbst schon ausprobieren. Ansonsten sehe ich ab und zu nach dem Rechten in unserem Haus und im Gut. Daher komme ich gerade."

Hannah nahm Martha das Fläschchen aus der Hand und roch daran. Dann

hatte sie einen Gedanken.
„Kannst du mir etwas davon abgeben?", fragte sie leise. „Es ist nur für den Notfall. Martina, meine Tochter, ihr Freund Frank und mein Sohn Martin sind hier. Wenn irgendetwas schief gehen sollte, könnte ich es vielleicht brauchen."
Wieder schaute Martha fragend auf Hannah. Doch ohne großes Zögern gab sie Hannah die Flasche. „Ich habe in unserer Waldhütte noch zwei davon. Warum kommst du ohne diese Mittel hierher?", fragte Martha „Sie bedeuten doch Schutz, das hattest du doch selbst gesagt?"
Hannah winkte nur ab. „Ich wusste nicht, in welche Zeit wir kommen. Es sollte nur eine kurze Erkundung werden."
Martha schien mit der Antwort zufrieden zu sein. Dann blickte sie Hannah fest an und nahm sie in den Arm. „Ich glaube, ich muss zu den Meinen. Sie machen sich bestimmt schon große Sorgen."
„Das verstehe ich gut", flüsterte Hannah und wischte sich eine Träne aus den Augen. „Bitte warte noch kurz." Sie holte einen Zettel und einen Stift aus der Rocktasche und schrieb etwas auf. „Bitte sei so lieb und gib ihn Martina oder mir, wenn du wieder am Baum bist und eine von uns siehst."
Martha nickte nur, ohne den Sinn der Worte von Hannah begreifen zu können. Dann drückten sich die Frauen nochmal herzlich, bevor Martha in Richtung Wald davonlief.
Hannah blieb zurück. Ein Schmunzeln umspielte ihre Lippen, als sie daran dachte, den Zettel mit dem Dankeschön für die Hilfe, die sie diesen Menschen geben wird, von Martha zu bekommen. Aber bis dahin sollten noch zwanzig Jahre vergehen.

KAPITEL 34

März 1628

Noch stand die Sonne hoch am Himmel. Frank und Martin schlichen sich vorsichtig um die niedrigen Häuser. Aus einigen schlugen noch immer Flammen in die Höhe und dicker, schwarzer Qualm drang durch die längst eingestürzten Reetdächer.
Frank schaute um die Ecke eines noch intakten Hauses. „Von hier können wir starten, glaube ich. Wir sind weit genug von der Kirche entfernt und doch wird man uns sehen."
„Wie viele Soldaten siehst du?", fragte Martin, der dicht hinter Frank stand.
„Vier. Sie haben den Pfarrer in ihrer Mitte. Ich kann nicht genau sagen, was sie machen."
„Siehst du Martina?"
„Nein, von hier nicht. Geben wir ihr noch drei Minuten und dann fangen wir an."
Martin atmete schneller. „Alles klar."
Die drei Minuten vergingen langsam. Im Stillen zählte Frank die Sekunden. „Ich glaube, es ist soweit. Bevor sie entdeckt wird oder noch andere Soldaten kommen, sollten wir mit unserem Ablenkungsmanöver starten.
Fast gleichzeitig traten die beiden Männer aus ihrer Deckung hervor. Mit schnellen Bewegungen rannten sie einige Schritte auf den Marktplatz zu, um mit den Stimmen das Geprassel des Feuers um sie herum zu übertönen.
Frank bildete mit seinen Händen eine Art Trichter. Aus Leibeskräften brüllte er: „Hey ihr Schwachmaten, lasst den armen Mann in Ruhe, sonst gibt es etwas auf eure Mützen!"
Auch Martin fiel mit ein. „Habt ihr nicht gehört? Oder soll ich euch mal zeigen, wo es lang geht?"
Die Männer vor der Kirche waren auf sie aufmerksam geworden. Sofort

legten zwei Soldaten ihre Gewehre auf die Gabeln und zielten bedrohlich in ihre Richtung.
Frank und Martin gingen etwas auseinander und fuchtelten mit den Armen. „Kommt doch, wenn ihr etwas wollt. Traut euch wohl nicht, ihr Feiglinge? Gegen wehrlose Frauen und Kinder und gegen arme Bauern seid ihr groß, doch gegen gleichwertige Gegner zieht ihr den Schwanz ein. Feige Schweine."
Zwei Schuss krachten. Über den Schützen stieg weißer, dichter Pulverdampf auf, der die Soldaten für einen kurzen Augenblick zu verschlucken drohte. Beide Geschosse verfehlten jedoch ihr Ziel um Meter.
„War das schon alles?", lachte Frank laut auf und schlug die Hände provozierend auf seine Oberschenkel. Aus den Augenwinkeln hatte er das Gefühl, Martinas Pferd zu sehen, wie es um das Kirchengebäude herum auf die Mauer zulief. Der Pulverdampf jedoch war zu stark, um mit Gewissheit sagen zu können, dass Martina es geschafft hatte.
Martin sah, wie die beiden Landsknechte, die geschossen hatten, niederknieten und ihre Büchsen mit Schwarzpulver füllten. „Frank, ich glaube, die laden schon wieder nach. Wir sollten jetzt das Weite suchen. Vielleicht schießen sie jetzt nicht wieder vorbei. Los, Abmarsch!"
„Ihr geht nirgendwo hin, ihr Halunken und Tunichtgute!", klang es plötzlich direkt hinter ihnen. Martin fuhr herum und auch Frank hatte die Situation sofort erfasst.
Hinter ihnen standen zwei weitere Soldaten. Der eine hatte sein Gewehr direkt auf Martins Kopf gerichtet. Der Abstand zu ihm betrug weniger als zwei Meter. Martin war klar, selbst bei dieser veralteten Technik war ein Vorbeischießen nahezu unmöglich. Sofort hob er instinktiv die Hände in die Höhe.
Auch hinter Frank stand einer der Landsknechte. Dieser hielt einen großen Spieß in der Hand und zielte damit direkt auf Franks Rippen. „Los, vorwärts, ihr Bürschchen. Euch wird das Lachen gleich vergehen. Dann wird das Hälschen länger werden, bevor ihr eure arme Bauernseele aushaucht, glaubt mir. Und jetzt lauft oder wir töten euch gleich hier und auf der Stelle!"
Widerwillig hob auch Frank seine Hände hoch. In seinem Kopf arbeitete es. Er hatte im Dienstsport oft Selbstverteidigung trainiert und war Judomeister in der Polizeischule gewesen. Es wäre ein leichtes, den Spießgesellen zu entwaffnen. Doch dann sah er die auf Martin gerichtete Rohrmündung. Seine Befreiung hätte Martin wohlmöglich das Leben gekostet. Nein, das durfte er auf keinen Fall riskieren. „Schon gut", zischte er den beiden Soldaten entgegen. „Wir gehen ja schon."

Martina liefen Schweißperlen über ihre Stirn. Sie musste sich anstrengen, Konrad aufrecht auf dem Pferderücken zu halten. Sein Körper kippte

ständig zur Seite. Er stöhnte leise auf, wenn Martina ihn wieder nach oben zog. Sie bewies in diesen Augenblicken fast übermenschliche Kraft.
Sie waren kurz vor der Pforte der Zeit angelangt. Als Martina das Donnern von Gewehren hörte, erschrak sie. Ihre Gedanken flogen zu ihrem Bruder und zu Frank. Inständig hoffte sie, dass ihnen nichts geschehen war.
Mit einem Ruck zog sie Konrad wieder in aufrechte Position. Dann streckte sie ihren Körper und blickte in die Richtung, aus der die Schüsse gekommen waren. Ihr Herz stockte. Sie meinte, in ihrem Augenwinkel Frank gesehen zu haben. Er war von Soldaten umzingelt.
Martina überlegte kurz und zügelte dabei das Pferd. Doch was konnte sie ausrichten? Sollte sie zurückreiten? Das würde ihr nicht ungesehen gelingen. Gleichzeitig wäre es der sichere Tod für Konrad. Martina war sich unsicher und hoffte inständig, dass ihr Blick sie getäuscht hatte.
Niemand schien sie bisher bemerkt zu haben. Ihr gemeinsamer Plan musste einfach funktionieren. Und nein, sie musste sich einfach geirrt haben, Frank und Martin waren am Leben. Sie fühlte es. Ohne das Gleichgewicht zu verlieren, schob sie ihre rechte Hand an Konrad vorbei und tätschelte so den Mähnenansatz des Tieres. Mit ihrem linken Arm drückte sie den Blankenfelser dichter an ihren Körper heran. Kräftig trat sie dem Tier ihre Fersen in die Flanken. Das Pferd wirkte erschrocken, bäumte sich leicht auf und begann zu rennen. Kurz vor der Kirchenmauer, welche die Pforte verbarg, beugte sich Martina mit aller Kraft nach vorn. Dabei drückte sie Konrad an den Pferdehals. Martina wusste, das Pferd würde niemals gegen eine Wand rennen, deshalb streckte sie ihre Arme und verdeckte dem Tier für einen kurzen Moment die Augen. Konrad stöhnte unter dem Druck auf seinen Körper auf.
Noch beim Durchgang durch die Kirchenwand richtete sich Martina auf und zügelte das Tier. Keine Sekunde zu früh. Nur mit Mühe konnte sie so der niedrigen, reich verzierten Kanzel mit der geschwungenen Treppe entgehen. Das Pferd kam kurz vor dem hölzernen Gestühl zu stehen.
Martina atmete hörbar aus. Sie waren in Sicherheit, ihre Probleme jedoch nicht kleiner geworden. Erst jetzt fiel ihr dieses metallische Ding ein, das ihre Mutter als Dietrich bezeichnet hatte und den Schlüssel der Kirchentür ersetzte. Sie hatte vergessen, sich dieses Ding von ihrer Mutter geben zu lassen. Schweißperlen standen auf ihrer Stirn. Notfalls musste sie warten, bis jemand die Kirchentür aufschließen würde. Aber wie sollte sie dann die Situation erklären? Und blieb da noch genug Zeit, um Konrads Leben zu retten?
Vorsichtig sah sich Martina um. Niemand befand sich in der Kirche. „Gott sei`s gedankt“, sprudelte es aus ihr hervor. Langsam bewegte sie das Tier durch den Druck ihrer Beine in die Mitte des Kirchenschiffes, genau zwischen die Sitzbankreihen. Sie musste sich schnell etwas einfallen lassen, um die Kirche mit Konrad zu verlassen und schaute sich um. Linkerhand

sah sie den säulenartigen Altar. Deutlich konnte sie auf dem Altarblatt die Darstellung Christi während der Himmelfahrt erkennen. Es musste ein Zeichen sein. Auch die beiden Figuren neben dem Bild konnte sie zuordnen. Spes und Fides, Hoffnung und Glaube. Ja, Martina war sich sicher. Gott hatte seine Hände über sie gehalten. Hoffentlich tat er es mit ihrer gesamten Familie. Ihr Blick wanderte am Altar noch weiter nach oben. Die Engelswolke trug im Dreieck das Auge Gottes. Jetzt war sie sich sicher. Im Stillen dankte sie dem Herrn und lenkte das Pferd nach rechts durch die hölzernen Stuhlreihen hindurch zum Haupteingangstor. Sie musste sich tief hinab beugen, um die große Türklinke zu erreichen. Mit einem Stoß flog die Tür auf. Martina jubelte innerlich. Vorsichtig trabte das Pferd die zwei kleinen steinernen Stufen des Einganges hinunter. Martina holte tief Luft, als sie unter freiem Himmel stand. Dann drückte sie wieder ihre Fersen fest in die Flanken des Pferdes, welches augenblicklich loslief.
Zurück blieben fragende Gesichter einiger Passanten, die nicht glauben wollten, was sie eben gesehen hatten.

Martin und Frank wurden mit vorgehaltenen Waffen in Richtung Kirche geführt. Als sie nur noch etwa zehn Schritte von den Musketenschützen entfernt waren, löste sich aus deren Mitte ein Soldat und kam auf sie zu. Er trug an seinem Hut eine große Feder und war wahrscheinlich der Offizier des Haufens.
Mit einer abwinkenden Handbewegung zu Frank und Martin rief er mit urbayrischem Dialekt zu den beiden bewachenden Söldnern: „Sperrt sie in de Hüttn zua den andern! Mia wern sie schbada an ihrn Hälsn aufhängn, wenn da do uns gsogt hod, wos mia wissn woin!“
Der Soldat mit dem Spieß stieß Frank die Spitze merklich in den Rücken. „Das Haus vor euch an der Ecke. Da geht's rein!“
Die Hütte war klein und noch nicht durch Feuer zerstört. Vor der Tür stand ein Balken schräg davor gelehnt und in die Erde gestemmt. Ein Öffnen von innen sollte so unmöglich gemacht werden. Der Spießgeselle brauchte seine ganze Kraft, um den schweren Balken zu bewegen. Vielleicht war das die Gelegenheit zu verschwinden? Frank drehte sich vorsichtig um. Im gleichen Moment verwarf er seine Idee. Der Soldat mit der Muskete stand genau hinter ihm, mit dem schweren Geschütz auf der eiserenen Gabel liegend, zielte er über den Lauf hinweg genau auf ihn.
Als sich die Tür öffnete und Martin und Frank in den dunklen Raum hineintraten, bekam Frank einen Schlag auf seinen Rücken. Er war nicht stark ausgeführt, jedoch unerwartet und schmerzvoll. Frank stolperte und landete unvermittelt auf dem harten, staubigen Lehmboden des Hauses.
Sofort war Martin bei ihm und half ihm hoch. „Es war nur das Holzende der Lanze. Ist alles in Ordnung bei dir?“
Frank rieb sich im Aufstehen mit den Händen seinen Nacken. „Ja, ich

glaube schon, das wird er mir büßen, dieser Sauhund."
Es dauerte eine Weile, bis ihre Augen sich an die Dunkelheit gewöhnt hatten. Dann sah Martin den jungen Mann und die junge Frau, die beide, sich an den Händen haltend, in einer Ecke des Hauses saßen.
Er schob mit dem Fuß die Trümmer eines Tisches und zweier zerbrochener Schemel beiseite und ging einen Schritt auf das Paar zu. „Hallo, ich bin Martin und das dahinten ist Frank. Wer seid ihr?"
Der Mann, er mochte vielleicht Mitte zwanzig sein, so schätzte Martin, hielt die Frau eng umschlungen. „Mein Name ist Hans und das ist meine Frau Maria. Wir haben doch nichts getan." Seine Stimme zitterte.
„Ihr braucht keine Angst vor uns zu haben." Gleich, nachdem er die Worte ausgesprochen hatte, fand er diesen Satz unangebracht. „Was werden die mit euch machen?", fragte Martin weiter.
Der junge Mann lachte verächtlich auf. „Sie werden mit uns das Gleiche machen wie mit euch. Man wird uns alle hängen."
In diesem Moment ertönte vom Kirchplatz her ein lauter, markerschütternder Schmerzensschrei. Frank und Martin drängten sich an das schmale Fenster, das von außen mit Brettern grob verschlossen war und versuchten, durch die Ritzen zu blicken. Erneut schrie der Mann außerhalb des Hauses vor Schmerzen auf.
„Was machen die mit dem Pfarrer?", fragte Frank entsetzt. „Die Soldaten haben dem Pfaffen einen Strick um den Kopf gelegt, genau in Höhe der Stirn und nun verdrehen sie diesen mit einem Holzstück am Hinterkopf."
Der junge Mann war aus seiner Ecke herausgetreten und blickte nun ebenfalls ängstlich durch den schmalen Spalt. „Sie wreudeln den Probst", sagte er nur und ging wieder zu der zitternden Frau, die angefangen hatte, leise zu weinen.
„Ich will noch nicht sterben!", hörte Martin sie verzweifelt sagen.
„Wo ist das Gold versteckt, rede du elender Ketzer!" Die Stimme des Soldaten klang rau und hart. Irgendwie schwamm ein Unterton darin, der bei Frank das Gefühl zuließ, dass dieser Knecht seine Freude an der Qual anderer Leute hatte.
Wieder schrie der Pfarrer los. Einer der Soldaten hatte wahrscheinlich den Strick noch ein wenig enger gedreht. Der Pfaffe beteuerte, keine Gegenstände von Wert in seiner Kirche aufzubewahren. Sie hätten doch schon alles durchsucht. „Oh Herr, verzeih ihnen, sie wissen nicht was sie tun." Gleich darauf schrie er noch einmal los.
„Sie werden so lange den Strick drehen, bis die Augen des Probstes aus seinem Kopf treten.", sagte der Mann in seiner Ecke. „Danach werden sie kommen und uns holen."
„Sollen sie nur kommen." Frank hatte sich herumgedreht. „So leicht werden sie meine Haut nicht kriegen. Ich lasse mich nicht wie ein Huhn zum Hackklotz bringen. Lieber sterbe ich im Kampf und nehme noch ein

oder zwei von diesen ruchlosen Bastarden mit."
Wieder ertönte draußen ein gellender Schrei.
„So langsam sollten wir uns etwas einfallen lassen!" Martin sah sich in dem Haus um, welches nur aus einem Raum bestand. Auch das zweite kleine Fenster, das zur Hauptstraße ging, war von außen verriegelt. Er ruckte daran, doch die Bretter gaben keinen Millimeter nach. Es wäre auch viel zu klein, um hindurchzukriechen.
Frank, der immer noch das Geschehen auf dem Platz vor der Kirche beobachtete, sagte mit einem Mal: „Ich glaube es nicht. Hannah läuft da draußen rum. Sie hat sich eben mit einer alten Frau unterhalten."
„Du wirst sehen, es dauert nicht lange und sie sitzt auch hier drin." Martin war wütend auf seine Mutter. Er und Frank hatten genug Probleme, wie sollte er sich da auch noch um seine Mutter kümmern? „Warum macht sie nicht einmal genau das, was man ihr sagt? Was macht sie jetzt?"
Frank zögerte etwas. „Keine Ahnung, ich sehe sie nicht mehr. Sie ist verschwunden. Die andere alte Frau steht immer noch am Platz und sieht dem Schauspiel um den Pfaffen zu. Lange wird der nicht mehr durchhalten. Wir müssen uns ganz schnell etwas Brauchbares einfallen lassen."
In diesem Moment rüttelte es an der Holzverkleidung am kleinen Fenster, welches vom Kirchenplatz aus nicht einsehbar war. Von außen ließ sich ein Brett einen Spaltbreit aufziehen.
„Hallo Martin, Frank, seid ihr da drin?" Es war Hannahs Stimme.
„Ja", antworte Martin, „sag mir, was du, verdammt nochmal, hier tust? Verschwinde und bring dich in Sicherheit!"
Ohne weiter auf die Martins Worte einzugehen, schob Hannah ein kleines Fläschchen durch die Bretteröffnung in den Raum. Martin war mit einem Satz bei ihr. „Was ist das?"
„Hey Alte, scher dich von der Hütte weg, sonst machen wir dir Beine!", rief einer der Soldaten.
„Ich muss mich nur einen kleinen Moment ausruhen. Es geht gleich wieder." Hannah hatte ihre Stimme verstellt. Es klang wie ein altes Mütterchen. Dann zischte sie durch die Öffnung. „Das ist Saft vom Scharbockskraut. Reibt ihn auf überall auf die sichtbare Haut. Es brennt ein wenig und gibt Blasen. Und dann spielt ihr die Pestkranken. Vielleicht fallen sie drauf rein, hoffen wir es!"
„Los alte Vettel, genug ausgeruht, troll dich von dem Haus weg, sonst kommst du auch noch hinein."
Martin hörte, wie Hannah sich schimpfend entfernte. Dann schraubte er das Fläschchen auf. „Du hast Hannah gehört, also los, lass uns damit einreiben!"
Hannah hatte nicht zu viel versprochen, das Zeug brannte fürchterlich. Frank und Martin spürten regelrecht, wie sich Blasen auf der Haut von Armen, Hals und Gesicht bildeten.

Es dauerte noch eine ganze Weile, bis die Tür des Hauses aufgestoßen wurde. Frank spielte seine Rolle gut. Noch bevor der Soldat, der sie holen sollte, etwas sagen konnte, ließ sich Frank durch die geöffnete Tür fallen. Auch Martin torkelte hinaus.
„Seht, wie sie aussehen. Überall sind Beulen!“, schrie der Söldner. „Es ist die Pest, der schwarze Tod, der über uns kommt.“
„Helft uns bitte!“, keuchte Martin mit gut gespielter, verzweifelter Stimme.
Der Soldat wich zurück. Der Hauptmann mit dem bunten Federbusch auf dem Hut sah nur die entstellten Gesichter seiner beiden Gefangenen und die Blasen auf der Haut.
„Obmarsch!“, rief er sofort den anderen zu. „Mia miassn do weg! Sie bringn den Tod üba uns. Schnei, schnei, schnei!“
Wie besessen rannten sie los. Sie liefen dabei panisch in Richtung Norden, um dann nach der nächsten Kurve den Weg nach Bergen einzuschlagen.
Als das Klappern ihrer Ausrüstung verschwunden war, setzte sich Frank auf und lachte. Auch Martin stimmte herzhaft ein und rieb sich über die schmerzenden Arme.
„Deine Mutter ist genial.“
„Ja, das ist sie. Aber das Zeug brennt auch fürchterlich. Hoffentlich hat sie ein Gegenmittel!“
„Besser, als jetzt irgendwie an einem Ast zu baumeln“, gab Frank zurück.
Gleich darauf erschien Hannah. Sie ging, ohne ein Wort zu sagen, an den beiden vorbei und kniete sich neben den Probst. Sie fühlte seinen Puls. Dann blickte sie sich um. In dem flachen Hauseingang standen die junge Frau und der Mann. Angst war in ihrem Blick.
„Kommt her!“, befahl Hannah und ihre Stimme ließ keinerlei Widerspruch zu. „Er lebt. Kümmert euch um ihn und dann bringt euch in Sicherheit! Wer weiß, ob das Gesindel nicht wiederkommt.“
„Und die Pest?“, fragte die junge Frau mit zitternder Stimme.
Hannah winkte nur ab. „Es ist bestimmt nicht die Pest. Nur rote Flecken und Blasen. Die gehen bald wieder weg. Und nun kommt!“
Der junge Mann fasste Mut und trat an den Pfarrer heran. Dann jedoch blickte er zu Hannah. „Sagt, alte Frau, was ist das für ein Zauber?“
„Helft ihm endlich, sonst wird mein nächster Zauber schrecklich werden!“
Dann drehte sie sich zu Frank und Martin um. „Lasst uns jetzt gehen. Es war genug für einen Tag. Martina ist durch das Tor geritten. Ich konnte es beobachten, sie hat es geschafft. Lasst uns bitte ganz schnell von hier verschwinden!“

„Hast du das gesehen? Sie sind einfach durch die Wand der Kirche verschwunden.“ Maria hatte sich auch zu ihrem Probst heruntergebeugt, um ihm zu helfen.
„Wir sind am Leben, egal, wem wir es zu verdanken haben“, sagte Hans.

„Hab keine Angst Maria, wenn es der Teufel oder eine Hexe war, wäre sie nicht auf geheiligtem Boden verschwunden. Wir sollten darüber schweigen. Du bist hier und ich bin hier. Ich glaube auch nicht, dass irgendeine Hexe den Probst gerettet hätte. Es war bestimmt ein Engel, dem wir begegnet sind. Also los, fass mit an."

KAPITEL 35

Sichtlich von den Anstrengungen gezeichnet, betraten Hannah, Martin und Frank das Grundstück. Die Fahrt von Gingst nach Pansevitz hatten sie zurückgelegt, ohne ein Wort zu sagen. Jeder hing seinen Gedanken nach. Hannah fühlte sich schlecht, schuldig am Geschehenen.
Martin betrat als erster den Hof und blieb wie angewurzelt stehen. „Schaut mal, wenn ich nicht wüsste, warum dort im Garten friedlich ein Pferd grast, würde ich sagen, ich hatte einen verdammt schlechten Traum."
„Das war kein Traum", entgegnete Frank lachend. „Du musst dich erst mal im Spiegel sehen. Dein Gesicht ist feuerrot und über und über mit Blasen bedeckt. Du siehst einfach nur zum Fürchten aus."
„Spätestens morgen ist davon nichts mehr zu sehen" Hannah hatte Tränen in den Augen. „Im Haus gebe ich euch beiden eine Salbe. Die wird zwar die Blasen nicht verschwinden lassen, aber sie lindert den Juckreiz. Also geht bitte nicht dran."
„Du sagst das so einfach" Martin war neben Hannah getreten und hatte ihre Hüfte umfasst. „Mach dir keine Sorgen, wir sind wieder zurück, nur das zählt."
Hannah nickte gedankenversunken.
Als sie die Küche betraten, stürmte der große schwarze Hund auf sie ein.
Hannah strich ihm sanft über den Kopf. Sie sah, wie ihre Tochter und die Ärztin am Tisch saßen und Kaffee tranken. Martina bemerkte sie und sprang auf. Ihr Stuhl kippte nach hinten und fiel krachend auf die Holzdielen. Die alte Beatrice drehte sich zu den Ankömmlingen herum. Als sie in die Gesichter der Männer sah, schlug sie die Hand vor den Mund. „Was habt ihr denn gemacht? Ist das eine allergische Reaktion?"
Martin winkte ab, nahm seine Schwester in den Arm und wendete sich Beatrice zu. „Das haben wir Mutter zu verdanken. Es hat uns aber, nebenbei gesagt, das Leben gerettet."

Martina löste sich aus den Armen ihres Bruders und sprang Frank um den Hals. „Es tut gut, euch zu sehen. Ich habe mir schon große Sorgen gemacht."
„Wie geht es Konrad?", wollte Hannah wissen.
Beatrice war aufgestanden. „Er wird es schaffen. Ist ein starker Kerl. Aber viel später hättet ihr nicht kommen dürfen. Außerdem seid ihr mir noch so manche Erklärung schuldig. Zurzeit liegt euer Patient im Gästezimmer. Er schläft und hängt am Tropf. Wäre deine Tochter nicht gewesen und hätte mir so fantastisch assistiert, wäre er nicht mehr."
Hannah küsste Martina auf die Stirn und fuhr ihr mit der Hand durch das offene Haar, dann begrüßte sie herzlich die Ärztin. „Schön Bea, dass du so schnell kommen konntest und geholfen hast. Deine Fragen haben ihre Berechtigung, auch wenn ich sie dir bestimmt nicht alle beantworten kann."
Bea fuhr sich mit der Hand über das Kinn. „Versteh mich bitte nicht falsch Hannah, aber der Mann hatte zwei Kugeln im Körper. Ich bin verpflichtet, Schussverletzungen anzuzeigen."
Hannah ließ sich auf einen der Küchenstühle fallen. Sie war müde. „Schau", sagte sie und überlegte, „der Mann gehört hier nicht her. Seine Verwundung stammt aus dem Dreißigjährigen Krieg. Deshalb kann er nicht in ein Krankenhaus. Er hat weder Papiere bei sich, noch eine Krankenversicherung. Außerdem ist er schon über vierhundert Jahre alt. Wie soll ich das jemandem erklären?"
Beatrice sah sie ungläubig an.
Martina blickte in die Runde. „Ich mache euch jetzt erst einmal einen starken Kaffee. Ihr seht müde aus. Und dann müsst ihr mir alles haarklein erzählen."
„Darauf bin ich auch gespannt", sagte die Ärztin und setzte sich wieder an den Tisch. „Übrigens hatte Martina bei dem Pferd draußen einen Streifschuss an der linken Flanke festgestellt. Die Wunde war nicht sehr tief und ich habe sie desinfiziert. Ich hoffe es war richtig oder wolltet ihr einen Tierarzt holen?"
Hannah schüttelte ihren Kopf. „Das wäre genauso schwer zu erklären. Das Tier ist auch schon über vierhundert Jahre alt."

KAPITEL 36

Eine Woche war vergangen. Konrad von Blankenfels saß gemeinsam mit Hannah und Martina am Küchentisch. Der Abend war hereingebrochen. Der große, schwarze Hund lag vor dem Eingang zur Stube und döste friedlich vor sich hin.
„Ach, gute Hannah“, begann Konrad, „Ich habe euch allen mein Leben zu verdanken. Hier ist es so friedlich, fast möchte ich den Wunsch äußern, für immer hier zu bleiben. Leider ist das nicht möglich. Mein König erwartet mich zurück. Es ist Zeit, in den Konflikt einzugreifen. Ich hoffe, ihr seid mir nicht böse, wenn ich den Wunsch äußere, wieder in meine Welt zurückzukehren.“
Hannah schwieg eine Weile. Dann blickte sie auf und sah in seine feurigen Augen. „Ich verstehe Euch, junger Blankenfels. Doch ich möchte Euch trotzdem anbieten, hierzubleiben. Wir finden bestimmt einen Weg. Die Welt ist friedlicher geworden. Hier müsst Ihr nicht Eure Haut zu Markte tragen.“
„Ich danke Euch, weise Frau, für das Angebot. Mein Platz ist jedoch bei den Meinigen. Es gibt hier so viel, was ich nicht verstehe, was ich nicht begreife. Ihr habt mir gestern aus einem Buch über diesen großen Krieg, wie bezeichnet ihr ihn, ach ja, den Dreißigjährigen, vorgelesen. Dort stand, dass der kaiserliche Heerführer Tilly gesagt hat, dass es sich dabei nicht um eine Auseinandersetzung über die wahre Religion handelt. Aber das ist es doch, warum wir in die Schlacht ziehen. Warum kämpft dann dieser gewaltige Führer auf der Seite des Papstes und des Kaisers? Er lügt doch damit sich und allen seinen Gefolgsleuten in die Taschen.“
„So ist es, lieber Konrad“ Hannah suchte nach Worten. „Es ist in jedem Krieg das Gleiche. Im Endeffekt geht es nicht um den Glauben. Es sind ja alles Christenmenschen, die sich mit gezogenen Schwertern gegenüberstehen und sich niedermetzeln. Nein Konrad, es geht um Macht

und Einfluss, um nichts weiter. Das erste Opfer des Krieges ist immer die Wahrheit. Wäre es nicht so, könnten Menschenmassen nicht so beeinflusst werden. Das war zu Eurer Zeit so und das ist in unserer Zeit noch genauso. Schaut, es gibt ein Land, ihr nennt es Neue Welt, wir USA. Dieses Land hat ein anderes überfallen und Verbrechen gegen die Menschlichkeit begangen. Als Grund für diesen feigen und barbarischen Überfall diente eine Lüge. Nein, für die Aggressoren dieser Welt hat sich im Laufe der Geschichte nichts geändert."
Konrad von Blankenfels wiederholte Hannas Satz: „Das erste Opfer des Krieges ist immer die Wahrheit. Das ist ein weiser Satz, gesprochen von einer weisen Frau."
Hannah lachte kurz auf. „Das hat mal ein amerikanischer Senator gesagt. Ich glaube, es war Hiram Johnson. Ja, er hatte recht."
Hannah stand vom Tisch auf. Sie wollte noch einen kurzen Blick in den Garten werfen, bevor die Helligkeit des Tages ganz dem Dunkel der Nacht wich.
Als sie gegangen war, beugte sich Konrad dicht zu Martina herab. Er strich ihr sanft über die Haare. „Weißt du, ich habe oft von dir geträumt. Dort, in den einsamen Nächten in den Feldlagern hatte ich mir ein Leben mit dir vorgestellt und gewünscht. Jetzt bin ich froh und glücklich, dich wenigstens noch einmal gesehen zu haben."
Martina wollte etwas erwidern, doch Konrad fuhr mit seinem Finger über ihren Mund. „Ich weiß, Frank liebt dich über alles. Er ist ein großer Kämpfer. Halt ihn bei dir und geh den Bund der Ehe mit ihm ein. Es ist das, wozu ihr beide bestimmt seid. Und wenn du dann noch eine kleine Ecke in deinem Herzen frei hast, dann behalte mich in guter Erinnerung."
Martina nickte mit feuchten Augen.
Schweigend saßen sie sich eine ganze Weile gegenüber.
Als Frank zur Tür hereintrat, wischte Martina sich die Tränen aus dem Gesicht. Sie stand auf, ging ihm entgegen, umarmte und küsste ihn.
Konrad saß am Tisch und sah schmunzelnd zu.
Als sich Frank von Martina gelöst hatte, legte er seine Hand auf Konrads Schulter. „Gut, dich wieder bei Kräften zu sehen. Hannah hat mir erzählt, dass du zurück willst?"
Konrad nickte. „Meine Zeit hier geht zu Ende. Wenn die weise Hannah es erlaubt, würde ich morgen schon in meine Welt zurückkehren. Euch allen gilt mein unendlicher Dank."
„Was treibt dich zum König?", fragte Frank und holte aus dem Kühlschrank zwei Flaschen Bier heraus. Er öffnete beide und hielt Konrad eine hin. Er nahm sie und probierte.
„Es ist schwer, den König der Schweden zu beschreiben. Er ist ein außergewöhnlicher Mann und großer Heerführer. Er ist bei weitem nicht ohne Fehler. Manchmal prescht er auf seinem Schlachtross voran, ohne

dass sein Volk auch nur im Entferntesten mithalten kann. Sie traben dann mit ihren schweren Bauernschuhen hinterher. Wenn du weißt, was ich damit meine. Er ist immer freundlich und tapfer. Sein Wort gilt, als ob es ihm vom Schöpfer selbst eingegeben wurde. Er spricht mit dem gemeinen Manne, wie mit Seinesgleichen. Niemand vergisst jedoch dabei, wer da vor ihm steht. Man muss diesen König lieben, auch wenn mein eigener Verstand ihm manchmal misstrauen möchte."
Frank hob die Hände in die Luft. „Schon gut, ich merke, du meinst es ernst. Bei allem, was du machst, versprich mir, den Kopf unten zu behalten. Das soll heißen, pass auf dich auf."
„Das werde ich. Doch auch ich muss dich um ein Versprechen ersuchen."
Neugierig blickte Frank auf.
„Gib auf Martina acht und sei ihr ein guter Gatte."
Martina saß neben den Männern und errötete.
„Du hast mein Wort drauf."
Hannah stand in der Tür und hatte das Gespräch mit angehört. Sie betrat die Küche und lächelte.
„Weise Hannah, an dich habe ich noch eine Frage."
„Nur zu"
„Gestern, als du mir aus dem Buch über den Krieg vorgelesen hast, hast du erwähnt, dass unser König hier auf der Insel gelandet ist. Kannst du mir auf einer Karte, du hast ja so viele davon, zeigen, wo genau das war?"
Hannah musste ein wenig schmunzeln, als sie zu Konrad sagte: „Ich werde es Euch zeigen. Aber dann soll nicht behauptet werden, dass die Landung des Königs auf Rügen mir zu verdanken wäre."

EPILOG

Am nächsten Tag, gleich in der Frühe, fuhr Hannah mit dem Auto nach Gingst. Sie parkte den Wagen wieder direkt vor der Kirchenmauer. Es verging fast eine halbe Stunde, bis sie den Hufschlag eines Pferdes hörte. Konrad beugte sich tief aus dem Sattel zu ihr herunter, nahm ihre Hand in die Seine und küsste sie.
Hannah sah sich nach allen Seiten um. Noch hatte das Leben an diesem Tag in Gingst nicht begonnen. Ohne ein Wort nahm Hannah die Zügel des Pferdes. Sie öffnete mit der anderen Hand die Tür der Kirche und führte Konrad samt Pferd in das Gotteshaus. Konrad musste sich beim Durchschreiten weit hinunter beugen. Der Hufschlag des Pferdes hallte durch das große Gemäuer. Sie führte das Pferd direkt an die Wand links hinter der Kanzel und öffnete die unsichtbare Pforte der Zeit in der Kirchenmauer.
Konrad zwang sich zu einem Lächeln, dann gab er seinem Pferd die Sporen. Der warme Leib des Tieres rauschte dicht an Hannah vorbei. Sie konnte es förmlich riechen. Am liebsten hätte sie Konrad hinterher geblickt, wie er davon ritt. Sie musste sich zwingen, es nicht zu machen. Sie hatte es ihrer Tochter versprochen.
Hannah fuhr nach Hause. Der große schwarze Hund empfing sie schwanzwedelnd am Gartentor.
Martina kam ihr entgegen. Sie hatte das tragbare Telefon in der Hand.
„Schnell Mutter, ein Anruf für dich. Es ist Walburga."
Hannah nahm den Hörer in die Hand. Noch ehe sie etwas sagen konnte, fiel ihre Freundin mit einem Wortschwall über sie her. „Der Computer hat eine ganze Menge übersetzt. Wir sind dem Geheimnis auf der Spur. Stell dir vor, Hannah, alle Seherinnen, so bezeichnen sie darin die Leute, die auch die Kraft haben, durch die Zeit zu gehen, also dich und mich, stammen von den Wolvas ab. Die Blutlinie geht über eintausendfünfhundert Jahre

nachweislich zurück und das ist bestimmt noch nicht das Ende der Fahnenstange. Es steht im Text, dass neben dem Vorhersehen auch die Reisen möglich sind. Es bedarf zum Auffinden der Tore nur einer Mischung aus verschiedenen Substanzen. Na was sagst du dazu? Ist es nicht großartig! Jetzt müssen wir nur noch die Rezeptur finden."
Es entstand eine lange Pause.
„Du sagst ja gar nichts. Bist du noch dran? Hannah?"
Hannah überlegte. „Ich weiß", sagte sie in ruhigem Ton. „Diese Reisen sind gefährlich, glaub mir. Ich rufe dich später noch einmal an. Ich muss mir über einiges erst klar werden."
Damit legte sie auf.

NACHWORT

Der Dreißigjährige Krieg begann 1618 mit dem Prager Fenstersturz. Während die beiden Abgesandten des Kaiserlichen Hofes, Martinitz und Slawata, mit ihrem Schreiber Fabritius mit den Worten „Fahre zur Hölle, Teufelsbraten" vierzig Ellen tief glücklich und unverletzt auf einem Misthaufen landeten, hatte das Reich weniger Glück.
Was als Religionskrieg begann, änderte sich schnell in einen Kampf um Macht und Einfluss.

Die Region um Rügen und Stralsund, welche vom Weltgeschehen zu Anfang noch verschont wurde, hatte mit dem Eingreifen des Dänischen Königs in den Krieg und dem Aufmarsch der Wallensteinischen Truppen auf kaiserlicher Seite, stark zu leiden.
Besonders verheerend wirkten sich die Kämpfe in den Pommerschen Gebieten, in Mecklenburg, Schlesien, Mittel- und Süddeutschland aus. Man schätzt, dass hier nur ein Drittel der Bevölkerung überlebt hat.
Stralsund, zwar reformiert, doch kaiserfreundlich wurde bis August 1628 von Wallensteins Soldaten belagert.
Die Insel Rügen, strategisch wichtig, da hier eine Anlandung schwedischer Truppen unter ihrem König Gustav II. Adolf erwartet wurde, beherbergte zeitweise beinahe genauso viele Soldaten wie die Insel Einwohner zählte. Obwohl die Insel sich nicht kaiserfeindlich zeigte, wurde sie durch die Wallensteinische Soldateska bis aufs Blut ausgesaugt. Hunger, Armut, Verelendung und Tod waren an der Tagesordnung und machten auch vor dem Rügener Adel nicht halt.
Mit dem siegreichen Vordringen der schwedischen Truppen endete der Dreißigjährige Krieg für Rügen und Umgebung schon nach drei Jahren. Es dauerte jedoch noch fast ein Menschenleben, um sich von den Schrecken dieser drei Jahre zu erholen.

„Ergeben? Dat don wi nich. Geld? Dat hebben wi nich. Schurken, Rebellen? Dat sind wi nich.“ So sollen die Stralsunder damals gesagt haben. Ein Spruch, der sich in der pommerschen Mentalität bis auf den heutigen Tag wiederfinden lässt.

Dankeschön!

An dieser Stelle möchten wir uns bei allen Lesern unserer ersten beiden Bände der Rügensaga bedanken und dafür, dass von vielen der Wunsch geäußert wurde, die Saga weiterzuführen.
Bedanken möchten wir uns auch bei unseren Kindern, unseren Enkeln, unserer Familie und unseren Freunden für ihre grenzenlose Geduld.
Ganz besonderer Dank gilt natürlich unseren fleißigen Helfern für die vielen kritischen Anmerkungen, Vorschläge und Korrekturen des Textes.
Hier müssen wir unbedingt unsere Tochter Marie-Christin, Marco Thienemann und unseren Sohn Paul nennen. Besonders bedanken möchten wir uns noch bei Christa Mock, Gabi Fischer, Sieglinde Schwidtmann, Maja Wieczorek, Detlef Lepke. Ohne Euch wäre das Buch in dieser Form nicht denkbar gewesen.
Dank gilt auch unserer Tochter und unserem Schwiegersohn für die konstruktive Hilfe bei der Umschlagsgestaltung.

Gabi und Heiko Wieczorek

ÜBER DIE AUTOREN

Gabi und Heiko Wieczorek, Jahrgang 63, geboren im thüringischen Bad Langensalza entdeckten schon früh ihre Liebe zur Ostsee.
Nach dem Abitur zog es beide nach Stralsund und kurze Zeit später auf die Insel Rügen.
Neben kleinen Texten entstand als erstes Buch der vierteiligen Rügensaga „Die Reise in die Vergangenheit", welches 2018 im Eigenverlag erschien. Ein Jahr später kam der zweite Band der Reihe mit dem Titel „Das Grimoire" in den Handel. Beide Bücher fanden in kurzer Zeit eine begeisterte Leserschar.
Mit dem nun vorliegenden dritten Band geht die abenteuerliche Reise der Hannah Wiele weiter und führt uns in die finsteren Zeiten des Dreißigjährigen Krieges, der auch vor Rügen und Stralsund nicht halt machte.
Hoffen wir, dass er ebenfalls so viele begeisterte Leser findet wie die Bände 1 und 2.

Aus der Serie erschienen:

Reise in die Vergangenheit

Hannah Wiele aus Pansevitz hat ein Geheimnis.
Doch nicht nur sie allein weiß davon.
Als ihre Tochter nach über dreißig Jahren wieder auftaucht und kurz danach ihre Enkelin verschwindet, muss sie einen Entschluss fassen, der nicht nur sie allein in Gefahr bringt.
Eine Suche beginnt, die weit in die Zeit zurückreicht und ein höllisches Mordkomplott aufdeckt.

Das Grimoire

Die Rügensaga geht weiter.
Nachdem Hannah Wiele aus Pansevitz wieder mit ihrer Tochter und Enkelin glücklich vereint ist, zieht neues Unheil aus der Vergangenheit herauf. Der alte Putbusser versucht mit allen Mitteln, in den Besitz des geheimnisvollen Zauberbuches der Ranen, des Grimoires, zu kommen.
Ein neues Abenteuer durch die Jahrhunderte beginnt.

Printed in Poland
by Amazon Fulfillment
Poland Sp. z o.o., Wrocław

35530897R20103